守農太神と呼ばれた男

小説 安藤昌益

伊澤芳子著

農文協

二人の昌益――序にかえて

山田福男

元禄繚乱といわれる江戸の中頃、この世に生を享《う》けたといわれる安藤昌益は、今もって謎の多い人物である。江戸出生説や、その存在すら疑う人もいた。

京や江戸で修業したが、その江戸に背を向けて、辺境の地「みちのおく」八戸に町医者として暮らしはじめる。たいへん腕の良い医者であったことは藩の日記などから窺うことができる。当時の宗門改に名が見られ、家族五人暮らしであった。

昌益は、自らの思想「自然真営道」が百年の後に理解されると信じて宝暦十二（一七六二）年に没した。高弟神山仙確《かみやませんかく》は、それを稿本『自然真営道』「大序」巻の末尾に次のように記している。

「将来、人びとのなかに、『自然真営道』を読み、その思想に惹かれ、実践しようとする者があれば、その人はまさにこの『自然真営道』の著者の再来である。なぜならこの著者は『私は死んで天に帰るが、いったん穀物にとどまり、ふたたび人としてこの世に現われる。そしてどれほど年月を経ようとも、この法世を必ず自然・活真の世にしてみせよう』と宣言してこの世を去った。だから、その人こそまさにこの著者の再来に違いない」

昌益やその教えを生きた門弟たちの死とともに、密かに「自然真営道」は地上より消えたかに見えた。

しかし、それから百三十有余年、明治三十二（一八九九）年に秋田は大館に生まれた希代の碩学狩野亨吉《かのうこうきち》博士が「自然真営道」を入手。その文体に東北の匂いを感じた。

狩野博士は「安藤昌益は確龍堂良中《かくりゅうどうりょうちゅう》と号し出羽の久保田即ち今の秋田市の人である」と記し、昭和三（一九二八）年、自ら秋田へと向かい、今、昌益がねむる二井田のすぐ隣り町の扇田《おおぎた》まで調査に来ているが、墓は発見できずに帰京する。

この狩野博士も昌益の生没地を知ることなく、昭和十七（一九四二）年に他界された。

出生や生存をふきとばすような出来事が起きたのは昭和四十五（一九七〇）年のこと。大館市史編纂委員の石垣忠吉先生が、ふとしたことから二井田の旧家である一関《いちのせき》家の古文書のなかから「石碑銘」「掠職手記《かすみしょくしゅき》」を、そして温泉寺の住職さんの協力により、「過去帳」とお墓を発見。おまけに子孫の「孫左衛門《まごじやむのえ》家」と、偉い先祖の名前を戴いた安藤昌益さんまで見つかった。

あまりに出来過ぎ、揃い過ぎた資料の出現に、昌益の研究をされている方々のなかには、疑う先生もいらっしゃったほど。
だが調査研究が進み、事実は一つとなった。「土龍」安藤昌益が地上に現われたのである。「土の思想家」ともいわれる安藤昌益のもぐらのような顔を叩きもせず、欲も得もなく、丁寧に地上に出現させてくれた神山仙確、狩野亨吉博士、石垣忠吉先生ら先達の面々に今、思いをはせている。そしてこの高弟神山仙確、狩野亨吉博士、石垣忠吉先生の生き様と業績とに、昌益と昌益につらなるもう一人の昌益、「昌益の再来」を感じることしきりである。

そして今、われわれはもう一人の昌益の再来、伊澤芳子さんによる労作を手にすることができた。昌益が晩年、ふるさとの二井田で行なった自然世をめざす生き方と活動、それに共感し協力した農民たちの見事な活写に、昌益の再来を思い、魅了されること請け合いの佳品である。一読、味読、熟読を薦めたい。

二〇一四年仲秋

（写真家、大館市文化財保護審議会、大館市比内町扇田住）

もくじ

（本書所収の図・写真は、本書独自の二井田村周辺図および東氏の写真以外、すべて農文協版『安藤昌益全集』から転載）

第一章　帰　住

農道のまっすぐ先に、こんもりとお椀をふせたような小山が見える。形のいい、緑濃い達子森《たっこもり》だ。道の横には水田がひろがり、森まで続いている。早苗が初夏の陽ざしをたっぷりあびて、自然のめぐみを喜んでいるかのように微風《そよかぜ》にゆれ、のどかで豊かな気持ちをさそう。畔道の堰《せぎ》（水路）には、澄んだ水が心地いい小さな音流を奏でている。流れに手を入れると、少し冷たいが冷たすぎることもない。

目の前の田んぼに、シラサギが数羽飛んできて、優雅に舞い降りた。見とれていると、首をたれ、素早くなにかをついばみ、長い喉をふくらませて呑み込んだ。姿の美しさに不釣り合いな食の貪欲さ、そのありように、およは目を奪われる。ゆったりとした時の流れに身をまかせ、しばらくたたずんだ。それから、達子森に足を向けた。

森のゆるやかな坂道を登る。杉の濃い緑に、ところどころコナラや桜の木がまじり、明るい色どりを与えている。赤茶けた杉の落ち葉を、ときにやんわりと踏みしめ、木漏れ日の道を四半刻（三十分）ほども登り、頂上に着いた。登りきってすぐ横に「達子森郷中」が管理している小さな堂がある。なかの石地蔵の周囲には、死者の形見が置かれていた。およは手を合わせ、それから正面に建つ薬師如来《やくしにょらい》をまつるお堂のなかをのぞき込んだ。なかは暗くてよく見えない。

陽のあたる堂の横に腰を下ろすと、カラスが数羽飛んできた。目の前の木にとまり、ガァガァと鳴き、やがて飛びさった。静寂《せいじゃく》のなか、空気に冷たさを感じ、あたりをそっと窺《うかが》う。すぐ左手にも、古くて簡素な堂があり、なかには石仏が立っている。ここは霊的なものが漂う場、死者の魂を祀る場だ。まわりは樹木にさえぎられ、見えない箇所もあるが、その隙間から平野が眺望できた。この達子森の頂上から見渡せる範囲が、二井田の水田、昌益が愛した風景だった。

およが安藤昌益と、この生まれ故郷に来たのは宝暦八（一七五八）年のこと。それから五年後、昌益は亡くなった。二井田は、彼がその思想を最期まで貫いたところ。二井田の百姓門人たちは、その徳を偲《しの》んで村の一角に石碑を建てた。それが打ち砕かれたのは、昌益の死後二年たった暮れのことである。あれからおよは、心を静めて考えるとき、達子森に登っては、昌益と過ごした日々を思い返すのであった。

安藤昌益は、元禄十六（一七〇三）年、羽州《うしゅう》（出羽国《でわのくに》、現在の山形・秋田の両県）秋田郡《ごおり》南比内《みなみひない》二井田村に生まれ、その四十年後には、奥州《おうしゅう》（現在の青森・岩手・宮城・福島の各県の全域と秋田県の一部）・

八戸《はちのへ》に町医者として在住した。住まいは十三日町という賑《にぎ》やかな商人町の一角にあり、家族は妻と息子一人、娘二人の五人家族である。延享元《えんきょうがん》（一七四四）年《ねん》八月には、櫛引八幡宮《くしびきはちまんぐう》の流鏑馬《やぶさめ》のために派遣された南部藩遠野の射手三名を治療し、差し出されたその治療費を辞退している。さらにその二年後には、ほかの医者に見放された八戸藩国家老《くにがろう》の中里清右衛門を見事に快方に向けた。

昌益は腕のいい医者であったばかりでなく、知識・教養も並はずれていたのだ。そのため懇願されては、講演会の講師も務めている。聴衆は八戸城下の知識人、藩士・医者・神官・僧侶・商人といったところで、大いに感銘を与えた。のちにその一人、天聖寺《てんしょうじ》九世住職であり、学者でもある延誉《えんよ》は、このときの昌益を、「大医元公昌益は、身につけた道の広大であることは天外にも聞こえるほどであり、徳の深いことは地の徳も及ばないほどである。道や徳を作為せずに衆人に勧め、まことの実道に入らせようとすることは、古《いにし》えの聖人よりも秀でている」と書き残している。

昌益はこの頃、博識な儒学者・濡儒安《じゅじゅあん》先生とも呼ばれ、誉め称えられていたのだ。しかし彼は、それを受け入れてはいない。そればかりか講演のあと、請われてうたった和歌には「人のあか　おどす吾が身の恥つかしや　風呂敷の　火たき　見るに　付けても」（わたしは風呂屋の火たきを見るたびに、うすよごれた自分が恥ずかしくなる。煤《すす》によごれているとはいえ、風呂屋の火たきならば、人の垢を洗い流すのに役立っている。それにひきかえこのわたしは人の垢どころか自分が垢まみれ。皆さんに誉められるたびに、わが身が放つ悪臭に恥入るばかりなのです）と、自嘲の思いを表わしている。そんな温厚で、褒められるばかりだった昌益が変わった。

徳川の世、元禄のころから商人の台頭が著しくなった。太平洋航路が拓《ひら》かれ、上方からは古着や酒、東北沿岸からは魚肥・脂《あぶら》、大豆などが運ばれた。巨大消費地江戸近郊では醬油がつくられ、大豆が必要だった。かたや八戸は、霧や小雨をともなう偏東風〝やませ〟による冷害で、たびたび凶作にみまわれる。そんな土地がらで、藩では年貢を出せぬ百姓の人身売買を公然とし、税を取りたてていた。米は冷害に弱い。このため、藩は冷害に比較的強い換金作物の大豆を奨励した。それにあやかる商人の進出は、自給自足の農山村にも貨幣経済をもち込んだ。大豆に適した土地は焼畑にされ、五年も連作すれば土地は痩せ、その結果放置される。そこに猪が現われ、自生する葛《くず》の根などを餌にした。商人から借金をした農民は土地を手放し、豪商の小作となる者も出始める。自然は破壊され、百姓は辛酸をなめる、それが世相であった。

寛延二（一七四九）年、八戸では、〝やませ〟による冷害に加え、異常発生した猪によって田畑が荒らされ、〝猪飢渇《いのししけがち》〟と呼ばれる三千人以上が餓死する大惨事となった。こうした社会矛盾の顕在化を受け、この頃から昌益は、「聖人」や釈迦、孔丘《こうきゅう》（孔子）を諸悪の根源として、批判を極めていく。また、講演はもちろん、門弟への講義もやめ、確龍堂良中《かくりゅうどうりょうちゅう》として執筆と医療に専念するようになった。十九のおよが昌益の家に預けられたのは、ちょうどこの年の夏も終わろうとするころであった。

宝暦五（一七五五）年秋、九月のある日、その日もまた雨が降り、昼だというのに家のなかまで寒々としていた。前年から続く日照不足の天候不順は、東北一帯に凶作をもたらし、その年はさらに最悪の飢饉が予測されていた。ここ八戸でも、米の収穫は一割ほどもないという。換金作物の大豆、百姓の主食となる稗や粟も、地上に育つ植物のすべてが不作であった。昌益は雨音にしばらく耳を傾け、百姓たちの顔を思い浮かべる。精根こめた田畑の稔らない米、枯れた光景を思い出すと、深いため息が出た。雨風が強くなったようだ。昌益は気を取戻し、ふたたび稿本『自然真営道』の執筆にとりかかった。

しばらくして、妻のみねが白湯《さゆ》をもってきた。口数の少ないみねが、めずらしく自分から話しかけてきた。およが家に戻りたいと、また言ってきたという。およは、昌益と親しくしている二井田の仲谷《なかや》八郎右衛門から、訳あってあずかっていた娘だ。安藤家に四年ばかりいて、つい一年前に嫁に行ったばかりだった。が、夫がその半年後に亡くなり、後家になってしまった。それから数度、戻りたいと言ってきたがしばらく放っておいた。およの決心の固さに、今度は昌益も折れた。二人の娘は嫁ぎ先で、つつがなくやっているようだ。末子の一人息子・周伯は、今年で二十になる。医者修行の身で、今も部屋に閉じこもり、本でも読んでいるのだろう、コトリとも音がしない。

みねが嬉しそうな顔で部屋を出ていくと、昌益は、これまで書上げた手書き本を手にとった。『自然真営道』は二年前に刊本として世に送り出した。しかし、自分の考えを書ききってはいない。さらに納得のいく『自然真営道』を後世に残す、そのため執筆に力を注いできた。仕上げたものは『統道真伝』の「糺聖失《きゅうせいしつ》」「糺仏失《きゅうぶつしつ》」「人倫巻」「禽獣巻」「万国巻」など伝統教学批判の五巻だ。すでに「字書巻」「儒書巻」「仏書巻」「韻学巻」「神書巻」などをまとめた『学問統括』は、かなり前の段階で出来上がっている。この二月には、稿本全体の序文も書きあげた。が、書きたいものはまだまだあった。

外で、玄関の戸を強くたたく音がする。しばらくして、飛脚が来たと、みねが文を置きにきた。開封し目を通した昌益が「あっ」と、小さな声をあげた。

「みね……安藤のあんこ(兄)……亡ぐなったんだば」

「えっ？　達者やったはずでっしゃろ？……うちらも行かはりますか？」

「んだな。……急ぐ旅だ。一人で行ぐじゃ」

そう言うと、留守を伝えるため、往診先に出かけて行った。

夜半には雨も上がり、翌朝早く昌益は故郷の秋田郡南比内の二井田村へと旅立った。

二井田の安藤家は、名主・肝煎《きもいり》をつとめたこともある長百姓《おとなびゃくしょう》の古い家柄であった。長《おとな》とは、村の長老・顧問格にあたる呼び名である。安藤家は二井田郷中の下村《したむら》にあり、その屋敷は数百坪といわれ、住みこみの若勢《わかぜ》も数人使っている豪農だ。一族は数代前から他国に離散し、残るのは本家のみで、その当主には子がいなかった。

昌益が実家にたどり着いたのは、兄の死後八日目、埋葬も済んだあとだった。安藤家の仏間で兄の自死を知ったのは、戒名《かいみょう》「絶道信男《ぜつどうしんなん》」に不審を感じ、昌益が訳をたずねたことから明らかになった。

「絶道？　ずい分な戒名だべ。なにがあったか教《お》へでけれ」

昌益の問いに、三十すぎの使用人・若勢の彦二が、

「んだんず。……我《わ》、悔《くや》しべ」

そう言ったまま、あとが続かない。代わって安藤家の裏に住む仲谷八郎右衛門が、沈痛な面持《おもも》ちでことのしだいを話してくれた。それをかいつまむと次のようだった。

――八月末、降りやまない雨に、危険を感じた温泉寺の住職が、米などを檀家の若勢数人を使い、倉庫の二階まで移した。翌々日、予測どおり川が氾濫し、大洪水となった。その後の数日は、本当に地獄であった。まず、食うものがない。そこで安藤家の当主・孫左衛門《まごじゃむ》が若勢から寺に米が沢山あることを聞いて、村人の炊き出しにと、住職にかけ合いに行った。しかし、仏のものだからと、断られた。これを村の長《おとな》たちにも話した。八郎右衛門もそれを聞いた一人だ。明日、住職に頼もうと決まったその晩、倉庫から米一斗と昆布など乾物《かんぶつ》類が消えた。

翌日、朝から安藤家では、なけなしの稗や米を使い、粥《かゆ》を村の子どもや老人たちに配った。それが疑惑をもたれた始まりだった。つまり、禅寺の方丈は安藤家の当主・孫左衛門が盗んだと、暗に非難しはじめたのだ。食べてしまって証拠がないので、お上に訴えることができない。そう怒り、ほかの檀家に話した。それが噂となり、孫左衛門の耳に入った。生真面目な彼は、身の潔白を方丈に訴えた。それに対し、今後、安藤家の法要は御免こうむる、そう言われてしまった。孫左衛門は、必死で犯人を探した。村から欠落《かけおち》した家が数件あった。あやしいと思われる男の一家は、どこに逃げたのかわからない。しだいに彼は口数も少なくなり、気うつの状態になっていった。結局、先祖に申しわけないと言ったその夜、仏壇の前で首を吊った。九月も半ばのことだった。

天候不順とはいえ、その翌々日から尋常でない暑い日が続いた。それで、昌益を待たずに、肝煎の仲谷八郎右衛門が温泉寺で葬儀を執り行なった。その際、方丈が長百姓《おとな》数人の前で言った。

「安藤家は、継ぐ者もいねえ、仏の道も絶った〝絶道の家〟だべ」

そう言い放った。皆は、それを悪い冗談だと受け取った。それが、戒名となって、そのままつけられようとは、誰も想像できなかった。八郎右衛門が方丈に、変えるよう頼んだが、頑として、そんな前例はない、と拒絶された。そんなわけで、今日に至った。

腕を組み黙って聴いていた昌益は、途中から目をつぶり、八郎右衛門の話し終えたあとも、しばらくそのままだった。無言のまま、ゆっくり仏壇に向かうと、手を合わせ黙とうした。それから、八郎右衛門と彦二に礼をし、穏やかな口調で、ねぎらいと感謝の情を述べた。昌益は二井田にとどまっているあいだ、住職や兄に関しても、うらみごと一つ言うでもなく、沈黙を通した。

数日後、昌益は思案を重ねた末、仲谷八郎右衛門に家の管理を、若勢には今まで通りにすることを頼んだ。兄の死後、昌益が安藤家を継ぐしかない、それはわかっている。しかし今は、大事な仕事の仕上げの途中にあり、往診する患者もいる。それらの始末を終えてから二井田に戻りたい。こう話すと、あとは八郎右衛門にまかせ、八戸に帰っていった。

昌益が二井田から戻ると、さっそく神山仙確《かみやませんかく》が訪ねて来た。昌益のまわりにいた文化人、講演を聴きに集まった者は、とうの昔に昌益と距離を置いていた。いや、昌益がそれを望んだのだ。今では、昌益に会いにくるのは、仙確ぐらいだと、およは言った。なかには昌益の変わりようにあきれ返り、果ては口を極めてののしる者もいた。豪商や寺僧、神官、儒者や医者、学者を標ぼうする者たちは、少しずつ昌益から離れていった。残った門弟・嶋盛慈風《しまもりじふう》はじめ十数名は、第一の高弟といわれる神山仙確のもとに集まり勉強会を開いていた。昌益は、弟子をもたないと公言していたからだ。

神山仙確は、昌益より二十ほども年下だ。この仙確が医者としてはむろんのこと、そのすべてにおいて昌益を師と仰《あお》いでいる。だが仙確のもう一つの顔は、この正月に御側医《おそばい》本役となった仙庵であり、百石格の待遇を受ける忠勤な上級家臣でもあった。

仙確が昌益を心から師としたのは、いつの頃だったたか、孔丘への激しい批判に耐えかねて、質問したその答えを聞いたときだった。昌益は言った。

——孔丘の弟子と言われた曾参《そうしん》、その人こそ自然通の達人だ。魯の君主が曾参に、領地を与えようとし、それを断ったのは有名な話だ。粗末な野良着で、その理由をこういった。人から施しを受ければ、その人を畏《おそ》れ、へつらうようになる。施した者は、その気がなくても、いつの間にか相手を見下し、驕《おご》るようになってしまう。私（曾参）は、富を得てへつらって生きるよりは、貧乏であっても屈服することなく、毅然《きぜん》として生きたい、そう言った。これに対し孔丘は、曾参はいかにも節操があり、私欲のない者だと感心した。だが、ここで曾参と孔丘の違いがはっきり分かれる。孔丘は、耕さず禄《ろく》を戴き、上に立って天下を治めることを望んだ。つまり天道を盗む罪を犯した。曾参は聖人の誤りを見破った、有史いらい初めての人間だ。そういうことだ。

このあとも仙確は必至に昌益にくらいつき、納得するまで問答を重ねた。そのなかでわかったことがある。昌益は、道にかなったことでなければ質問しても答えない。質問しなければ、自分から押しつけがましく説教じみた話はしない。が、人に備わった法則については、質問しなくても実際の体験に即して、わかりやすく教えてくれる人だった。また、人やすべてのことを一面的に見ることのない昌益は、矛盾する生き方そのものも理解するふところの広さをもっていた。このことから仙確は、弟子をもたない昌益に、わからないことを質問しては、その答えをもって師とした。だが彼は、昌益の著作の編集を手伝い貢献もしている、そんな間柄であった。ちなみに刊本『自然真営道』の序文は仙確が書いていた。そのなかで彼は、

「先生は、不敵にも古来の教説が自然の運動法則に反すると主張したのである。本書を読む者は仰天し、この内容を伝え聞くだけですら肝を冷やし、一度は嘲《あざけ》ったり憎んだり、ひいては断罪しようとでも言うであろうか。どんなことをしても、人間に備わる自然が自然みずからを語っているのであるから、先生の責任ではない」

と、昌益をかばっている。仙確からみれば、昌益の性格は危なくて仕方がない。自分を守ろうとする気がないのだ。また昌益はまわりの人がほめそやすと、「わたしもつまらない人間になったものよ」となげき、逆にけなすと「わたしもまんざらではないようだ」と喜ぶ。昌益はそんな人がらだと、仙確は語った。

釈迦や孔子を全面的に攻撃され、穏やかでいられる文化人はいない。なぜなら、自分の学問を根本から否定されるばかりか、食べるための仕事さえ、失いかねないからだ。また、学問への幻想も粉々にされてしまう。そんな危機感を人に与えてしまう昌益の思想を〝常識人〟が許すはずがない。また、権力構造を根底から否定するそれを、幕府が容認するはずもなかった。そんな輩《やから》、権力から、仙確は師を守りたかったのだ。

昌益は兄の死後、二井田に帰る日のめどを二年後と決めて仕事にかかった。それを知った仙確は、師の迷惑にならないように訪ねては仕事を手伝い、ときには熱心に質問をし、書きためた。それをもとに、自称・弟子たちと、昌益思想の勉強会、討論を重ねていった。

昌益はこれまで、伝統教学批判や医学関係書を書上げた。そのあとは、さまざまな動物に話をさせ、この法世《ほうせ》を批判する読み物『法世物語巻』と、もう一つは『私法盗乱ノ世ニ在リナガラ自然活真ノ世ニ契フ《かなう》論』（私欲にもとづく階級制度により、搾取や争乱が絶えることのない現実社会にあって、自然の法則そのままの世を実現していくための、過渡期の論）、略して『契フ論』を残した。これら書きためた稿本を仙確に託し、八戸を去ったのだった。

昌益がおよをつれ、八戸から生まれ故郷の二井田村に帰住したのは、兄の死から二年半ほどもたった、来満峠《らいまんとうげ》の雪も解けたころだった。冬の豪雪地帯、大館盆地の南に位置する二井田は、北には日本海にむかって流れる米代川《よねしろがわ》、北東にその支流の犀川《さいがわ》、そして南に引欠川《ひかけがわ》が流れる水利豊かな土地だ。が、洪水も多い。宝暦四、五（一七五四、五五）年と凶作が続き、その五年には、米代川百年来の大洪水があったばかりだ。南比内《みなみひない》随一の米どころと言われるほど豊かな土地だが、佐竹藩は六公四民で、年貢の六割はさし出さなければならない。およそ百六十軒、七百人の村は、貧窮状態におちいっていた。そんなところに昌益は帰ってきた。

平野では、夏の陽気を思わせるそんな日であった。昌益の出で立ちは、麻の筒袖に野袴《のばかま》、素足に草鞋《わらじ》と質素ななりだ。中肉中背で、髪は儒者髷《じゆしやまげ》の総髪《そうはつ》、うしろで一本に束ねる。額は広くも狭くもなく、鼻も高からず低からず、これといって目立つ顔だちではない。だがふだんの昌益は、人を包みこむような穏やかな目をもち、そのまなざしは温かい。ただ人相見となると、眼光が鋭くなり、人を惹きつける深い眼をした。

同行者のおよは二十八、女としては背が高く、昌益と同じほどの背丈で、肩の張った身体つきは、麻の小袖《こそで》の上からも頑丈に見える。控えめに結《ゆ》った丸髷《まるまげ》の下には、かたちのいい額《ひたい》とふたえの目、やや丸い鼻の下には大きめな口、笑うとそのすべてが愛嬌《あいきょう》のある顔になった。美人顔とはいえないが、それなりに調和がとれ、本人が思うほど、醜《みにく》いというわけではない。

昌益は、安藤家の敷地内に、診療所としても使えるように百姓家を用意し、そこにおよと草鞋《わらじ》を脱いだ。安藤家は、留守を預けていた若勢の彦二を養子にむかえ、家督を譲ることに決めてある。

二人が帰ると、村ではさまざまな噂がとびかった。一つは、安藤の孫左衛門の家を若勢に継がせると聞いたが、やはり昌益が継ぐのではないかと。二つめは、妻子連れではないから、離縁したようだ。三つめは、およが一つ屋根の下に住むから、夫婦の関係だろうと、まことしやかにささやかれた。

昌益が達子森の山頂に立ったのは、草鞋《わらじ》を脱いで、一通り挨拶をすませた三日ほどあとのことだ。坂を登りきると、しっとりと汗ばみ、ほてった肌を風がここちよくなでていく。子どものころ、昌益はこの森が怖《こわ》かった。ここでは、死者を風葬する慣習があるからだ。山頂は神に近いところ、死者を白鳥が連れていく、そういう土着信仰がある。また、四十九日のあいだ、山に登る回数の多いほど、成仏するともいわれている。だが、子どもにとって、ここは遊び場だ。大人たちと、山菜を摘みに来ては、お堂のまわりを兄や友と駆けめぐり、母によく叱られた懐かしい場所でもあった。

十三の頃まで暮らした安藤家は、犀川のすぐそばにある。昌益は強くなった陽射しを避けるように手をかざし、二井田や四羽出《しのはい》、本宮《もとみや》などの水田一帯を感慨深く見つめた。犀川の堤《つつみ》の一部が壊れ、土塁が積まれたままになっている。三年前の洪水の爪あとが、そんなところにも残っていた。それからゆっくり移動して、濃緑色の田んぼが眼下に広がる比内、扇田村など全体を眺めた。

昌益は、陽光をあびた水田を見て、

――これが天人一和の直耕。自然の姿だべ。

と、つぶやいた。転定《てんち》（天地宇宙）もはたらき、人間も五穀を耕し、食べて人は生きる。それが自然だ。そう思いながら、さらに心をめぐらす。

――八戸で仕上げた十年の集大成の……いや、我《わ》がこの二井田を出てから、生きて考えたすべてが自然真営道だな。

昌益は、小さなお堂の方にゆっくり移動した。そこから目の下に扇田《おおぎた》、比内《ひない》の村々が見える。そのさらなる山奥に大葛《おおくぞ》金山がある。金山といえば、およのことを思い出す。

――不幸をはね返し、およは生きてきた。

そう思ったそのとき、

「いだが？」

仲谷家の当主八郎右衛門が顔を出した。昌益が二井田に帰るにあたって、万事をととのえてくれた五つほど年長の彼は、人の良さそうな笑顔で近づいてくる。昌益は、安藤家のすぐ裏に住む八郎右衛門を〝あんさま〟と呼んでいる。このあたりでは、良家の長男をそう呼んでいた。

「おっ、あんさま、どしたんず？」

「貴方《な》さ、話っこあら」

八郎右衛門は、一度大きく息を吸い、お堂の横にある階段に昌益を誘った。しばらく米代川の方向を見ていた八郎右衛門、胸のあたりをおさえて言う。

「我《わ》……身体もたね。……肝煎おおせつかって、十年だべ。そろそろ替わりどきだべしゃ」

昌益は知っていた。度重なる凶作に、二井田は極窮の村と化した。そのとき、八郎右衛門は代官に上訴した。寛延三（一七五〇）年、今から八年ほど前のことだった。佐竹藩への二年にもわたる粘り強い訴えで、ついに年貢米の石減、拝借米の棒引きなどを勝ち取った。そんな豪の者であり、人かどならぬ反骨の持主なのだが、見た目は穏やかな長百姓《おとな》の物腰だ。

「あんさま、我《わ》が診るべ」

昌益は、八郎右衛門の痩せた左手首をとり脈診すると、そっと手を離した。

「んだすな。無理は禁物だの。先《せん》みてさ、具合悪ぐなっても、困るべ」

「んだの、まんず（やっぱり）肝煎、選ぶが。……貴方《な》が戻るど聞いだべ。そんときゃ、喜んだしゃ。したばって（だけど）孫左衛門家《まごじゃむのえ》、継がねどわがった日にゃ、オラ泣いたじゃ。今でも遅ぐね。若勢さ、言い聞がせるきゃ。まんだ家継いどげ」

「あんさま、有難てけんど……我《わ》、やりてことあるべ。若勢さ家産《かまど》ば譲るのも、よぐよぐ考えで決めだはんで（のだから）の」

昌益には、八戸で医者をする長男、周伯がいたが、百姓の跡目を継がせることは無理だった。自分もまた、執筆を続ける必要があった。大部なそれのめどがついたとき、自らの考えそのまま生きたいと思い、二井田に帰ってきた。

仲谷八郎右衛門は、昌益が二井田に戻れるよう、さまざまな労をとってきた。これまで八戸、二井田と、手紙や行き来で、その人柄、博識を知った。昌益が安藤家を継いだあかつきには、肝煎にしたいと考えてきた。しかし、家を任せる養子を迎えたいという、昌益のたっての頼みで、縁組を整えてきたのだった。八郎右衛門は、まだ心残りのようすで、

「貴方《な》、肝煎さでぎたら、ここの郷中助かるびょん（だろう）。したばってお前《め》、欲ね（がない）」

最後は自分に諦めさせるようにつぶやいた。

それを聞いた昌益、なにほどでもないように話す。

「あのし……あんさま。米つくる百姓、天の直子《ちょくし》なのし。我《わ》、そう思うのし。……百姓、医者ばしての、ええ村、自然の世さ、わんつか（少し）でもするべ。そう思って、こっちゃさ来たじゃ」

八郎右衛門が昌益をまじまじと見つめる。長百姓《おとな》として、長年肝煎をつとめてきた八郎右衛門にはわかる。昌益のたたずまい、それはあくまでも穏やかだが、お上、権力に抵抗できる面魂《つらだましい》をもつ男だ。そう思う。

八郎右衛門が言う。

「我《わ》、聞ぐ耳あるど。誰もいね。……ここならいべ。何《な》さ考えとるきゃ？」

八郎右衛門もかつて、体当たりで百姓の窮状を訴えた。その体験から、お上は奪うのみで、けっして百姓のことは考えないとわかった。それなのに、ほとんどの肝煎は、百姓の貧しい暮らしを横目に、なんの手も打たずにきた。百姓が困ったとき、抵抗し、訴える強い意志をもつ人間が必要だと、骨の髄からわかっている。

昌益は敬愛する八郎右衛門を見て、口を開いた。

「大昔、ここで米ばつくり、郷中支えできたご先祖さま、みんな、兄さまたたえらな。つぶれかがった村ば救ったばって、大したもんださ。……それ天地・自然のはたらきば、守ったことなのし。……この景色ば見られるのも、あんさまのおかげだきゃ。……我《わ》、都さ出てしまったじゃ。一度……百姓捨てた身はんでなぁ」

八郎右衛門が、思い出した。

「貴方《な》、村出たの……十四が？　お前《め》、神童と云われたで。……さがし（賢い）童《わらし》っこだったのしゃ。出世するべど、村のもん噂したの。親父も……おんず（次男）のお前《め》のごど考えれば、村から出すのが最善だべ……小めころ、ここで遊んだなぁ」

昌益がうなずきながら、

「んだすな。童の頃、忘れね。……十三の頃、思ったじゃ。御百姓、米つくるべ。それ役人がの、石代《こくだい》（年貢）だと、取っていぐ。食ものねぐ、餓死寸前の百姓にの。……つぶれて欠落した百姓も……十指さ余るべ。……我《わ》と遊んだ童っこ、小作の子だった捨吉、あれも次の日……いねぐなってだ。なしてだべって？　子ども心さ深ぐ残ったじゃ。それば口さ出して、親さ止められたのし。したはんで（だから）、知りて、世の中すっかど（全部）知りてど、考えだわけだす。……そいで禅寺さ行ぐと決めたじゃ」

八郎右衛門は昔を思いだした。

「んだな……お前《め》の親父、百姓させるより、方丈さしたかったべな。若勢させるの、お前《め》頭えすぎだべ。……したっきゃ（そうしたら）、ここでしゃべりてこと、すっかどしゃべれ」

と、昌益をうながした。

「んだすな……禅寺で修行した頃、二井田恋しぃと、なんぼ思ったがの。……今、この年で帰れで、有難で。みんな、あんさまのおかげだす。……我《わ》、厳しい修行さ耐えたばって……んでね、修行がつれぇわげでねがったのし。……寺社の制度、人間、くさってたじゃ。……権力、金、色欲さまみれてな……納得でぎながった。……雲水で托鉢した町での、腹減って死ぬ目さ遇った。そんどぎ、命助けでもらったのが……他人でな。……なけなしの飯《まま》、恵んでけだ。……申し訳ながったすな。……方丈さ、このままなるのが、我《わ》の生きる道だべが？　考えたじゃ。……あるときの、行き倒れの者ば診てさ、医者のまねごとしたんず。運良ぐ助かったべ。したはんでな……医者さなると、決めたのし」

　木々のあいだを通り抜けて、風がさわやかに二人をなでてゆく。

　少しの沈黙のあと、ふたたび昌益が話し出した。

「我《わ》、十やそこらで……世の中、考えたすな。……十四で都さ出て、禅寺さ入ったすべ。そこで……仏教のほか、日本、漢土（中国）、それさ竺土《じくど》（インド）のことも知ったのし。……寺、出たあとは、儒教だすな。ほとんど独学なのし。……後年、その学問・教義、ことごとくおがしぃと、結論出したんず。……人が自然の法則のまま生きた世、そごさ漢土の聖人、伏羲《ふっき》が現われたべ。戦乱の時代、自然世の崩壊が始まったんず。それ見抜いたどぎ……ほんにかすみ晴れたじゃ」

昌益は、当時の感動を思い出したのか、輝きを増した瞳で、八郎右衛門を見た。

八郎右衛門は興味深げな顔をし、

「んだんずな（そうだったのか）。寺の方丈さ、ならねえ訳わがったけ、続げでけろ」

と、話をうながした。昌益が、それに軽くうなずき、思い出すような遠い目をした。

「あんさま、我《わ》、見たのし。都の河原乞食。……江戸でも、逃げだした百姓。……非人《ひにん》扱いで、食うこともできねぇ衆だすな。……百姓したくてもできねぇ、そったら者ばり（ばっかり）だきゃ。ほとんど、百姓の次男、三男だったの。……懐かしい故郷、親・兄弟とも離ればなれだべ。……したばって、村さ残った家族が、食っていげれば……そいも我慢でぎらべが……」

昌益の顔が苦汁の色に染まった。医者をしながら、多くの不幸を背負った者に出会い、ときには憤り、涙も流した。人はここまで、耐えることができるのか。それでも死の間際まで、人間らしい心を失わない者たちだった。

八郎右衛門が大きく頷いている。

「んだじゃ。お前《め》のしゃべる通りだきゃ。……村で食えれば、そいさ越したことねべ」

昌益がうなずき返し、ふたたび感情を抑えた声で話し出した。

「食うや食わずで、気張ってはたらくお百姓、衆人。……それさくらべて、小手先の政治で、ただ権力ば守るのが幕府・武士だべ。おまけさ……理屈こねまわす学問で、出世だけ考える学者どもだ。……銭金だけ大事な商人。さらに〝極楽〟餌に衆人だます仏教、こしらえごとの神道だす。これが、私法の世だすの。己が欲で権力ば利用し、道をあやめた。……こったら輩《やから》が、お百姓、衆人から搾り盗ってるべ。……それが漢土の聖人から始まったじゃ。釈迦も孔丘も間違ったのす。……我《わ》、素直に自然から学ぶことさしたじゃ。……まず、身近なことから考えたべ。……その結果ば本にしたのす。我《わ》の考え、世さ出すと決めたのし。長崎さも行ったすな。……こごだべしゃべるども、天竺、清国まで行ぐべ。こう考えたわけだす。……聖釈の偏った考えば、糺《ただ》すべと……本気で思ったのし。したばって、まっ、長崎で……あれこれやってみたが、失敗したじゃ。……キリシタンさ密航、幕府は厳しすからの。……ウッフフフ　アッハハハ　アッハッハハ……」

昌益が笑いながら立ち上がり、ゆっくりと、水田の見えるところに行く。八郎右衛門もとなりに並んだ。

「ハハ……お前《め》の頭、どうなってらべ？　漢《から》・天竺さなぁ……」

八郎右衛門、首を傾げながらも、どこか面白そうな表情だ。

昌益、それを見て、

「フフ、我《わ》の頭が？　天地・宇宙考えれば、どこさでも行ぐべな」

嬉しそうに顔がほころんだ。

「あんさま、もうわんつか（少し）えがな？」

「あぁ、落ち着いて聞けるどご、めったさね。好ぎなだげしゃべれ」

「我《わ》、八戸で儒者さ云《ゆ》われたすな。釈迦、孔丘悪ぐ言うが、我《わ》も似たような者だと。米もつくらず食ってらのは同じだど。正直……苦々しい気分だったすな。……したばって、自然真営道、それ仕上げて後世さ残す。それが我《わ》のやるべきこと。……そう覚悟したんず。考えがすすむごと、できあいの文字は使えねえとわかったす。それはそだの。誰も考えたことがねぇことだす。我《わ》の頭さ、ぴったし合う言葉……ねべの。つくった言葉は、かなりのもんだす。転定《てんち》、直耕、法世、活真、互性、邑政《ゆうせい》、まだあるか……」

　八郎右衛門がうなずきながら、たずねた。

「そのころが？　我《わ》が手紙ば出して、あに（長男）……死んだごど、知らせだの？」

「んだすな。……兄亡ぐなって、大いに迷った。すぐ帰って、百姓したかったすな。したばって……今、戻ってなにさなる？　なもね！　そう思ったす。幸い、安藤の若勢、みんなしっかり者だす。……我《わ》〝真営道〟仕上げること、選んだのし」

「せば、仕上がったが？」

「んだ。まずまずだすな。これからも書きてぇことあるじゃ。……したばって、我《わ》も歳《とし》だす。五十五さなったきゃ。……やりてぇこと、これからだす。……こっちゃで念願の直耕で生きるべ。……

天の直子、百姓さ教《お》へるごとね。ただ、聖釈の間違いさ気づいてもらいてのし。……百姓の住みえ村。んだの、邑政の村さするべ。それが望みだと云えばえべが。ハァ」

昌益は、思いのたけをうちあけて、文字通り一息ついた。

八郎右衛門がしんみりとした口調で、

「お前《め》も、年とったな。……気持ちはわかるきゃ。我《わ》も数えで六十さなら。この歳さなると……おっかねぇ（怖い）ものね。ねぐなれば、なんでもできるのしゃ。……んだばって、たげ（とても）欲すもの、そい大局から見で……郷中ば守る人間なのし」

そう言うと、さらに話をうながした。昌益もそれに答える。

「せば、聞いでけろ。飢饉で苦しみ、死んでいぐ百姓、それ尻目さ、物成・米奪いとる権力、お上が悪《わ》りのは、誰でも知ってるべな。したばって百姓衆人苦しめるのは、それだけでねぇ。……釈迦も漢土の聖人、孔丘も大敵だすべ。百姓・衆人だまくらがし、苦しめる考え、悪習、変えることだの。……神事も祭礼もそだすべ。……んだんず、こっちゃで百姓医者もしての、できる限りやってみるべ。そう思ってきたのし」

「確かに、お前《め》のしゃべる通りだな。……葬儀、神事は百姓さ、負担なこと多いきゃ。したばって、寺は先祖ば供養するどごだ。そっちゃ止めるごと、できねべ。貴方《な》、方丈の仕打ち、こだわりねのが？」

「あの住職が？　兄の戒名のことが？」

「んだ。あれから一切、法要もなし、三回忌もやらずさきたべ。……我《わ》がやってもいがったしゃ。したばって、お前《め》が止めだべ。……方丈さこだわってのことでねぇべ？」

「温泉寺の方丈が？　恨んでね。戒名、あの〝絶道〟だすな。正直……ええ気分でねの。フッフッフ。……釈迦・仏教そのものが、根本から間違ってら。方丈のしぇでね。したがっての、そのやり方が変だ、戒名がどうのこうのど、そったらもんさ、こだわらねじゃ」

「せば、方丈と……どうつき合う？」

「んだすな。人は変わるもんだす。……善人だけ、悪人だけの人間はいねのし。あのときの方丈、危機さ瀕していたんだべの。……我《わ》の寺ば、守るのさ必死だったたべ。……調べもせず、兄ば疑って、追い詰めたのは、そのしぇなのし。……誰もがもつ、人間の弱さだべ。……我《わ》も、人さしゃべれねえ、めぐせ（恥ずかしい）ごと一杯あるじゃ。……それが人間だべな」

「んだな……」

八郎右衛門、昌益のその考えに深く頷くところがあった。

昌益がふたたび語りかけた。

「あのし、我《わ》が、ばがくしゃえ（馬鹿臭い）ど思うの、聖釈の考え教えだす。……自らは耕さず、百姓・民のつくった米ば喰うべ。そして上さ立って、説教たれるじゃ。穀物つくるのは人の道、天

（転）道だす。……耕さずして、奪い盗るのが武士や商人《あきんど》、坊主、掠職《かすみしょく》（神官）だの。ほったら……不耕貪食《ふこうどんしょく》の輩《やから》、偏った教えさしたがう必要、さらさらねべ。寺は先祖ば供養するところ、それで十分だすな。ありもしね地獄・極楽の考えで、だまされる必要もねのし。……そしたら（そんな）輩が……聖釈の誤りさ気づいて、田畑耕す。……それができれば、正人さなれるべの。あー正人っての、〃ひじり〃の聖でね。正しい道どご歩く、正人のことだす。正道の人間さ立ち直ってもらうべ。この考え……少しずつ郷中の皆さ、わかってもらうつもりだす。あんさま、どう思うべ？」

八郎右衛門、じっと考え、昌益を見る。

「せば、米ばつくる百姓、邪魔するものは、まね（駄目）ってことだな。その考えさしたがうな、改めろってことだべ？　んだば（そうしたら）……まず、我《わ》が解《わ》がんねばの。こいからも、しゃべってけろ」

「んだすな……あんつぁの身体、我《わ》が診るべ」

昌益の顔に、ほっとした色合いが浮かんだのは、一瞬のことだったが、心のなかは晴れ晴れとした。それが昌益の声を明るくした。

「せば、あんさま、用事すんだがね？」

「んだの……。お前さ、我《わ》の跡《あと》ついで、肝煎さなってもらいてぇ、孫左衛門家《まごじゃむのえ》の当主でいれって、説教するつもりで来たのし。したばって、貴方《な》が一枚も二枚も上手だったじゃ。ウワッハッハ　ウワッハッハ……」

八郎右衛門の大笑いに、昌益もまた、気持ちの通った満足感に声を合わせるのだった。

二人が達子森から帰ると、家の庭先におよがむしろを敷き、根曲がり竹の皮をむいていた。戻った二人を見て立ち上がり、

「お父《ど》さん、飯《まま》……仲谷のお父《ど》さんも……かだって（一緒に）食《け》」

昌益が軽くうなずき、八郎右衛門をさそい、板戸を開け、家に入った。

母屋から少し離れたこの別棟《はなれ》は、屋根はかやぶき、外壁は羽目板で、大きさとしては家族六、七人が住む家だ。戸口は南向きで、入ってすぐに二間四方の土間があり、左に流し場・水屋《みんじゃ》と竈《かまど》が並ぶ。右手には、馬屋だったところを物置にして、はた織もできるようにした。上がり口の先には、囲炉裏がある十二畳ほどの板の間と、続く居間が板続きで、診療の場になる。居間のとなりは昌益の寝間で、仏間がついているが、仏壇はない。そこには、本や絵図やらが整然と並べられている。およの寝間は、囲炉裏部屋のとなりにあって、水屋《みんじゃ》にもすぐ出られ、便利にできていた。明かり取りの窓は、はた織り場、居間にだけあり、寝間は日中でも暗い。そのため、昌益の文机《ふみづくえ》は居間に置かれている。大切な肥料となる便所は外にある。ちなみに大便を拭くのは、稲藁や蕗《ふき》の葉などを使う。小便桶は、およのこだわりで外に置かれていた。

二人が土間に入ると、上がり口の土間に、すすぎ桶が用意してあった。そこに、およが足ふきをもって入ってきた。

八郎右衛門が、

「んだ。まったくおよは気が利くきゃ。我《わ》の家、ぞうきんで勝手さ拭けって、そいだけだ」

そう言うと、桶に両足を入れ、気持ちよさそうにこすった。

およがそれぞれのそばに、足ふき用の雑巾を置くと、

「んだすが？　せば御上《おかみ》さんのおかげだの」

昌益に向かって言い、明るい声を残し、用の終わった桶を二つ重ねて、外にもって出た。

八郎右衛門が片足を拭きながら、

「およ、明るぐなったな」

昌益もうなずいて、

「んだばって（そうだけど）、我《わ》のどごさ来たとき、おもしれ女子《おなご》だったが、沈んでるごども多かったすな」

二人が火のない囲炉裏《ゆるぎ》の前に座ると、およが戻り、膳を並べた。

「この根まがり、さっき湯がいたものだす。おずげ（味噌汁）でどだの？」

そう言いながら、根まがり竹の味噌汁をよそう。

八郎右衛門が、一口噛んで、

「こりゃ、め（美味い）。飯すすむな」

満足そうに、うなずいている。およはその姿におもわず笑顔になって、昌益を見る。もともと質素を旨《むね》としている昌益だが、山菜など自然のめぐみは、喜んで食べてくれることは、わかっている。

昌益も、およが摘んだミズのおひたしを一口噛み、

「んだすの。これも、め。ええ歯ごたえだ」

満足そうだ。

およが昌益をお父《ど》さんと呼ぶようになったのは、三年ほど前のことだった。御上さんから娘二人を嫁に出した今、昌益を父と思い、仕えるようにと、言われたからだった。およは、昌益より、町で育った御上さんに好かれたいと思っていた。町の人特有の垢ぬけた容姿や、立ち振る舞いに憧れたから、つとめて言葉も治したつもりだ。

昌益がそばで給仕をするおよにたずねた。

「飯、食ったが？」

「んだす。我慢できねぇで、先さ食ってしまったじゃ。すまねすの」

およは頭をぴょこっと、下げた。

それを見た八郎右衛門、

「なんだべなぁ。主人より先さ、飯食う女子いだが」

感にたえないような声を出した。昌益がゆっくりと、飯碗を置き、

「食は、人の生きる根本だすな。食べることさ遠慮いらねのし。な、およ」

「んだすな。いつも、お父《ど》さんさ云われでの、そっちゃだけは、守ってるの。ハッハハハ……」

肌は白いが日焼けした健康そうな顔に、大きな口を開け、目を細めて大声で笑った。そして、

「あっ、おら何《な》でもでっけ（大きい）云《ゆ》われるのし。声もでっけの……」

昌益と八郎右衛門がその言葉に破顔し、フフッとおかしそうに目を合わせた。

昌益が水を口にしたあと、

「およ、お前《め》、ええ女子だで。惚れた男がいたら、所帯もって、童っこ、産んだらどうだ？　それが人の、自然のありようだべ」

およがすずしい顔で言う。

「ええ女子？　んだすのお父《ど》さん。お父《ど》さんみてぇ人だば、嫁っこさ行ってもえべの」

八郎右衛門、あわてた風をよそおい、

「こら、人さ聞がれだら、どうするきゃ。冗談でもしゃべるな」

指で口止めの仕草をして見せる。

昌益が笑いながら、

「我《わ》、男さまだ見られるが？　せば、気ばんねばの。わかったべ。もうおよさ無理、云わねじゃ」

これを聞いたおよ、それでいいと言うように満足気にうなずいた。

およが真面目な顔で、

「仲谷のお父《ど》さん、おらば面倒見でけだ。飯、食わせてけだきゃ。有難ての。挨拶させでけろ」

そういうと、両手をついて頭を下げ、愛嬌《あいきょう》のある笑顔を見せた。

八郎右衛門が真面目を装い、およを茶化す。

「したっきゃ。およの男《やろ》は、米だべ。今度、夜這《よば》いさあったら、米、背負《しょ》ってこい、とでもしゃべっておげ」

「んだすなぁ、仲谷のお父《ど》さん。あんとき、おらも若ぐて、びっくらしたじゃ。……気づいだきゃ、つき飛ばしていだ。おしいごどしたの。今度は、そすべ。ウフフフ」

大柄でがっちりとした体格のおよ、物怖じもしないし、底抜けに明るい性格は、周囲に笑いを誘う。女としては、肝っ玉が太いというか、おおらかなもの言いもほどほどで、きわどい冗談もかわせるようになった。そんなおよを見て、八郎右衛門、昔、昌益に話したことを思い出した。

――時の八代将軍・吉宗は、享保の改革で新田開発の政策を打ち出した。ここ佐竹藩も、商人のあと押しで力を入れてきた。およの一家は、二井田の支郷四羽出《しのはい》で、その新田開発にのった自作農だった。しかし、家族四人で必死に働いても、食うや食わずの貧農であった。年貢を出せば、食う米はわずかしか残らない。そのうえ、冷害で年貢はおろか村の蔵元に返す米もなく、借金を返すには、田んぼを手放すよりなかった。そしてつぶれ、大葛金山で働くことになる。およ十四のとき、延享三（一七四六）年だった。一家は大葛金山に行き、その二年後には父、同じ年の秋には弟、そして母が相次いであの世へ逝った。……残されたおよは、十七で、直接つき合いのなかった遠い親類、仲谷家を頼って二井田に帰って来た。結局一年ほど仲谷家で面倒をみた。

およが来た翌年の夏、村の妻もちの男が夜ばいをかけにきた。驚いたおよが男を思い切り突き飛ばしてしまった。男は運悪く、長持ちの角に顔が当たり、鼻血を出して目的も果たさず逃げた。ところが数日後、男の妻が仲谷に談判に来たことから、ことが発覚してしまった。瞬く間に村中に知られ、誘惑したのはおよだと、尾ひれがついた噂のなかで、八郎右衛門はおよを村から出すしかなかった。もう一つ問題があった。仲谷に来た当初からおよは、男ほども飯を食べた。考えた八郎右衛門、昌益の家に食い扶ちをつけ、しばらく面倒を頼んだ。今から八年前、およ十九のときだった。

そのおよが昌益と戻ってきた。なんとしたことか、娘二人は、嫁に行ったからいいものの、女房、子どもを置いてきたのは、どういう訳か？　およはあの通りの男顔負けだ。昌益の身の回りの世話は安心だが……。昌益の妻みねは、都育ちで実家は書林、少なからず豊かな家だと聞いている。昌益が医者の勉強をしていた時代を支えてもいたようだ。だが八郎右衛門が知るみねは、細身の質素ななりで、かいがいしく昌益に仕え、子ども三人を育てていた。そんな姿が記憶に残る。仲谷家への気配りにも粗相はなく、賢そうな女で、夫婦仲も良かった。そう思う。

食事を終え、およが膳をもって水屋に下がると、八郎右衛門が、

「貴方《な》……かが（奥さん）、あに（長男）どした？」

昌益は、率直な八郎右衛門の問いに、笑みをたたえて答える。

「我《わ》の妻《あば》か？　連れて来れねべ。息子と八戸でかまど守ってら」

と、こだわりのない口調。

「んだが。こっちゃでやりてことど、関係あるが？　かがさ苦労させたくねんだな」

八郎右衛門、自分の言葉に納得したようにうなずく。

「ところでし、次の肝煎、誰がえべが？　んでね、今返事いらねぇ。そのうち、長《おとな》の寄り合いあら。そいとなく、人柄見でければ、えのしゃ」

昌益がうなずくと、八郎右衛門は、立ちあがった。

すぐ裏に住む八郎右衛門を見送りながら、およは思った。

――仲谷のお父《ど》さん、あんまし顔色いぐねぇなぁ。……んだ、おら、墓所《はがしょ》さ行ってこなっきゃの。

土間に入ると、昌益が薬草をむしろに広げ、選別の作業をしている。

「あのし、お父《ど》さん。近く、鉱山の墓所さ行ってもえべか？　朝、早う出れば、帰ってこれら」

「あぁ、行ってきな。……せば、我《わ》も行げだらえぐべ」

それから、二人は黙々と薬草を干した。

夜明け前、昌益とおよは大葛に出発した。およは昌益のうしろからついて行く。昌益は大葛金山のことなど思いだしながら、歩いた。

大葛金山は、秋田藩領の阿仁金山、院内銀山、尾去沢銅山と並ぶ有力な鉱山だった。金銀は、戦国末期から軍資金や恩賞用に重用され、鉱山の開発がさかんに行なわれた。豊臣秀吉は大名領の金銀山も公儀のもの、ただ預けおくものとし、直轄鉱山以外からは、運上金銀を納めさせた。家康もそれを受けついだ。鉱山からの税収を幕府に納めさせ、幕府は翌年その大名に返還する。これが慣例であった。

したがって領内産出金銀は藩の収入になった。秋田藩は、うるおった。だが寛永期(一六三〇年前後)頃から次第に産出量が減り、経費がかかる鉱山は衰退した。鉱山も藩直轄の直山《じきやま》と、経営を任せる請山《うけやま》とが交互になって引き継がれていく。大葛金山が廃止にならなかったのは、国境に位置し、奥羽国境紛争があったからだといわれる。

大葛金山の経営支配は、寛保元(一七四一)年当時、佐竹藩の直山で、荒谷《あらや》家が稼人として任されていた。その後、寛延三(一七五〇)年、仙北郡の小沢銅山支配になり、小沢手配頭が預かることになる。そして宝暦十一(一七六一)年、藩は大葛金山を小沢銅山支配から独立させ、直山とした。

手代のなかから荒谷家を選び、帯刀を許し、いくつかの条件をつけ、金山の経営をまかせている。表むきの理由は、出金銅が減少し、坑道水没などで経費がかさんだことにあった。坑内を掘り進むと、地下水が湧き出てくる。桶での排水作業は昼夜の作業だ。当然経費がかかる。大葛金山もその例外ではない。また、坑内の灯火は、根曲がり竹を乾燥させた灯竹《ともだけ》が使われ、火災・爆発も多かったという。

およは、健脚の昌益に遅れないように、ときどきうしろ姿を確かめながら、昔のことを思い出していた。およ一家が大葛に来たのは、荒谷家が稼人として任されていたころで、幸運なことに下働きの若い娘を探していた。荒谷の下男が偶然二井田出身で、母の知り合いだったことにも救われた。およは、下女として十四で働きだした。荒谷家は二井田に親戚があり、およの母が荒谷家に縁のある仲谷家ゆかりの者なので雇ったと、あとで使用人が教えてくれた。およは明るい性格で、働き者だったから、家の者も目をかけてくれた。また、羽振りのよい荒谷家では、ときには玄米めしに菜っ葉や大根など入れて炊いたかで飯、ふだんでも稗や粟の雑炊を腹一杯食べさせてくれる天国だった。

家族も金山の仕事にありついた。父の五平は掘子《ほりこ》で、坑道から掘った石を運び出す運搬夫、母トヨは石撰女（選鉱婦）、弟は主に水をかき出す桶引《とよひき》（排水夫）になった。翌年五平は、金穿大工《きんせん》（採鉱夫）に出世し、親分の下で働く〝友子《ともこ》〟の仲間入りをした。だが、金穿大工の賃金は出来高払いで、富鉱帯に当ることはめったになかった。坑内はうす暗く狭い。酸素不足のなかでの重労働、石粉を吸い、鉱毒で身体を壊す。金掘り病（塵肺）の〝よろけ〟になり、長生きはできなかった。それでも鉱夫たちは、富鉱帯に出会うことをひたすら夢見て働く。その多くは〝渡り〟といわれる流れ者や貧農の次男など、いずれも食い詰めた者たちだった。

大葛に来て二年ほどたった春、五平は、しきりに咳をするようになった。金掘り病で三ヶ月《みつき》寝込み、四十でこの世を去った。およは荒谷から許されて、その死を弔った。およが働いて母に渡した金は、葬儀でほとんど使われてしまったことを、およは知らない。そして、その秋、弟の五郎が死んだ。一つ下の五郎は、父の代わりに金穿大工になっていた。五郎がそんな危険な仕事に出て、死に目にあっていたとき、自分は笑って暮らして、たっぷりの飯に満足し、母と五郎の苦労に気づかずにいた。そのことがおよを後年まで悩ませた。

およは結局、荒谷家の仕事を辞め、母と一緒に働くことにした。だが石撰女では、朝から晩まで働いても、腹一杯食べられない。それに苦しむ自分が、なお嫌だった。

大葛の生活で、およは女がしたたかに生きるのを見た。金穿大工の寿命は短い。二、三年しないうちに、およの父のように死んで逝く。残された女は、数人の夫をもつのは当たり前だ。およは、それも仕方ないと思った。家族の悲惨をいくつも見てきている。小作や自作農でも生きられず、鉱山にきた一家はほかにもいる。アイヌもいたし、素性の知れない〝渡り〟には、キリシタンもまぎれていると噂されていた。だが、その運命は、似たようなものだった。

鉱内火災で毒を吸い、五郎は窒息死した。その弔いが終わった夜、母トヨとおよは、わら蒲団を二つ並べて横になった。そのとき、およは初めてトヨの胸のうちをじっくりと聴いた。

トヨのつらさは、わが子を亡くしたことだった。およが七つのとき、末弟の五助が死んだ。かぜをこじらせたと言ったが、あれは本当は飢え死にだった。その下の赤ん坊しずは、生まれて九日目に息をひきとった。満足に乳の出ない、おらのせいだと、自分を責めた。世間では、間引きされ、名前もつけられず葬られる赤子もいる。だから我《わ》の家だけが不幸と思ってはいけない、忘れろ。そう言った。

およも、そう思う。だが、罪悪感ゆえに弟、五郎のことだけは、どうしても心から消し去ることができなかった。およを嫁にと、言ってきた男もいたが、およは断った。母のつらさ哀しみとともに生きようと思った。そのやさき十一月、トヨはカゼをこじらせ床についてしまった。枕もとで看病するおよに、トヨが打ち明けた。

およの父五平は、本当の親ではない。およを身ごもったのは、無理やり手込《てご》めにされたからだ。父さんは江戸から逃げて来たキリシタンで、その男に見つかり、交換条件でトヨと所帯をもたされた。そのかわり、わずかな手切れ金をもらい、それを元手に田畑をもつことができた。最期におよの名を呼び、その男を探してはいけない、お前《め》のお父《ど》は五平だと思え、そう言い残し、息をひきとった。

およは、母を亡くした悲しみのなかで、実父のことは、忘れようと思った。確かに両親とも人並みなのに、およだけが大きな身体をしていた。それは、真っ先におよに食べさせてくれたからだと、思っていた。真実を知らされたが、実の子でもないおよを可愛がってくれた父こそ、母の遺言通り、本当の父だと思うことにした。

およは母を葬るとすぐ、空腹で雪道を歩き通し、仲谷家を頼って二井田に来た。独りになると、一刻でも早く、大葛から離れたかった。それほどおよにとっても、鉱山はむごい場所であった。八郎右衛門は、およを使用人で置いてくれた。そして、我慢していた稗飯を腹いっぱい食べさせてくれた。ご飯を食べているときだけは、すべてを忘れた。すーっと、気持ちが落ち着いた。それから、また大食いが始まってしまった。およは気づいていないが、幼いころの飢えへの恐怖がそうさせていたのだ。また末弟、五助のことも深い記憶の闇に閉じ込められていた。

仲谷家で、夜ばいにあって一ヶ月後の八月、およは八戸の昌益の家に引き取られた。その年、寛延二（一七四九）年、八戸は冷害と猪の被害で飢饉になった〝猪飢渇《けがぢ》〟の年だった。食うものもなく、疫病も流行った。昌益の家は、商人町のど真んなかにあったが、町なかでも生き倒れて死ぬ者が多かった。そんなとき、およは年も顔つきも弟とそっくりの死体を見てしまった。それから吐き気が止まらず、およは初めて寝込んだ。心の病〝脱神病〟（うつ病）を調べていた昌益は、およの嘔吐が心の調和を崩したせいだと見抜いた。その処方は、まず話をじっくり聴いてやることだった。そして気持ちを落ちつかせる薬を与えた。

「およ、心配するな。気分が落ち着いたらしゃべってみろ。誰も苦労の一つや二つはあるもんだ。それがこの法世だで。まずこれ飲め」

そう言うと、部屋を出ていった。

昌益の与えた薬は、およの気力をまたたく間に回復させ、翌日には起き上がれるようになった。めったに自分のことを話さないおよだったが、昌益のはげましに、ぽつりぽつりと話し出した。

「我《わ》んど（私たち）、村出たときの、お父《ど》が……いっぺぇ飯食わせるって。……そへで金山さ行ったのし……運よぐ、仕事さありついたのし。んだども……お父《ど》、二年もしねぇうち〝よろけ〟さなってしまったじゃ。……弟《おんちゃ》、五郎って云う。お母《が》さ腹いっぺい食わせるって、金穿《きんせん》大工さなったす。まだ十五だども……毒いっぺぇ吸って、ふたばった（死んだ）。……苦しかったんだの。……地面さ穴掘って、そこさ……顔突っ込んでいだど。……お母、運命《さだめ》だって、しゃべったの。そしたらごど、あるけ？　おら……そう思ったす。んだす、あとで考えたのし。そう思わねばお母、せつねくて、かなわねぇべの。……五郎死んで、初めてわがったす。おらの家、お父《ど》は金掘り病で、お母も具合《ぐえ》悪がった。五郎、銭さなる仕事だがらって、決めたのし。……そい知らねで、腹いっぺぇ食って、おら……笑ってだ。……お母さ、なんで教《お》へでけねがったどしゃべったら、荒谷の使用人さ伝えたと。……どもなんねぇ。五郎さ申しわげねぐで……荒谷の家、やめたのし」

　およは、浮かんだ涙を手でぬぐい、唇を噛んだ。

　昌益は、およを預かるさいに八郎右衛門から、鉱山で家族は皆、亡くなったとは聞いていた。が、およの苦しみをこのとき初めて知った。鉱山開発が、聖人から始まる人間の欲得で、自然を破壊していると、早くから気づき、とりあげてきた。人間に及ぼす毒、病のことにも言及したが、まだまだ甘かったと思う。しばらくして、ふたたびおよが話し出した。

「おら、なして……飯、食うの止められね？　めぐせぇ（恥ずかしい）の。んだす……止められねぇんだ。そったら、バガみて話っこあるが？」

　なぜかまた涙が流れる。

　昌益はそのおよを痛ましいと思いつつ言う。

「およ、人は、食があるからこそ、それぞれの生を全《まっと》うすることができるのし。食という法則さ貫かれてるじゃ。恥じることでねぇ。食いたいだけ、食え。そいで、自《おの》ずと落ち着くの待てばええ」

　食べることでしか、心を癒されなかったおよにとって、食いたいだけ食えばいいという、昌益の言葉が助けになり、弟のことを打ち明けたことで、心の重荷が軽くなった。それからおよは、本来の朗らかさをじょじょに取り戻していった。

　八戸に預けられた当時、およは言葉に出さないまでも、昌益の門弟と自認する者たちに軽い反感をもった。およからすれば、皆金持ちに見えた。武士、藩側医《はんそばい》、大店の商人、町医者、坊さん、神官、そんな人たちが、なぜこの世を悪く言うのか、よくわからない。あるとき、弟子と自称するある神官が、昌益を訪ねてきた。外出していた昌益をまつあいだ、およに水を所望した。

その中年の男、およをからかう調子で、

「およさん、相変わらず大《でけ》な。俺と大差ねべ。これから女は、男さ負けずに、なんでもしなきゃなんね。男と女で一人の人間だべ。男と女で、子はできら。ウハハハハ……。んだ。それさ人間に上下はねえからな。武士であれ商人であれ、金持ちも貧乏人もねえ。そのうち公平な世の中さなるべ」

およは、無言で軽く礼をすると、部屋を出た。

およは思った。そんなバカなことはない。金もちと貧乏人に上下がないとは信じられない。男と女で一人というが、女をバカにするのは男だ。それは、およの体験からの確信だ。だから譲れなかった。それに、あの男、偉そうなことを言っても、その目は、かすかにおよをあざ笑っていた。

昌益が戻り、部屋に水をもっていくと、声が聞こえた。

「我《わ》、弟子ばもたねぇ。自然の精妙《せいみょう》な働きば、知ることは良《え》えことだ。んだども、自然の法則は、各人さ備わってるじゃ。……弟子だからと、教えられるものでねぇのさ」

そう言うと、沈黙した。

男は怒ったように、帰っていった。

およは、あとかたづけのため、部屋に入り昌益にたずねた。

「あの男さっき、男と女で一人の人間だってしゃべったけんど、本当だべが？」

「およ、お前はどう思う？」

「んだすの。男は、ほとんど女子ば、バガにすら。さかりのついた犬みてに、女子ば襲うべ……バガなの、男だすべ」

「およ。男は女がいて、子ばつくれるべ。女は男がいで、おんぼこ（赤ちゃん）産めるのし。男と女さ尊卑《そんぴ》はねぇ。男と女があって、まっとうな一人。……それが自然に備わってる法則だべ」

「んだすが？　んだば、自然の法則って？」

「ざっくりしゃべれば……おのずからあるがまま、それが天地・宇宙だな。人は小天地だべ。自然は生きて動いて、はたらいて、みずから直耕するべ。……人は穀物ばつくっては食べ、食べては耕すじゃ。およがやっているはた織り、あれも直耕。天と地、自然さ尊卑上下はねえのし。それば漢土の聖人が、天を陽、地を陰とし、上下として差別したべ」

「せば……男と女、この世のがっぱ（すべて）ど、上下尊卑ねぇのが自然か……」

およは〝自然の法則〟その言葉を胸に刻んだ。

秋、弟の月命日、およは弟が死んだのは〝自然〟のことかと思った。考えても、そうであるようで、ないようで、よくわからない。そこで昌益にたずねた。

「あのし……おじさん。聞いでもえべが？　人が生まれるのも、ふたばる（死ぬ）のも自然なことだの。せば……弟《おんちゃ》ふたばったの、自然だべが？」

昌益は書きかけの手を休め、およに向き直って穏やかに話し出した。

「弟《おんちゃ》が亡ぐなったのは、漢土の聖人の罪《とが》さよるものだな。お父《ど》も弟《おんちゃ》も悪ぐねぇ。聖人が欲のため、土中から金どご掘り出したのし。それが、そもそもの罪だな。わり（悪い）考え、こしらえごとする人間があるがままの自然ば壊してしまったじゃ。お父《ど》の病も、そのためだべの。こしらえごとの私法ばつくった聖人、権力者……この法世の罪なのし。したばって……人の生死に関しては、これは別々のものでねえ。死ぬも生きるも自然のことなのし。……生死で一道。……進んで生、退いて死となるべ……自然は、人の分別ば超えた自《ひと》り然《す》るはたらきばしている、ということだな」

それからしばらくして、およはまた昌益にたずねた。毎日遅くまで、文字を書きつらねている昌益は偉い人なのか、疑問に思ったのだ。

「おじさん、学問する人間と米をつくるお百姓、どっちが偉《え》れ？　さがしい（賢い）？」

昌益は、笑いながらたずねた。

「およはどう思うべ？」

「おらが？　おら、米ばつくるのが人間のはたらき、直耕だと教えでもらったべ。そいが自然だと聞いたべ？　したけんど、おじさん、学問して書くの苦労してら。なんでがの？」

昌益は、およの問いに真摯に答えようとする。

「んだな。まず、偉い、偉くねぇと……二つさ分ける考えが、偏ってらな。……それは上下ばつくる考え方なのし。したはんで、お百姓は賢《さがし》ぐもあり、賢《さがし》ぐもね……直耕の真人《しんじん》なのし。……したばって、百姓は自分でつくった米も満足に食えねぇべ？　およの家族も苦労したべの。……なして、そうなったべが。……まず、漢土の聖人が現われたのし。そして人に上下ばつくった。……はたらかずして、奪う人間が上《かみ》となり、この世ば支配したじゃ。さらに多くの者が、孔丘や釈迦の教え、その書物ば有難てと思ってきた。……自ら耕さず、説教たれ、間違いとも思わね。……自然の法則も知らず、偏った考えで、衆人ば惑わしたのし。……そったら学問、漢字はいらねえ。……我《わ》は……自然・活真の世、盗み戦争もねえ安平な世、それば考えたのし。およのお父《ど》、弟《おんちゃ》みてな不幸がねぇ世、それが我《わ》の夢だ。そのためさ書いてるじゃ」

　およは、すなおに驚き、興奮を覚えた。今まで、夢といえば、腹一杯食べることしか考えなかった。まわりの人間も、たいがい飯か銭のためだった。昌益の話は、本ものの夢だと思う。そうして、実際にそれに向かっている。そういう人間を初めて見た。このことは、およに深い感動を与えた。そして家族の死が昌益の話す漢土の聖人の誤りと、世の仕組み、法世と関わりのあることを初めて考える。昌益から、偏った漢字や学問もいらない、と聞いてからは、門弟に対する反感も消えた。高弟といわれる仙確が訪ねて来ても、気安くなった。およにとって、米をつくる百姓、働いて、自分の力で食っている人が真の人だと知ったからだった。

　およが来たことで、昌益家は、明るくなった。妻のみねは、しばしばおよの勘違いに笑い、四つ下の周伯は口喧嘩を楽しむようになり、負けるとおよは女子じゃないと、ぼやいた。

　昌益も、およをおもしろがった。女だからと言って、卑下せず、身分が上だからといって、違うと思えば、けっして言う通りにしない。なぜか女の媚《こ》びももち合わせていなかった。文字は妻が教え、仮名は読めるようになった。長男、周伯が年上のおよに漢字を教えようとすると、本は読まないから、覚えるつもりはないと断った。そのくせ、いつの間にか必要な薬草や病名などは覚えてしまう。それを周伯にからかわれると、これは、勉強したのではない。いつのまにか覚えたから仕方ない、と答えたという。

　昌益にとっておよは、この法世のしがらみから自由な、あるがままの自然に近い、そんなところを多くもつ気楽で愉快な娘だった。ところが、そのおよを昌益の妻みねは心配した。説得し、お百姓なら嫁に行くというので、所帯をもたせた。およ二十二のときだった。だが半年もしないうち、運悪く自作農の亭主がはやり病で死に、そのあと舅《しゅうと》に家から出された。その理由は、飯の食いすぎだった。それからは、いくら勧めても所帯をもたないという。なによりも飯があるのに、遠慮して食えないのがつらいというのだ。それ以来、およの強い気持ちに負け、昌益家の手伝いをさせてきた。

今日、昌益が大葛に来たのは、金山を視るためだった。だが亡きおよの家族へ、手を合わせたい。昌益は大葛を目の前にして、およのことを考えた。

――いつまでも、我《わ》も生きられねぇ。およは、我《わ》の家に多大な貢献をした有難い存在だ。家の手伝いは勿論のことだが、ときには安藤家の跡取りの件で、八戸から商人と同行し、我《わ》と仲谷家、あるいは安藤家の使いをしてくれた。往《い》きは木綿、帰りは米をかつぎ山坂を越え、途中三泊の道のりを平気でこなしてくれた。

妻のみねは、出戻りのおよに、また所帯をもたせてやりたかったようだ。我《わ》が二井田に帰り、百姓をすると知ると、みねは自分もまた、当然行くものと思った。ところが、八戸で息子を助けるように言われ、みねはそうとう悩んだようだ。が、結局承知した。我《わ》がおよも連れて行き、良い縁談を世話する。だめなら飯が食えるように産婆にしてやると言ったからだった。

およは、昌益の背中をときに見ながら、足を速めた。頭に浮かんでくるのは、大好きだった御上さんのことだった。

――御上さん元気さしてるがの。……昌益お父《ど》さん、なんで連れてこね？　あんなに仲、えがったのにの。御上さんは、なんでまた、ついてこねぇべが？　周伯さんがよっぽど心配だべが？　生まれ故郷で、自分の考え通りに生きるから、およも行くがと……お父《ど》さん聞いたの。百姓やるがって……聞いてけだの。……んだの、御上さん、百姓するの無理だべの。……おらは、町さ向いていねぇから……ちょうどええべが。……お父《ど》さんの夢、やりてぇごど……それ、あぶねぇべが。……仙確さん、わざわざわざ、先生頼むじゃ。なにが危ねぇことあったら、必ず知らせてけろって、しゃべったべ。なんだべがの。……それでもええべ。お父《ど》さんさ、尽くすべ。……恩返しだの。

辰の刻（九時）、少し早いが大葛の村に入る手前、犀川のほとりで昼めしにした。およも昌益も同じ大きさの曲げわっぱに詰めた稗のかで飯だった。およが幸せそうに食べていると、近くで子犬の鳴き声がする。飯のにおいに誘われたのか、痩せた子犬がおよのそばに寄ってきた。くるっと巻いた尾に三角に立った耳、その目はどこか悲しげで、およの顔を見る。およが知らんぷりしていると、今度は、昌益の方に人懐こそうに、近寄っていく。

「まんず、腹へってるが……」

昌益がかでめしを子犬に差し出すと、焦るように、がつがつと喰う。それを見たおよ、

「お父《ど》さん、甘やがしたら、あとつけでこねが？」

昌益はそれに答えず、

「おめ、マタギからはぐれたが？　捨てられたが。……人さ懐《なつ》ぐのは習性だべの」

と、話しかけ、頭をなでながら、うす赤茶色の身体を調べた。

「これは……うしろの足……わずかに曲がってるべ。闘犬だば無理だ。……おめ、捨てられたべ」

佐竹西家では、藩士の闘志を養うため、闘犬を奨励してきた。大館はとくに熱心に犬の交配をすすめ、大型犬を育てていた。マタギのなかにも、子犬のなかからそれに見合う犬があれば銭に換えていた。この小犬は、闘犬やマタギ犬としても用をなさないと、判断されたようだ。

昌益は、竹筒から手のひらに水を受け、子犬になめさせる。

「めごい（可愛い）の。……ついてきたら、それでえ」

「お父《ど》さん。んだすが？　家さ連れて行ってもえが？　えがったの。……おめ、こっちゃさこ」

およは、わずかに残した飯を見せ、満面の笑みで子犬を呼んだ。しばらく、およと子犬が遊ぶのを見て、昌益が立ちあがった。子犬も、およも昌益のあとをついて行く。

金山川が犀川に合流する地点、山道入り口から四半刻（三十分）ほど登ったところに金山の墓所がある。谷合を流れる金山川に沿って鉱夫の家が建ち並ぶ。およ一家の住んでいた小屋もまだあった。村を抜ける途中、数人の女が会釈しながら通り過ぎる。そろそろ昼の刻だ。どの顔も煤けているが、およの知り合いは誰もいない。馬で荷駄を運ぶゆるい山道をさらに登る。杉林のところどころに、はげ山が見える。金山で必要な木を切り出した跡だ。坑道に入るには脇道をさらに登らなければならないが、そこには、木戸があり、その内側に石撰場やら精錬所などがあり、部外者は入れないはずだ。大葛金山にも、親分子分の関係を保つ友子《ともこ》制度があった。食住の面倒を友子の親分相田という男がみてくれた。死んだときの弔《とむら》いもしてくれた。そんなこんなと思っているうちに、墓所についた。いったん川に下りて橋を渡ると、山すそにある墓所に着いた。傾斜のある山影に二百ほどの墓がありそうだ。金山で亡くなった父母弟の墓は、草むらに埋もれ、見つけるのに難儀した。大きな木を目印にようやく、およが立てた川原石の墓石を見つけた。

墓をきれいにして、およは手を合わせる。

——お父《ど》、お母《が》、五郎、戻ったじゃ。……すまねぇの。……おらだけ生きてしまったの。……したばって、気張《けっぱ》るからの。……いまのお父《ど》さん、ええ人だ。安心しての。

じっとおよが拝むそばで、昌益も合掌している。

——すまね。およのお母《が》さん。……およは、まだ嫁いでねぇ。お父《ど》さん、百姓で生きたかったべ。弟《おんちゃ》、せつねがったべ。我《わ》、すこしでも住みいい世さするべ。それで、許してけろ。

しばらくして、二人は、川原に下りてみた。上流から流れてきた土砂がたまっている場所には、赤茶けた小石や大小の石が転がっていた。川の流れをじっと見つめても、魚はおろか、虫もいない。川原の土石も赤茶け、まわりの草木も枯れている。それでも川はきれいに澄んでいた。

山道にもどり、坂を下っていくと、男が道端で休んでいた。しきりと咳き込み、苦しそうだ。昌益は腰をおろし、額や首が黒く煤けた三十前後の男に声をかけた。

「大丈夫が？」

男が黙ってうなずいた。

昌益が竹筒の水を差し出した。男は、それを受け取り数口飲むと、

「有難て、うめじゃ。咳もとまったし」

そういうと、口を袖口で拭った。

昌益がその男に尋《たず》ねた。

「ちょっと教《お》へでけろ。この川で魚、獲れるべが？　水、飲めるが？」

「だめだ。魚なんが、とっくの昔さいね。……水もやめとげ。村の連中……沢水、飲んでるべな。間歩《まぶ》（坑道）も、川も毒なのし」

およが、すまなそうにたずねた。

「荒谷の家《え》、まだあるが？」

男が即座に、

「小沢の手代の家だば、あら」

答えると、苦しげに咳き込んだ。およが咳の静まるのをまって、

「へぇ、今は手代が……。友子《ともこ》の相田親分は？」

「知らねな。いねべ。三十越えた男はわんつかだ。いればすぐわから。……ゴホッゴホゴホ」

また咳き込み、赤い目に涙をわずかにためた。昌益とおよは、しばらく様子を見た。

男が立ち上がった。昌益は男を見つめ、

「身体、大事さしてけろ。……んだば、達者での」

励ますように肩に手をあて、それから立ち去るのを見送った。

しばらく、うしろ姿を見送ったおよが、

「あの男《ひと》、おらのお父《ど》と同じ病だの。かわいそだの」

ひとりつぶやき、子犬を抱きかかえた。頭をなでながら、愛しそうに言う。

「名前《なめえ》、なんさすべの」

子どものころ、およの家にも子犬がいた。弟《おんちゃ》が拾ってきた子犬だった。親の反対に、隠れて飼い、わずかな飯を削って食わせた。あの犬は、結局、知り合いのマタギに売られてしまった。この子犬も、まだ生後三十日はたっていないと思う。

昌益が歩きながら、

「金銀は、土中さ埋もれているのが自然なのし。聖人の欲が掘り出したべ。それで自然の調和が崩れたきゃ。その結果がこれなのし。……田んぼにも害は及んでるべな」

独り言のようにいうと、およが横で大きくうなずいた。

半刻ほどして、大葛をあとにした。帰り道、子犬の名前は、昌益の命名で耕太郎と決まった。

大葛金山から戻って数日後、仲谷家から呼び出しがあった。昌益が訪ねると、そこには安達、中沢本家、さらに中沢分家や一関《いちのせき》、嘉成《かなり》、小林家の各当主、長《おとな》百姓が集まっていた。仲谷八郎右衛門、昌益を自分の横に坐らせ、八名が囲炉裏を囲んだ。

一番年長で肝煎の八郎右衛門が口を開いた。

「昌益さん、すまねぇ。今まで寄合してたきゃ。ついで、と云《ゆ》のもなんだが、皆さ挨拶できるべ。そへで来てもらったのしゃ」

昌益の左手に一関重兵衛が座る。重兵衛は三十後半、一関家三代目の当主であり、大葛金山の手代・荒谷家や、横にいる八郎右衛門とも親戚である。仲谷の右どなりに座るのは、安達清左衛門、安達家は二井田屈指の旧家であり、村役人と同様の役割を果たすさまざまな特権をもっている。そのとなりは中沢分家・太治兵衛、彼は二十年前からの長《おとな》であり、安達清左衛門と同じ歳の頃、五十半ばのようだ。さらにその横に、嘉成治兵衛と小林与右衛門、いずれも四十代後半から五十初めで三、四代前から続く長《おとな》である。最後は、中沢総本家の長左衛門だ。一番若く三十ちょうど。先年父親を亡くし、三年前から、長《おとな》入りした。総本家は三代続く長《おとな》百姓で、この中沢本家に、一関家の先祖はわらじをぬいだ。このため一関家の催事には、中沢家を本家扱いとし、最上席とする。中沢本家もまた、一関家を本家扱いにするという関係である。昌益が正座のまま、ややかしこまり、

「皆さまさ……挨拶申しあげるべ。安藤家の昌益だす。……このたびは、仲谷のあんさまはじめ、

皆さまのおかげばもって、帰ることができたのし。……有難てことだすな。それに……先年、兄の葬儀では、迷惑かけたすな。……今後も、なにかと世話さなら。よろしくお願ぇするっす」

ゆっくりと、お辞儀した。

それに対し一同、軽く会釈を返し、主だった二井田本村《ほんそん》・長百姓《おとな》の挨拶が終わった。

一関重兵衛は、下《した》村の安藤家の近所に住む。その重兵衛、やや面長の顔に思慮深い目をして、

「安藤家の昌益さんと云んば、噂さ聞いた神童。その人さ会えるとは、嬉しい限りだすの。よぐ来てけだのし。……昌益さん……あんさまより、五つ下とが。んだすな……昌益さん……村出たとき、我《わ》まだ生まれてながったすの。……こっちゃごそ、おねげぇすべ」

軽く頭を下げる重兵衛に、昌益も笑みをたたえて頭を下げた。

安達清左衛門が張りとつやのある丸顔に、責任をまっとうしている者の自信をみなぎらせ、百姓としてはやや大きな身体をもてあますように、あぐらをかいて言う。

「せば、我《わ》は、そのとき、十二ぐらいだべの。……んだすな、その神童ぶりは覚えてら。……なんでもし、馬さ乗った役人どご見での、あの人は危ねとしゃべったべ。つぎの日、男は死んだど。……今でも、語り継がれてら。とごろで、まんず人相さ詳しいど、仲谷のあんさまから聞いたで、どんだす？」

皆も、興味ぶかそうに昌益を見つめる。

昌益、微笑をおさめて言う。

「んだすな。我《わ》の人相見、医者の立場からの観相なのし。易占のそれとはまったく違うものでな。……あくまで病を診るためなのし」

中沢太治兵衛、痩せて小さな身体を身軽に前に出し、

「せば、我《わ》どだすべ？」

と、顔をつきだした。

八郎右衛門が、

「ハッハッハ……。我《わ》の心の臓、見でけれ。昌益さんの薬飲んでしゃ、だいぶ良いのがその証拠だべ。それさ八戸の国家老、そっちゃの病も治した腕だべ」

昌益、気がついたように、

「あんさま、良《え》ぐなった云っても、無理は禁物だすな。……あのし、この前、聞いた肝煎の件だが……みんなさ相談したらどだべ？」

こう言うと、安達清左衛門が即座に反応した。

「あんさま、そったら悪がったすが？　先年の洪水、あと始末、大ごとだったべの。苦労させたからな」

一関重兵衛も、

「んだすの。あんさま、みんな有難てえど、思ってら」

と、顔を曇らせた。それまで無言だった小林与右衛門、良く言えば実直だが、小心さを少しのぞかせ、

「んだんず。借金の棒引き、石代《こくだい》もへらしてもらったすべ。助かったで。我《わ》の家だけでねべ」

そう言うと、横にいる嘉成治兵衛を見た。治兵衛はのんびりと、まるで他人事のようにおう揚な態度で構え、正座している。

中沢分家の当主、太治兵衛は、良く気がまわり、間を取りもつのがうまい。

「まったくだす。なんぼ礼ば云っても、足りねぇべ」

と、自分より三つ、四つ年下の治兵衛と小林与右衛門を見て言う。

安達清左衛門が、

「んだすな。……二井田の郷中……どの家もつぶれ、欠落寸前だったすべ。……仲谷のあんさまさ、十分働いてもらったべ。誰かさ替わってもらうべしゃ。……なぁ与右衛門さん」

小林与右衛門を指名した。与右衛門があわてて手をふり、

「まねじゃ(駄目だ)。まねまね。まんだ、我《わ》の家、立ち直ってねべ。……もう二、三年まってけろ。……んだす、治兵衛さんは……どだ？」

与右衛門の突然のふりにも、嘉成治兵衛は慌《あわ》てるふうもなく、

「我《わ》が？　出来るがの？」

不安そうだが、それでも、ゆったり構えている。

安達清左衛門が村役の性格を表わして、決然と、

「せば、こうすら。仮さ決めておくべし。治兵衛さんは、仲谷のあんさまさ、いろいろ教《お》へでもらえばええ。手足さなって動けばええべ。……仮肝煎さなってもらうのしゃ。……次の番が小林の家・与右衛門さんが当たれば、えんでねぇが？」

そう言うと、身体を揺らして、あぐらを組みなおした。

中沢太治兵衛、二十ほども年下の長左衛門に顔を向け、

「どすべ？」

本家をたて、その意向を確かめる。

長左衛門は組んだ腕をとき、

「そいで……ええだす」

寡黙《かもく》な性格そのままに答えた。

八郎右衛門、

「そいは、有難て。これで安心だす。治兵衛さん、こいがらなんとが頼むど」

ほっとして、昌益を見た。

昌益はそのとき、長左衛門を観相していた。手足や頭、顔もつりあいがとれ、中肉中背の体型をしている〝中身の者《ちゆうしん》〟と判断した。

八郎右衛門、以前昌益に観てもらったときを思い出した。今も、観相するときの目だと気がついた。

「昌益さん、長左衛門《ちよじやむ》の観相ば、してたがね？　その感想はどがね？」

笑みをたたえて、たずねる。

昌益が即座に答えた。

「おー、観相して、感想ば述べろが？　あんさまも、うまいな。ハァハァハァ……んだすの。長左衛門《ちよじやむ》さんは、偏りのねえ人だし、内臓の状態もすこぶるええべ。性格は、奇抜なふるまいもせず、やることはきちんとやるべ。はたらくこともいとわず、自分どご誇ることもしね。直耕の真人《しんじん》だすな」

それを聞いた長左衛門、

「身体は頑丈だすが。んだばって、褒めすぎだすべ」

と、顔を心もち赤らめた。

分家の太治兵衛、

「んでね。昌益さんのしゃべる通りだす。長左衛門《ちよじやむ》のごと、我《わ》が一番わから。んだども、その直耕って、なんだべ？」

好奇心を出して尋ねた。

昌益、真っ直ぐ目を向け、

「んだすな。〝直耕〟、ざっくりしゃべれば、はたらいて産みだすことだすな。……御百姓は米・穀物、食うものばつくる直《じか》さ耕《たがやす》人だす。……広く言えば、この天地・自然も、直耕してるのし。お日さんがなければ、米は成らねぇ。天も地も自然にはたらいているべ。我《わ》、それば〝天人一和〟の直耕。そう云うのし。天人の人《じん》は人《ひと》だす。神さまの神《じん》でねのし。天も人も直耕して、米つくってい るのしゃ」

小林与右衛門がうなずきながら、

「なんだが、難しいと思ったきゃ。よぐ考えたら、当たり前《め》のことしゃべってねが。……んだすが、うまいことしゃべったすの。天人一和の直耕が……」

嘉成治兵衛がもったりとした口調で、

「お天道さまど、かだって、はだらいてらってが。……なんだが、米つくる我《わ》、偉ぐなった気分だべ」

頬に手をあて、まんざらでもないようす。これにうなずく者が多いなかで、長左衛門だけがじっと考えていた。

昌益が長左衛門に視線を向け、

「んだすな。御百姓がこの世で、まっとうな真道《しんどう》あゆむ天の直子《ちょくし》、真人。これが、我《わ》の考えだすな。長左衛門《ちょじゃむ》さん、どう思うがね？」

「んだすの。……百姓が天の直子。……なんだが、どで（びっくり）して……」

長左衛門は、感動して言葉にならないようで、何度もうなずいているだけだ。

安達清左衛門が独り言のように、

「んだば、直耕が働ぐことだったら、みんなだべの。百姓だけでねべさ」

にわかに浮かんだ疑問を口に出した。となりで太治兵衛、それを耳にし、そして尋ねた。

「昌益さん、教《お》へでけろ。人間、みんな、働ぐべ。百姓は天の子だとしゃべらが、ど違うべ？」

昌益は、ゆっくりと、心をこめて答える。

「んだすな。……人は、食うことで、人間さなれるのし。百姓がいてこそだべ。どんなえらそうに説教たれでも、食わずさ生きる人間はいねえのし。……この世で、はたらかず、百姓のつくったものば奪い、食ってる、そういう輩《やから》は真人ではねえと思うが、どだべ？」

昌益の弁に、皆が押し黙った。そのなかで、八郎右衛門が話しだした。

「我《わ》、上訴のとき、つくづくわかったべ。……地べたさ這《は》いずり回って、米つくるのが百姓だ。一番苦労しちゅ人間、米どごろが、稗も食えずさ困ってら。……藩の役人、帳面ずらで年貢決めでの、物成平気でもっていぐ。これはいったいどしたことが？　……商人、武士、お上、みんな……自分で米つくらねぇ。まだいるが。……坊さん、掠職《かすみしょく》（神職）、みんな、食うさ困っていね。せめて百姓が食えねえどぎ、取るごとねぇべって。我《わ》、思ったじゃ」

八郎右衛門の話は、皆の胸に響いた。

宝暦五（一七五五）年は、前年の冷害に続いて、東北一帯が大凶作だった。ここ二井田では、さらに追い打ちをかけて、米代川百年来の大洪水がおきた。その直後、安藤昌益の兄が、いち早く村人の飢えを救うため、炊き出しをした。それがかえってあだとなって、自死に追い込まれた。それほど食うものがなく、餓死する者がでた。疫病《えきびょう》が流行《はや》り、田畑もやられ、つぶれ、欠落と、逃げられる者はいい方だった。そのあげく、小作がいなくなり、田んぼも放置されてしまった。あれから三年、ようやく今年になって、目途がついてきた郷中だ。だが、まだ復旧したわけではなく、人手もなにもかもが不足だった。去年と同様、物成の見通しは厳しい。課せられた年貢の不足分は、村全体で負担しなければならない。皆の頭に去来するのは、つぶれかかった郷中の、その実情だった。

長左衛門が重い口を開いた。

「あのし……田んぼ、米のことだけ大事だったす。我《わ》こいがら、郷中、皆のごども考えるじゃ」

安達清左衛門が身体を前にゆらしながら、

「我《わ》も、甘かったのし。あんさまの苦労、わがっとったつもりだども。……郷中、こいからも、冷害、洪水起きるべの。そっちゃ考えれば、心配なことばっかすだな。……昌益さん、寄合さ来てしゃべってけねが？　どだべ？」

そう言うと、うなずきあう一同を見回した。

中沢太治兵衛が、

「せば、反対の者はいねぇみてだすな。あんさま、昌益さんさ……お願ぇするべ」

八郎右衛門がうなずき、

「昌益さん、八戸で、門人たくさんいたべ。どだべ？　我《わ》んど（俺たち）も、門弟さしてけねが？　ここさおるのは、二井田ば背負って立つ者だすべの」

と、昌益を見つめた。

「んだすな。我《わ》の考え……さっきし言ったみてに……御百姓は天の直子なのし。上から教える者でねべの。どだべ？　家さ遊びさ来てもらうのし。そいで、上下関係なくしゃべるべ。んだすな、寄合のあとでもえべさ。……今日みてさ、声かけてければ、いつでもくるべ。んだす、留守のときは、あきらめてけろ。たまに八戸のようす、見でくるつもりだす。……もう一つ、我《わ》も、食いぶちはつくるべ。よろしく頼むきゃ」

昌益の提案に、いっせいに笑いざわめき、皆が頷き、冗談が飛びかった。

八郎右衛門がやや声をはりあげて、

「んだば、昌益さんのしゃべったとおりにすら。だいぶ遅ぐなったじゃ。へば、お開きだ。みんな、ご苦労さんだの。昌益さん、残ってけろ」

と、最後を締めて、散会となった。

皆が去ると、八郎右衛門、ほっとしたように昌益に言う。

「いがったの、さすが長《おとな》だの。貴方《な》の話さのってけだ。こいからの難問、坊さんに掠職（神職）。それさ……ここで医者となると、いまいる玄秀だべな。うまぐやっていげるがの。……んでね、お前《め》ば心配しちゅわけでねぇ。相手の出方がな……」

「あんさま、我《わ》も気ぐばるべ。……せっかくだす。どんな郷中にしてぇが、ちょっと聞いでけろ」

「んだば、遠慮すな。……お前《め》、どぶろくやるが？」

「なも、いらねぇ。あんつぁの身体さ毒だべ」

「んだ。我《わ》も、お前《め》さ云《ゆ》われてがら、つき合い以外、止めたじゃ」

八郎右衛門は立ち上がり、家人に水を頼みに行き、戻って腰を落ち着けた。

「またせたな。せば、しゃべってけろ」

「んだすな。あんさま、我《わ》の考える国、郷中……そのありようは、誰もが自分で食う米は、自分でつくる直耕の村なのし。自然と調和した村だすな。そこでは誰もが等しく生きるべの。んだす。人のものば奪う者、不耕貪食、つまり遊ぶ者はいね。坊主、神官、医者、学者、武士も我《わ》の分は我《わ》でつくるじゃ」

中年の女使用人・めらしが入ってきて、椀を二人の前に置き、また立ち去った。それを目で追いながら八郎右衛門が疑問を投げかけた。

「はぁはぁ、そったら世の中……なるべが？」

そう言うと、椀の水を口にした。昌益も飲み、その問いに答える。

「んだすな。まず、けね（容易）でねえと、我《わ》も思うべ。んだが……この法世、聖人から始まった権力者……私法の世、しょせん偏った考えなのし。我《わ》んど……まずその気さなるべ。……その気さなれば、糺《ただ》すことができら。……漢土の聖人、聖釈、その考えば改めることは、可能なのし。それが拡がれば、できねぇことでねぇ。……御百姓はもちろん、あんさまがだ長《おとな》百姓も大丈夫だべ。米をつくる百姓、郷中を守るのが役目だす。すぐ納得できるびょん。……まず二井田の郷中から始めるべし。……一つ、誰もが自分の食う分は、自分でつくるべ。まずは、つくった者が先に食えるようにするのし。……二つめは、郷中で起きた問題は、郷中で、百姓の問題は、百姓で解決するべし。……つまり、どんなことも、役人が出てきて裁くことば止めさせるべの。……お上、権力さ頼らず、なにごとも百姓同士の話し合い、村で決めるじゃ。三つめ、耕さず食っている者、武士、学者……ここでは僧侶、神官、医者だべが。その輩《やから》さ田畑与えて、耕作させるのし。……ざっくりしゃべれば、こういったことだきゃ。……これば〝邑政《ゆうせい》〟と名づけたのしゃ」

昌益の言った言葉に八郎右衛門、考えながら問う。

「んだな。貴方《な》のしゃべることは、もっともなことだきゃ。したばって、寺と掠職、お上から村さ紛れ込むキリシタン探索の命ば、仰せつかってるべ。わんつかでも、お上さたて突く者ば、黙っていねべ？」

それに昌益が笑みを含め、

「んだすの。せば寺僧さ、こうしゃべるべ。……田畑耕すのが天地自然の大道なのし。……貴方《な》んどの云う成仏、死んで仏さなることだ。つまり天地自然さ帰ることだ。したはんで、直耕さえしてれば、天地自然と一体となり、人は生きながら仏さなることができるべ。……これでどうだす？」

八郎右衛門がうなずきながらも、やや不安そうな表情をした。が、それでも思い直したように言う。

「んだ。ここの郷中、先年の冷害、洪水で……寺社さ出すどごろが、種籾さえ心配してら。寺の方丈、別当……自力で食ってもらえば、こった有難てごとねの」

「その通りだす。……あんさまは、粘り強く上訴して、竿入れ（検地）させたべ。……郷中の現状、調べさせで、そのうえで、石減、借金を棒引きさせたきゃ。誰でもできることでねぇ。……黙ってれば、奪うばりのお上だ。今の世は、百姓・米より、銭金の欲得がさらに渦巻く世だべの。……鉱毒も、稲、人間、自然にとっては大敵なのし。……ともがぐ、村が自力で生きることば、考えるのし」

「んだきゃ。ここなん十年、すぐ銭になる鉱山……藩の奨励する馬産……秋田杉の伐《き》りだし……漆の山稼ぎ……多ぐなったじゃ。そのほとんど……商人《あきんど》のうしろ盾だべ。米つくる百姓……減るばりだ。なんぼ新田開発だ、云ってもの、自作農さえ潰すのが商人なのし。……藩も商人さ莫大な借金だ。頭上がらねぇべの。……小作が逃げ出し、自作農もつぶれる世の中なのし。この郷中でも四十軒、つぶれたまんまだ。……お上は、昔の竿入れ帳面で、物成(年貢)取るべ。……今のままだば、一村丸つぶれだびょん。……あのし、ここ一帯の郷中にしゃ、寺社がなんぼもあら。百姓つぶれでも、寺社はつぶれねぇ。……貴方《な》のしゃべるどおりだな。ウフフフ……ハッハッハ……」

昌益が、その話にのり、おかしそうに話し出した。

「んだんずな。笑ってしまうべの。ごごさ禅寺多いのは……はるか昔さ遡るべ。……たしか、京・延暦寺の僧が書いた記録があったすな。延喜十五(九一五)年だったべか。……十和田が大噴火した。その灰、京まで及んで……八日後、出羽の国から、灰が二寸も積もったと、報告がきたんだど。……そのときだすな。災害復旧のため、大勢の人間が南からきた。それさともなって、天台寺も入ってきた。そったらもんだべ。……もっとも、上さ立つ輩《やから》は、東国の資源が目当てだべが」

続けて八郎右衛門も、楽しそうに笑みを浮かべて言う。

「んだんだ。歴史と云《ゆ》んばの、大昔から、秘かに伝承された〝蝦夷《えみし》〟の英雄がいるのし。指導者はアテルイ。こっちゃの話っこ、我《わ》、好きでな。……延暦の頃だと云がの。アテルイは攻めて来た朝廷軍と数十年、闘って勝ち続けたべ。んだが、最後は、朝廷側の将軍・坂上田村麻呂《さかのうえのたむらまろ》さ降伏した。……それも……村人、自然ば守るためだべ。なんでも、その村人だば、こっちゃさ逃れで来たど。……我《わ》んど北東北人、大昔から侵略され、奪われとるどごが悔しいの。……そのあと、も一つ。……かれこれ百五十年も前だべ。あの九戸《くのへ》の乱、豊臣秀吉さ喧嘩ふっかけたのが九戸政実《まさざね》だきゃ。敗残兵ば残虐に殺した秀吉、憎たらしい男《やろ》だ。……その戦《いくさ》で逃れで来た子孫が、こご二井田さおるのし。……負けたども、アテルイの血、東北魂とでも云べが、その反骨精神、脈々と受け継ぐどごが、ここだべな。割さ合わねえごど、弾圧さ黙ってしたがわねべ。誇りたけ（高い）のは、変わらねのしゃ」

昌益は、語る八郎右衛門のその顔に、並々ならぬ意志の強さを観た。

「あんさま。その話っこ、えんえんと語りつがれら。……せば、その魂ば、受け継ぐ我《わ》んどの村ば、考えるべが。ハッハッハハ……えべが？」

八郎右衛門、話し好きのようで昌益を楽しげな素振りでうながした。昌益、軽くうなずき話し出した。

「せば、わが郷中……だれであれ、村から必要以上奪うこと、それ許さねようにするべ。……んだども、武器で争う戦《いくさ》はしね。戦は……自然も人も、みんな、めちゃくちゃにすら。……一揆も百姓の仕方ねえ戦だ。したばって、得るものね。……農ば盛んにするべ。百姓で食える世ばつくるじゃ。それが、我《わ》んど（俺たち）のやりかただべ。……まず、祭祀、講なんかば見直すのし。その分で、田畑、開けばえべ。使用人の若勢と小作さ、自作農の道ば拓いてやるのし。……それが、まずやりてえことだじゃ」

「おもへ（面白い）な。んだ。戦は百姓さ、なんの益もねぇ。〝九戸の乱〟がそだきゃ。……ただし、今のまんまで、ええわけもねぇ。つぶれ、出稼ぎさ出る百姓、増えるばしだ。……決めだ！　貴方《な》の考えさ、のった。我《わ》も、やるだけやるじゃ！　ハハァ。おもへぐなら。んだども、貴方《な》の頭ど、我《わ》んどは違うべの。なんぼでも、解《わ》がらねぇごど起ぎら。一つひとつ、対処しねばなんねぇ。お前《め》が坊主さあだってけろ」

そう言うと、八郎右衛門、イキイキとした顔で、水を飲んだ。

「解《わ》がった。寺僧さ話すべ。……あのし、我《わ》の『自然真営道』、良中としての最後の仕上げ、ここでやらせてもらうじゃ。自然・活真の世ば考えた……その仕上げだ。……この、ろくでもねぇ昌益の仕事だべ。んだすな。まず良中の話、考えば聞いでやる。そ思ってければ、有難ての」

「フフフ……おもへことしゃべら。昌益は生身の人間。良中は迷いのねぇ頭で書いた……真道を示す先生だびょん。フワッハッハッハ」

八郎右衛門のその言葉に、昌益も思わず笑ってしまう。

「アッハッハ……進んで良中、退いて昌益、どっちも、我《わ》の顔なのし。ワハッハッハ　アハッハッハ……」

八郎右衛門、昌益の言葉のそれが、また面白く、さらに大きな口を開けて笑った。

しばらくして、笑いの潮が退き、昌益が笑顔を残したまま、たずねた。

「せば、あんさま、今日の寄り合いで、何《な》んが決まったべが？」

「んだ。田んぼの草取り、明後日から始めら。夜が明けてすぐ、一関家の田んぼさ集まるじゃ。結《ゆい》っこだ。……およば、やればえ」

「んだすか。……へば、あんさま、身体いたわってけろ」

昌益が八郎右衛門の腕に親しみをこめて軽くさわり、それから立ち上がった。

第二章　郷中

二井田は大館盆地を二分して流れる米代川《よねしろがわ》の南岸にあり、支流犀川《さいがわ》が合流する三角地帯にある村だ。犀川沿いに二井田本村《ほんそん》の下村、館、小坪、川原、そして支郷の四羽出《しのはい》村などがあるが、本村の人だけは、自分の村、集落のことを郷中と呼ばずに丁内《まち》と呼ぶ。戦国時代に城（館）があったと言われ、それほど歴史がある大きな郷中である。戸数はおおよそ百六十、人口七百、村高千五百石、土地は平らで、日照条件・水利にも恵まれた水田稲作の土地がらである。郷中とは〝村の諸役で構成されている組織〟のことを言うが、祭りやお堂の修理、田のこと・虫追い・街道こしらえなどの決めごと、村八分など重大な裁き、役職選びのほか、さまざまなことを審議し、決定する場でもある。

結《ゆい》の日、昌益は子犬の耕太郎をつれ、およと朝もやのなか、近所の一関家の田んぼに行った。そこには、すでに十人ほどの女が集まっていた。下村などの自作農や小作の女房、娘が笑いざわめいている。安藤家からも、めらし（女使用人）のエツが出ていた。二十半ばの丸顔の気の良さそうな女だ。だがエツは、およや昌益に、それとわかるよそよそしい態度をとることがあった。養子話がでる前、孫左衛門と所帯をもつ約束をしていたのが駄目になったからだ。

「まんずまんず、男がきたきゃ。えれぇもんだすの。昌益さん、草取りは女子《おなご》がやるもんだべの」

大きな声で皮肉っぽく、エツが言い放った。

最近、エツの事情を知ったおよが、さり気なく答える。

「おらのお父《ど》さん、男も女もねぇ、草取りは大変だで、手伝いさ来たのし。そいさ男の草刈り、今日はやらねと、エツさんさ聞いたきゃ」

およの横で、一関家小作の女房マツが、

「今日は女子の一番草の草取りだきゃ。男の山の草刈り、まだ早いべの。んだども……男だれ一人、手伝わねぇ。昌益さん、おらのそばで、草とるが？　いい男だで、いつでも相手さなら。クックク……」

そばかすの多い顔で笑った。

それに対し、昔およと働いていた仲谷家の下働き、中年女のスエが、

「まてまた、ちょっかい出して。ほら見ろ、およが目、丸くしちゅ。もっとも、およの武勇伝、誰もかなわねぇの。ほら、あの夜這いのことだべの。アッハッハッハ　アハッハハ……」

およをからかう。およが大声でやり返し、

「まんず、おらもこまい（小さい）身体だば、いがったべの。ちょっこら押しただけで、吹っ飛んだじゃ。わり（悪い）ことしたの。ウワッハッハ　ハッハハッハ……」

笑うおよを見て、女たちも大爆笑。

昌益も微笑しながら、

「我《わ》、かえって邪魔さならねが？　せば、みんなと並らばねで、畔のそばで取るべ。そいでどだ？」

そばかす顔のマツに聞く。

「有難ての。んだば、腰っこ痛めねぇでけろ。ハッハッハハ　ハハハハ……」

マツはそういうと、また腹をかかえて笑った。

若い娘は耕太郎をなでて、可愛いと愛嬌《あいきょう》をふりまき、中年女は、昌益を見て嬉しげだ。

年長の安達家の使用人カツが笑いをおさめ、

「昌益さん、有難ての。へば、始めるべ。貴方《な》……草取り初めてが？　せば、おらが教《お》へら」

そう言うと。皆に合図の手をふった。

およも、大きな腹をした妊婦のあとを、なんとはなしについて田んぼに入った。子犬の耕太郎は、畔道をうろつき、遊びまわってはしばらくすると、また尾をふり、昌益のもとに戻ってくる。

昌益は、畔ぎわの田んぼによく生えるイボクサなどの雑草をせっせと爪で搔いては、聞いた通り、それを土のなかに埋め、足で踏み込んだ。その雑草は肥料となるからだ。草取りをやりやすくするため、田の水はおおかた落してあり、田んぼはやわらかく、草はとりやすい。草取りが終われば、また田に水を引き入れる。水の管理は男の仕事だ。

そろそろ、休憩の小昼《こびり》になろうとするころ、大きな叫び声がした。昌益が声のする方を見ると、およが畔道の方に妊婦を抱えて向かっていた。昌益は急ぎ堰《せぎ》の流水で手を洗い、かけつける。およが女を畔道の草わらに座らせ、昌益に言う。

「腹、痛がって……動けねのす……」

およの言葉に昌益、脈をとる。女は苦しそうに口を開け、うめき声を上げた。女数人が田んぼから上がり、妊婦を取り巻いた。

「この者の家、近くが？」

「おら……ミヤだす。実家……本宮《もとみや》……うっうっ」

妊婦が痛みをがまんして言う。

昌益が腹に手を当てているとき、女の短かく端折った野良着の下、ももひきが濡れるのを見た。破水だ。およもそれを見てきびすを返し、

「急いで、大八もってくら」

と、言い残し走りだした。そのあとを耕太郎がついて行った。

昌益は荷車がくるあいだ、そばにいる女から、ミヤの嫁ぎ先を聞いた。自分をツルと名のった女

は、このミヤとは友だちで、ミヤは中沢分家の小作、助吉の女房で初産だと言う。昌益は、本宮まで連れて行くのは、遠すぎて母子ともに危険、と判断する。

およが目の前の一関家から大八車を借りてきた。妊婦をのせ、中山家の女房ツルの案内で、助吉の家に向かった。家は四羽出《しのはい》に近いところ。途中、家を確かめたおよは、診療箱をとりに急いだ。

夫の助吉が出てきて、ワラのシビ（藁についた葉の部分）が敷かれた寝間にミヤを連れて行く。ミヤが横になり、ややたってから助吉の母・姑が入ってきた。水の入ったすすぎ桶を昌益のそばに置き、

「へば、産婆呼んでくら。引き取ってけろ。……したばって、早すぎるべの」

皮肉っぽく言うと、部屋を出ていこうとした。

ミヤの下腹部を触診していた昌益が、

「駄目だ。間に合わねぇ。我《わ》が取り上げるべ。いいが、しっかと、ふんばれ」

ミヤを起し、その手を天井の梁《はり》からぶら下げた太いわら縄につかませた。

座産のかっこうで、いきむミヤの顔は真っ赤だ。そのとき、息を切らして、およが戻ってきた。

「およ、へその緒……巻きついとるじゃ。用意せ」

落ち着いたなかにも緊迫した昌益の声に、夫の助吉が慌《あわ》てて、赤子をくるむ布をおよに手渡した。

昌益が胎児を取り出した。だが産声があがらない。およを助手に、首に巻きついたへその緒を昌

益が切る。赤子を逆さにして尻を叩く、そのとき声があがった。

「うわぁー良がったぁ。苦しかったべ」

およが思わず歓声をあげた。それほどの難産だった。今回の手伝いで三度目のおよは、落ち着いて昌益の指示にしたがうことができた。ミヤに赤子の顔を見せ、それから産湯を使い、そばに寝かせた。幸い、後産《あとざん》もうまくいった。

昌益が助吉にあとの養生について告げていると、姑が赤ん坊を見て言った。

「えれぇ、毛深けぇおんぼこだきゃ」

助吉はそれに答えず、感動の面持ちを残しながら、昌益に向かい、

「有難て。……んだども、かにな（ごめん）。……今、礼できねぇ。実家で産むはずなのし。……じぇんこ（銭）用意がねんだ。待ってけねが……」

昌益は手をふり、

「いやいや、かまわん。居合わせたのも、なにかの縁だ。礼はいらねぇ。気にすることねえ。その分、乳出るよさ……たっぷり食わせてやれ」

道具をしまいながら、助吉に言う。ミヤには、

「ゆっくり休めや。小《ち》っちぇ……おんぼこだども、乳飲めば……すぐおがら（成長する）。心配するな。それよが、飯《まま》たっぷりもらえ」

そう言うと、およをともない席をあとにした。

およは以前、昌益に「産術の治方」を教わっていた。医者の多くは、本道（内科）を主と考えるが、昌益は、それを批判し、十の難産を示した。お産を老婆に任せ、医者が当て推量に出産をうながす薬を出し、あげくは母子ともに殺してしまう。その現状を、愚罪の最たるものと言った。医者は、人体の自然に備わった精妙な法則を明らかにして、自分自身の手で難産を救うこと、それこそが肝要な仕事だと教えてくれた。

およと昌益が結の草取りに出て、おまけに産婆役をしたことは、すぐに村人に知れ渡った。翌日、昌益は大館の薬種問屋に出向き、草取りは、およ一人が田んぼに出た。朝早く出て、昼刻《ひるどき》は一関家から飯がでた。皆が、飯を食っているそのとき、仲谷家のめらし、使用人のスエがおよに向かい、

「およさん、大したもんだの。こっちゃの取りあげ婆さま、ひざ悪くて動けねぇべ。およさん、代わってなれら」

感心の素振りをみせて言う。

およが、

「んだべが？　したばって、まだ三回だけなのし。お父《ど》さんさ教《お》へでもらうこと、いっぺぇあるじゃ」

大きな声で答えた。スエがさらに、皆に聞こえるようにたずねた。

「せば、これから産婆は……安心だの。みんな喜ぶの。したばって、なして助吉の家からじぇんこ

(銭)取らね?」

みんながじっとおよを見ている。銭をとらなかったことの方が重大なようだ。

「んだ。たまたまだの」

およがなにごとでもないように答えると、皆ががやがやしゃべり出した。

昨日ミヤの家に案内したツルが、

「昌益さん、銭っこいらねぇ分、ミヤさんさ、沢山、食わせろとしゃべってけだべ。したばって……あっちゃの婆さま、ミヤばえんずめ(いじめ)とら。初孫なのさ……わげわがんねぇ。……おんぼこ、毛深けだの……ミヤば責めでら。ミヤ眠れねのし」

その言葉を聞いた女たちが一応に目くばせして、押し黙って、飯をほおばる。そのことに、およは気がついたが、黙ってツルにうなずいた。

場の雰囲気を変えるように、スエが、

「およさん、おらのどごの旦那さん、昌益さんば〝良中先生〟ど呼ぶべ。せば昌益さん、偉え人が?」

と、不思議そうにたずねた。

およがそれに答えて言う。

「おらのお父《ど》さん、良中って名前で本ば出したべ。……んでね、別さ偉え人でねえ。仲谷のお父《ど》さんの病ば、診るはんでの。……せば、昔……昌益お父《ど》さんしゃべったのし。人は偉ぐもあり、偉ぐもねえって。世の中に上下も卑しいも、尊いもねえって。……男と女さ上下はねえっての」

そばかす顔のマツが、

「わい！　そえで草取り手伝ったのけ？　そえで、手伝いさ来たのけ？　およさん？」

およ、やや自慢げにうなずいた。

スエが、

「たまげたなぁ。男でも、ほんだら人いるが。……たまげたの」

皆を見て、しきりと、同意を得ている。

安達家のカツがおよに尋ねる。

「したっきゃ、なして今日こねぇの？」

「この前、ドクダミ、薬草ば採りさ行ったべの。そえで足りねえ薬、大館さ買いにいったのし。したはんで、これねのし」

およが答えると、ツルが、

「まんず、本物の医者だきゃ」

と、妙に感心している。皆も、納得したようだ。

次の結は、中沢本家の田んぼだった。昌益がやはり、畔のそばで草取りに精を出している。耕太郎は、ツルの連れて来た五歳の恵吉と、いかにも楽しげにとび回り、皆の気持ちを和ませる。のどかな日差しのなか、穏やかな時間が流れる。午後の作業の途中で、安藤家の若勢が昌益を呼びに来た。耕太郎も、尾を振りながらついて行く。

昌益が水屋《みんじゃ》で顔を洗い、筒袖、野袴に着替えて母屋に声をかけた。すぐに、三十をすぎたばかりの孫左衛門が迎えに出てきた。彼は、仲谷八郎右衛門の分家・彦兵衛の実子であり、住み込みの若勢として働いて十数年、昌益のたっての願いで、安藤家を継いだ養子である。昌益が囲炉裏のある板の間に入ると、尊座に仲谷八郎右衛門、横座に温泉寺の住職が座っていた。昌益が住職と真向かう焚き座に腰をおろした。それから方丈にむかい、ゆっくりと軽く頭を下げ、

「これは、待たせたべ。ところで、ご用のむきは？」

と、穏やかにたずねた。昌益の前に、孫左衛門が水の入った椀を置き、続いて木尻座《きじり》（炉端の末席）に正座した。

八郎右衛門が渋い顔で言う。

「んだすな。昌益さんが孫左衛門家《まごじゃむのえ》、継がねぇわけ、聞がれたのしゃ。そんで呼んだじゃ」

昌益は、目の前に座る方丈を見た。年の頃は五十すぎ。昌益より三つほど下。坊主頭が目立って大きいが、顔は小さく細身の身体で、背も低い。高価な藍色木綿の作務衣を身につけ、神経質そうな表情で座っている。目つきに頑固さが表われ、良くも悪くも一徹らしいのが気になった。

方丈は、禅寺で厳しい修行もしてきたが、住職を引き継いで以来、檀家のためにひたすら働いて

きたと、自負をもつ。当然、収入のほとんどは布施である。それは、当たり前のことで、この丁内《まち》は、飢饉の年でも寺への布施は忘れない信心をもっていると思う。寺では、お上から『宗門改帳』が義務づけられているのは周知の事実である。その両方をこの昌益は無視し、挨拶にも来ないと、内心は怒っていた。確かに、三年前の安藤家の件は、やりすぎた、そう方丈は思う。だが、米を盗んだ疑いはといてはいない。兄が自殺したのは、自業自得だ。しかし、あの炊き出しで、救われた檀家の家族が大勢いた。それが皆、安藤家に感謝の念をもっている。それで、少し許す気になった。兄の戒名に「絶道信男」とつけた手前、命日にも読経を上げに行かなかった。三回忌は、さすがにまずいと思い、安藤家の管理を任されている仲谷八郎右衛門に声をかけた。ところが八戸の昌益から、法事はしないと言ってきたという。不愉快であった。しかし、人徳者を自認する方丈、そんな表情は少しも見せず、昌益に言った。

「安藤家は、当寺とは、長いつき合いだべ。檀家の当主が変わったことを知らねえでは、お上さ申し開きができねべの。それは、よくご存じのはずだべが。まぁ、そいは、我《わ》が確認すればええことで……こうして、伺ったわけだすな」

昌益は、

「これは、失礼した。戻っていらい、時機を失い、挨拶が遅れたじゃ。お詫び申し上げるべ」

そう言うと、軽く頭を下げた。

八郎右衛門がとりなすように、独身の彦二に顔をむけ、

「したっきゃ、この我《わ》もわり（悪い）。最後まで、孫左衛門家、昌益さんさ継いでければど、粘ったべ。したはんでこの彦二さ、内密にせと、きつくしゃべっておいたのしゃ。……決まったのは、つい昨日だすな」

安藤家のとり名・孫左衛門を継いだ彦二が八郎右衛門の言葉に大きくうなずいた。

方丈は、

「せば、噂が先さ、耳さ入ったべな」

表むき、納得したようにうなずき、さらに言う。

「んだば、正式に安藤家はこの若勢が継ぐ、としていいのかね？　して、そのわけは？」

昌益が穏やかな目を孫左衛門にむけ答える。

「んだすな……安藤家ば、継ぐ子がいねことが一つ。二つめは長いこと、我《わ》は、ここば離れていた身。代りさ、この彦二・孫左衛門が、家ば守ってきてのし。養子さなってもらったのも、仲谷のあんさまの縁さよる。こった良縁またとあるめ。……三つめは、せめて、皆の衆さ役立つ仕事ばしてと考えてのことだすな」

しゃべり終ると、方丈がうなずきながら、

「昌益殿も、禅寺さ行かれたとか。……なして医者さなってしまったべ？」

当然のように訊《たず》ねた。昌益が苦笑し、

「方丈さんも、修行した身なら覚えがあるはずだ。一つや二つの疑問で収まらねぇほど、腐敗、堕落した世界だったじゃ」

これに対し、方丈、

「う〜ん……」

と、うなったきり、沈黙してしまった。しばらくして、気を取り戻し、

「まあ、いろいろいるが、医者も我《わ》も、人助けを本分とすることは、同じだの」

親近感を示して言う。

八郎右衛門、一瞬の間、口を開こうとした昌益を止め、

「んだっきゃ。我《わ》の病も昌益さんのおかげで、だいぶ良《え》。……方丈さんには、先祖の供養ば頼んどるべ。おかげで安心なのし。ハッハッハ……」

座をとりもった八郎右衛門を見て、孫左衛門がほっと、ため息をついた。

昌益が、

「方丈さん、郷中さ役立つごどが、どったことが……考えていくのも、楽しみだの……」

そう言うと、一瞬鋭い目を見せる。方丈それに気づかず、

「んだすな。檀家あってのこの方丈。昌益さんの働きさ、大いに期待するべ。さて、長居した。こ

のへんで、おぃとますら」

方丈は孫左衛門に戸口まで見送られ、帰っていった。

土間でクンクンと哭く声がする。昌益がやや大きな声で、

「耕太郎、腹へったが？　家さ帰ってれ。およも、しばらくしたら戻るべ」

子犬に話かけた。それを聞いて孫左衛門、

「残りのかでめし、けるじゃ」

と、座を立った。そこに、ぬっと顔を出した者がいた。

孫左衛門が思わず、大きな声をあげる。

「おっ！　これは、玄秀先生……びっくりしたの。どしたんず？」

内藤玄秀、やや細身で長身な体を折り曲げるように、

「すまねな。こっちゃさ、昌益先生いるが？　いたら案内してけろ」

と、硬い表情だ。

孫左衛門がうなずくと、うしろから昌益の声がする。

「かまわねぇ。上がってもらえ」

玄秀、部屋に入り、昌益の前の横座に正座した。一礼すると、

「我《わ》、医者の玄秀と申すべ。このたびは、昌益先生さ、ご挨拶方々、少し伺いてぇこともあり、お

じゃましたべ。よろしぐ」

と、今度は深く頭を下げた。

「昌益だす。玄秀さんの名は、かねがね聞いでだ。こっちゃごそ、よろしくお願いするべ。で、どんなごど、聞ぎてぇべが？」

問い返す昌益に、玄秀、

「んだすな、率直に申すべ」

「そう、硬い言葉はいらねぇ。ふだんのとおりでいぐべ。我《わ》も、そうすべ。……膝も崩してけろ」

玄秀は正座で、かしこまったままだ。

およが顔を出した。

「お父《ど》さん、あんつぁ、夕飯ここで食《け》ど。……どすべの？」

「んだの、食ってぐべ。せば、およもこごさ座れ。これがら、なにがとつき合いもあるべ」

孫左衛門が水をもってきて玄秀と、木尻《きじり》座のおよの前に置き、およと昌益のあいだに座った。

昌益が玄秀に、

「話の腰を折って、すまねえ。これは、およと言い、娘同然の者。気にしねで、話してけろ……」

と、手でうながした。

玄秀、いく分緊張もとれ、ぐち半分で言いだした。

「んだば。先日、ある家で……診療したどごろ、見立て料、払うのしぶったのす。……あとでわけ訊《き》ぐと、先生は、礼はいらねぇと言ったと、その一点ばりだす。そえで、なしたもんかと。その真意ば伺いてぇと。……我《わ》、そいで食ってら。……薬も高くなる一方だべ。楽な暮らしでねぇのしゃ」

昌益が軽く頭を下げて、

「それは、迷惑かけたの。我《わ》の失敗だべな」

そう言うと、およが我慢できずに口を出した。

「お父《ど》さん！　お父《ど》さんは悪ぐねえ。助吉さんのどごで……ミヤさんのお産、助けたの、なりゆきだったし、ミヤさん、実家で産むつもりが、家でお産してしまったべの。……助吉さん、お礼のじぇんこ(銭)用意してねえのも、仕方ねぇの。礼はいらねがら……その分ミヤさんさ食べさせろってしゃべったこと、わりべが？　わりのは、貧乏させで、じぇんこも渡せね暮らしさ、百姓置いたお上だべ」

三十を過ぎた玄秀の顔がみるみる赤らみ、恥じたように下を向いてしまった。

昌益が、

「およ、そいでもな、人さ恩ばきせたのは、この我《わ》が悪い。……それまで直耕してきた皆の衆さ、わずかな損得の欲ば、もたせてしまったべ。慈悲ば施すことは、間違ってると……そうしゃべってきた我《わ》が、このてぇたらくとは、すまなかったじゃ」

と、また頭を下げた。

孫左衛門が不思議そうに、

「あのし……なして、慈悲が悪りべ？」

と、首をかしげた。

昌益が静かな口調で、

「んだな。慈悲ば施せば、施された人は、恩ばこうむったと思うべの。……それは、他人のはたらきさ頼ったはんで、そう思うのさ。また頼ることで、自然に備わった直耕ば、ないがしろにしてしまう。人は、はたらくのが自然なのし。施した方は、相手さ罪ばきせたことになる。ええことではねぇ」

そう説明を終えると、孫左衛門を見た。孫左衛門、うなずきながら、

「我《わ》、お義父《ど》さんさ、恩……感じてへずね（苦しい）がった。……ええ噂、聞がねえのしゃ。なして、養子さなったべって……恨みの気持ち、湧いたのし。したばって……今の話っこで、わがったじゃ。……慈悲、ほどこされたわけでねえって」

感極まったのか、涙を浮かべた。

およも、

「んだんず。困ってる人からも、わずかな銭んこ受け取るお父《ど》さん見での、銭んこ取らねばええっ

て、おらも思ったったのし。……今、わかったの」

と、すっきりした表情を浮かべた。

　玄秀が顔をあげ、

「我《わ》、なんと浅はかだべ。そった事情があったとは。……調べもせず、申しわけねがった。また、昌益先生のご高説、感じいったす。……ところで、先生、本を出されたとか、見せてもらえねぇべが？」

「かまわねぇ。あとで、渡すべ」

昌益が答えると、それまで、黙って聞いていた八郎右衛門、玄秀にむかい、

「その本、良中先生が書いてるべ。んだがその先生、弟子もたねど。残念だの。……んだども話っこば聞きに来てもえど。玄秀さんも、どうだ？　いつなんどき、やるが決まってねが、身分の上下、男ど女関係ねぐ、誰でもきてええのし。んだねはぁ。話してけるのは、この昌益さんでねえ、良中先生だ。アハッハッハ　ハッハッハ……」

と、いかにも愉快げに笑った。

　玄秀がとまどっていると、およが、

「あぁ、今わがった。この前、スエさんさ、聞かれたじゃ。仲谷のお父《ど》さん、良中先生って呼んでだべ。昌益さんは偉い人がっての。……おらしゃべったのし。お父《ど》さん、別に偉ぐねぇ、その考え、

人を上下さみるからいぐねぇ。ただ、仲谷のお父《ど》さんの病、診ているからだべって、答えておいたじゃ。したっきゃ〝真営道〟教える良中先生だったすの」

昌益が笑みをたたえて言う。

「およ、女子がださ、ええごとしゃべったな。こんどは、家さ来いど、誘ってみれ。おなご衆も仲良ぐできるべさ」

「わがった。お父《ど》さん、姉《ねっ》ちゃさ好かれてら。みんな喜ぶべの。アッハッハッハ　ハッハハハ」

と、底抜けに明るい声を出すと、同席している皆も、つられて歯をみせて笑った。

いつのまにかあぐらになっている玄秀が、

「先生は、本道（内科）だすが？　我《わ》、本道ば旨としてが、ここではなんでも、せねばなんねすべ」

気がかりな表情を浮かべた。

「したっきゃ、玄秀さんは、本道やりてが？　我《わ》ば気にすることねえ。んだばって、もっとも大切なのは、自然の法さ、かなった医療だべな。それさ学は漢土の『内経《だいけい》』でねえ。身近なことから学ぶことだの。我《わ》は婦人門、産術、小児門がまずは大事なのし。……この話は、またするべ」

そう言いながら、やや細身で長身の玄秀の観相をする。昌益は『人相巻』を執筆したばかりで、人と出会うたび、観相していると言っても過言ではなかった。

玄秀は、思ったより昌益が威圧的でなく、自分と今後も話していこうと、言ってくれたことに気を良くした。

「へば、そろそろ、帰るがの」

八郎右衛門が腰をあげ、孫左衛門も玄秀も立とうとするとき、およが思い出したように言った。

「お父《ど》さん、玄秀さんさ、今、渡すが？」

昌益、

「今、もって帰るかね？」

と、浮かせた腰を下ろした玄秀にたずねた。

玄秀、なにを言われているのか、わからない。

およが玄秀を見て、

「本さ、『自然真営道』」

と、あきれたように言う。

玄秀は、さほど学問や本が好きではない。昌益に借りたいと言ったのは、挨拶のつもりであった。

「あっ、失礼したっす。んだば、次のときでも」

そう言うと、昌益がすかさず、

「正直で良え。これからは、もっと正直になることだの。たいがい、貴方《な》の身体つき、長身の者は、本、あます好ぎでねのしゃ。だがらと云って、駄目とはしゃべらね。アッハッハハ　ハッハハ」

嬉しそうに笑った。およも昌益と同時に笑い出した。およは、本の好きでない医者をはじめて見た。

「アッハッハッハ　アッハッハッハ　アッハッハッハ　アッハッハッ……」

およ、なにがそんなにおかしいのか、腹をかかえ、涙をためて笑い、こらえてようやく止まった。

それを見て八郎右衛門、

「およ、少し笑いすぎだべ。玄秀先生と、そっくりでねえが。もっとも、およの方が太いから、重いな。相撲すれば、いい勝負だど。アハッハッハ……」

それを受けて、およ、

「仲谷のお父《ど》さん、おどさんも云うすの。そいが嫁入り前の娘《おばこ》さしゃべることが？　ウワッハッハ」

また、笑い出した。

昌益がすかさず、

「およ、いつ娘さ戻った。また、嫁さ行ぐ気さなったが？」

つい本音をもらした。

「んだの。米、担いで来てさ、腹一杯食べさせてくれる男だったら、行ぐべの。ハッハハ……冗談だす」

およたちの会話に玄秀、楽しげで、いつの間にか肩の力が抜けていた。

昌益が結の仲間として働いた一番草の草取りが終わると、今度は虫追いだった。各家から一人出ることになっていて、昌益は、安藤家の若勢と出ることにした。マタギ犬の耕太郎も連れて行くと、すでに八幡様《はちまん》には沢山の人が集まっていた。長太鼓をもった下村の仲谷家の若勢も来ている。館や小坪、川原といった村からも太鼓をもち寄っている。歳《とし》のころ四十後半の掠職《かすみしょく》（神職）が現われると、急に話し声が止んだ。みな神妙な顔をし、儀式の終わるのを待っている。掠職は、修験の聖道院《しょうどういん》。村人には別当、または法院さまと呼ぶ者もいる。うしろ姿は、衆に抜きんでて身体が大きく、手足が細長い。御払いを済ませると、ちらっと昌益を見たようだが、すぐに目をそらした。昌益の医者の風体《ふうてい》、筒袖に野袴《のばかま》姿が目についただけらしい。だが昌益には、きわだって長身の聖道院が、強く印象に残った。そこになにか異様なものを感じとったのだ。

場がふたたびざわめいて、集団は二手に分かれた。昌益は、安藤家の若勢と二井田下村の集団に入る。太鼓を借り、若勢と交互に連打しながら村々の田んぼをまわった。耕太郎が羽虫を追いかけては、興奮ぎみに走りまわる。別れた集団は、街道で昼前に支郷の村々と合流し、ふたたび八幡様に戻った。当番が残り、聖道院からご幣《へい》を受け取ったのち、家ごとにくばるという。

昌益が自宅にもどり、腹ごしらえしていると、当番役の男が来た。午後から八幡様の境内に集まり、一杯やるので来るようにと、およにことづけして、すぐに帰っていった。

昌益が境内に行くと、太鼓を打った半数ほどの者がむしろの上に座り、うちあげをしている。漬物をつまみ、皆どぶろくで良い機嫌になっている。なかの四十代の男が耕太郎を見て、笑いながら言う。

「やぁ、おめぇ、おめも……働いだの。一杯、飲めや」

そう言うと、耕太郎を捕まえようとして立ちあがった。足がもつれたのか、ふわっと倒れかかり、昌益がとっさに男を支える。その男が、

「やぁ、悪りがった。貴方《な》、誰だべ？」

呂律《ろれつ》のあやしい声で言う。

となりの男が答えて、

「孫左衛門家《まごじゃむのえ》の昌益さんだべ。この犬、耕太郎と呼んでだべ。お前《め》知らねが？」

そう言うと、酔った男を横に坐らせ、昌益にも座をつくる。男は三十前後で、労働で鍛えた赤銅色のがっちりした腕からどぶろくをつぐと、昌益にすすめた。大きな地声で、

「我《わ》、重助。……中山重助だす。……四羽出《しのはい》の近く……そっちゃで米つくってるじゃ。ちょっと、聞きて。……なして若勢、養子さしたべ？」

昌益、礼儀として、どぶろくを一口含み、

「なに、知りてえ？」

と、相手の真意を確かめた。重助が、

「う〜ん……我《わ》んど（俺たち）苦労ばして、田畑もったべ。んだばって……若勢がの……養子で一挙に何町歩だべな。……なんだか納得できねぇ話っこだじゃ」

昌益、頭に手をやり、

「やぁ、困った、困った。我《わ》さ、もう子どもつくれねし。……我《わ》の養子、若勢であろうとなかろうと、立派さ安藤の家、守ってきたべな。なんの不足もねぇ御百姓だべ。違うが？」

いかにも困った顔で言う。重助が、

「んだばって……若勢、まぁ正直……下っぱだべ。あだりめだど選ばねびょん」

と、とまどったような困惑した様子だ。

昌益が笑いながら、

「我《わ》、この世さ上も下もねぇと、考えるきゃ。したばって、はたらかねぇで……奪う者、そったら輩は、違うべの」

まわりの反応を窺う。たいがいの者は、耳をそばだてているようだ。ここにいるのは、自作農に豪農の小作、そして使用人・若勢が混じっている。中沢分家の小作、助吉もいた。先日、出産したミヤの夫だ。

真向いに座る四十代の男が訊《き》く。

「我《わ》、太助だす。んだばって。……はだらがねぇで、奪う者って、誰のことだべ？　肝煎も長《おとな》も、田んぼさ入らねべ。……働いでいねってことが？」

昌益、

「皆の衆は、どう思うべな？」

重助が答えて、

「仲谷の肝煎、あれは、代官さ掛け合って、我《わ》んどば助けてけだべ。……長《おとな》も遊んでる者、いるが？　いねぇ。田んぼさ入らねまでも、丁内《まち》の仕事ばしてら。それも百姓のうちだべ」

と、皆を見わたす。

となりで、横になっていた男が突然、大声で、

「いら！　いだじゃ！　……あれだ。聖道院だ！　あいつ百姓でね！」

酔った口調で怒鳴った。

向かいに座る一関家の若勢、浅吉が、

「え〜、んだが？　岩男さん。そしたらごとしゃべったら、方丈さんも、んだべ」

と、首を傾げた。

となりの男が野太い声で、

「んだ。あいつら、祭りのほがでも、あたり前《め》みてさ……米、取るべの。……我《わ》、達子《たっこ》近くの安吉

だす。我《わ》の家、田んぼさ幣《ぬさ》あっても、洪水よげねがったじゃ。有難みねの」

と、不満げに言う。

後方から、ややかん高い声で、

「そったらごどしゃべったら、ばちあだら！」

その声に振り返った重助が、

「なんだ、利平さん、お前《め》の家、洪水つぶれで、小走りやってるべ。神さま仏さま、助けてけだが？」

利平が頭をかいて、

「ヘェへェ。まぁ、んだども我《わ》、こい以上、見放されだら……おしめぇだべ」

バツの悪そうな顔で、昌益の方を見た。利平の〝小走り〟とは、家が破産したため、郷中の家や米を無償で借り、その分、連絡掛などの仕事をすることだった。

昌益はおとなしく座る耕太郎の頭をなでながら、誰とはなしにたずねた。

「ところで、米の収量……上がってるべが？」

すると、達子森に近い犀川沿いに水田をもつ安吉が、

「んだきゃ。年々減ってら。我《わ》のどごだげでね。洪水あと、もっとだべ。……あれだ、洪水で流れできた……大葛《おおくぞ》の泥が悪《わり》ってごとだな」

重助が厳しい顔で、

「奥比内の大葛さ近い方、どだべ？　誰が調べていねが？」

と、安吉に言う。

それに答えて安吉が、

「いねな。お上さ、にらまれら。やらねべ。こっちゃの肝煎と違うべの。見で見ぬふりだべ」

ぐいっと酒を飲んだ。

一関家の若勢、浅吉が、

「我《わ》、その鉱山の泥、聞いだごどあるど。荒谷から小沢支配人さ、替わってからだの。……掘り出した土、金山川のそばさ積んでだべ。……あの長雨での、洪水起きたきゃ。土砂崩れで、下まで流されできたのしゃ」

それを聞いて、酔って横になっていた男、安達家の小作岩男が、がばっと起き上がった。

「んだば、我《わ》も聞いたことあら。小沢支配さなってからだべ。金山で荒稼ぎしとら。掘り出した土っこ、ほったらかしだど！　なもかも、銭っこかかるごど止めたべや。……畜生め、そっちゃの泥で……我《わ》の田んぼ、米おがらねえ！　こったら、小作さ落ちぶれたじゃ。……ばがげ！」

諦めきれない怒りが口につく。

安吉が、

「そっちゃの話、本当《ほん》だが？　んだんずな。せば、小沢さ……どうがして、もらいてじゃ」

そう言うと、重助を見た。

重助は思う。皆がいつもと違い、本音で話している。それは、ここに昌益がいるからなのだ。

「昌益さん、達子森あたりの田んぼ、鉱山の泥でやられだら、こっちゃさ、いっぺぇ流されてくるべ？　……どもなんねべが？」

昌益、腕を組み、

「んだば……丁内《まち》衆で集まって、相談したらどだべ？　我《わ》も、考えておくべ」

そう言いながら、一人ひとりの顔を記憶する。

重助は昌益と、まだ話し足りない。すると、その気持ちを見透かしたように昌益が言った。

「皆の衆、いつでも、我《わ》の家さ寄ってけろ。……すまね、これから往診だ」

軽く礼をして、急ぎ立ち去った。そのあとを耕太郎が尾を振り、ついていった。

昌益が去ると突然、岩男が、

「せば、あれが？　死んだ孫左衛門《まごじゃむ》の弟《おんず》が。おらほ、洪水どき、助かったべ。……あの炊き出しねがったらはぁ、わらしんど（子どもら）、命ねがったじゃ」

酔いの醒めた眼で、昌益の背を見つめた。それに多くの者がうなずいていた。

数日後の星月夜の明るい晩であった。重助、安吉、太助の自作農たちが昌益家を訪ねて来た。囲炉裏を囲んで座る皆の前に、およが漬物と水を置き、それから昌益の左横に坐った。昌益がおよを紹介する。

「我《わ》の娘同然の、およだ。仲谷のあんさまの縁さあたるのし。およは、大葛金山で両親、弟も亡くした。大葛のことだば、話の役さ立つべ。同席させてもらうじゃ」

およが、軽く頭を下げた。弁の立つ重助が先ほどらい、話すことが多い。

「およさんのこと、丁内《まち》で知らねえ者はねな。親父は、確か四羽出《しのはい》の自作農だべ。我《わ》と同ずだの」

「んだす。おら、十三まで村さいたじょ。百姓つぶれで、大葛で働いたのし。ひどいとこだったの」

つらかったことが頭に浮かんだおよは、顔を上にあげて感傷を断った。

昌益が腕を組み、

「せば、洪水あと、去年までの米の出来は、どうだったべ？」

安吉に問う。安吉、自分を指差し、

「我《わ》が？　おらほ、洪水前《め》、十石ほどだすな。んだの……洪水で水さ浸かったどご、採《と》れたの半分だすべ。川さ近いほど枯れで、だめなのしゃ」

いかにも、しょんぼりした様子で肩を落とした。

それを見て太助、

「我《わ》の田んぼ、安吉さんのとなりだべ。まんず、おらほもまねじゃ（駄目だ）。んだけんど、安吉さんほどでね」

これも元気がない。

重助がやおら組んでいた腕をほどいて火箸をもつと、いろりの灰《あく》に二本の線を描いた。

「安吉さんの田んぼ、この辺り。お前《め》のどご、こっちゃが？　米代川と犀川、二本の川……このあいだの田んぼ……被害が大きいってことだの」

そう言うと、火箸を置いて、また腕を組んだ。

安吉、太助がうなずいている。

昌益がツイと、立ち上がり、紙と筆をもってきた。

「んだば、もう少し上流、それから下流も調べてはどだべ。洪水前とあとの違い、またどのあたりか。立ち枯れした稲も、米も取り置くことが必要だべ。……米代川の上流さ、尾去沢銅山あるべの。そっちゃも、頭さ入れとくべ。……まず川付近の田んぼの状態、それば紙さ書いておぐのしゃ」

重助が頭に手をやり、

「我《わ》、書ぐの、うまぐ（上手で）ね」

と、申し訳なさそうに言う。

昌益がごく当たり前の表情で、

「それ、恥《めぐせ》ことでね。……偏った考えさ、惑わされることもね。……絵でも良《え》べ。誰もがわかればえぇのし。さっき灰さ書いたべ」

安吉がほっとしたように、

「んだの、やるが。したっきゃ……そのあと、どすべ？」

それに答えて、重助が、

「お上さ訴えるが？」

不安そうに、昌益を見て訊《き》く。

昌益が、

「丁内《まち》のみんなが、どしてぇか。……十分な証拠、集まってから決めればえべ。まず、その調べる者、誰が始めるかだべ。……多いほどえべが……」

そう言うと、重助に紙と矢立の筆を渡した。

重助が決心したように、

「んだす！　やるべ。我《わ》の知っとる者さ、声かけるじゃ」

安吉と太助に聞くと、二人ともうなずいた。

およがそれを見て、

「お父《ど》さん、その悪さする泥水、大葛の金山川から犀川たどって流れてきたべの？　したら、この前墓所《はかしょ》さ行ったとき、川のまわりの泥、見たべ？　嫌な赤茶けた色してたの。今度、おら行ぐじょ。

それもってくら。比べればどだす？」

昌益がうなずきながら、

「んだの、ええ考えだ。我《わ》も行ぐべ。少し、調べてえこともあるじゃ」

およが笑みを浮かべて、

「ふたりで、また一緒さ行って……えがの？　ウフフフ……、おらとお父《ど》さん、怪しいって噂だきゃ。

クックッククク　アッハッハッハ」

最後には、笑いをこらえきれない。

昌益も、

「これは、また……しまったべ。我《わ》も、若ぐ見られていだが。二十ほども……歳ごまかせばいがったじゃ。アハッハァハァ　アハッハッハァ」

ほがらかな大声で笑った。およが笑い涙を拭きながら、

「そい、無理あるの。ほら、安吉さんの顔、見でけろ。しわ一つねえ。アハッハッハ……」

また、笑う。それを見て、四十になる太助が、

「せば、我《わ》も十も若ぐしゃべるが。ヘッヘッへへ　ハッハッハ……」

と、つられ笑いをした。それに対し、安吉がわざと、すまし顔で言う。

「無理なのし。我《わ》と十《とお》も、ちがうべ。なんぼなんでも、なあ？」

安吉のそのしゃべり方に、重助も吹きだした。冗談が飛び交い、笑いの連鎖がしばらく続いた。

昌益は感慨深く、この自作農たちの未来を思った。

――自作農が増えることで、天人一和の邑《むら》は発展する。昌益は、そう思う。夫婦は第一倫、親子は第二倫、孫は第三倫とするのが自然だ。ところがこの私法の世、権力者は君臣を第一倫とする。いずれその考えも変わるだろう。なぜなら、自然に反しているからだ。自作農は夫婦、親子で農を営む。身分上下もなく、夫婦が愛して子を生《な》し、家族は一和し、それが幾世代も連綿と続く。……家族の食べる分で満足し、欲得をもたない直耕の真人だ。

昌益はふたたび彼らを見た。囲炉裏の火に照らされた自作農のその顔には、やる気が表われていた。鉱毒の被害を調べる。そのことが希望の灯《ひ》を、わずかに点《とも》したようだった。

昌益とおよは結へ出るごとに、郷中になじんでいった。

男たちの草刈りが始まり、昌益も朝、夜が明けきらないうちに、弁当二食分も包んで、同行させてもらった。自作農は、どの家でも馬の一頭はもっている。草刈りは、馬のエサと、堆肥作りに欠かせないものだった。二井田の草刈り場・入会地《いりあいち》は遠く、摩当山《まとうやま》や大滝平内山にあった。草刈りで昌益は、二井田の老《とし》よりの要領の良さや腕前にうなった。早朝から夕方までかかり、とくに盆休みの前になると、朝二時ころから刈りに行くという。この草刈りは、稲刈り直前まで行なわれる。

およの方は、二番草の草取りが安達家から始まった。昌益が草刈りに行った日のことだった。小昼時、中山家の女房ツルが、そっとおよに言う。

「ここば終わったら、さっと、おらさ……つきあってけろ。あのミヤが変だきゃ。……どこも身体、悪ぐねぇど。……したばって、起き上がれねぇ。……泣いてばりだ。……乳も出てねびょん。おんぼこ（赤ん坊）もちっちぇ。生んでから、ひと月たつのに……変だきゃ」

およもそう思い、うなずいた。

夕方、ツルとミヤの家に行くと、外に人の気配がない。寝間にあがると、座って赤ん坊に乳を与えているミヤがいた。乳の出が悪いのか、赤ん坊が、じれたようにむずかる。わら布団の横には、土瓶が置いてある。水だけは、摂《と》っているようだ。

およを見て、ミヤが突然、顔をゆがめ泣きだした。ツルが、なだめるように、

「せば、およさんさ、話してみろ、ん？」

およは、じっとミヤが話すのを待った。ツルがまた言う。

「大丈夫だべ。およさんさしゃべっても、こい以上悪ぐなんね」

赤ん坊は、飲み疲れたのか眠ってしまった。ミヤは、涙を拭くと、ようやく話し出した。

「おらの、おばば（姑）、この捨吉、めんこがらねぇ。……毛深えの、おらのしぇだべ。この捨吉のしぇでねぇのし。……おらのばっちゃ（祖母）アイヌだきゃ。その血が出たのし。ばって……お

らが悪《わ》り。そへ隠して、助吉とかだったのし」

ミヤの顔立ち、肌の色も、アイヌの毛深さも、その特徴は見た眼ではわからないほどだ。

およとミヤのやりとりが、また続く。

「せば、助吉さん、なんとしゃべっとら？　そのこと話したべか？」

「なも、まだ話してねぇ。……捨吉見んで、男なら毛深えの当たりめだ、気にすんなって」

「せば、気にすることねべさ？」

「したばって、いつか、わから。おら……おっかねえのし」

「んだば、そい心配で、まま（飯）のど通らねえのが？」

ミヤがうなずく。およとミヤの話は続く。

「んでもの、今は捨吉ちゃんのごど考えるべ。お婆さん、飯食わせてけねが？　……したっきゃ、這ってでも飯つくれ。……まんず、つくれるまでおら、弁当ばツルさんさ預けら」

「んだけんど……わりべ」

「んだの。お父《ど》さん、慈悲は駄目ってしゃべるはんでの。……ミヤさん、元気さなったら、借りた弁当分、おらの畑さきて、手伝ってけろ。どだべ？　ミヤさん」

ミヤが小さくうなずき、ツルが大きく、嬉しそうに頷いた。

ミヤの顔色は悪い、産後のひだちが良くない。およは、早々に引き上げることにした。

「へば、おら、これで帰るべの。……ツルさんは？」

「おらもいっぺん、戻ら。……又来るきゃ」

そう言うと、二人とも立ちあがった。

帰り道、およは大葛金山でのことを思い出していた。アイヌの女子は、みな苦労していた。その多くは、混血だったが、それだからか、いじめられることが多かった。およの友だちは、最初の夫に先立たれ、若いのに二人めの夫もちだった。気立てのいい、おとなしく優しい女だった。石撰女の仕事場でも、硬くて手こずる容易に割れない石を渡された。手に豆をつくっても、いくらにもならなかった。およが、そっと石を取り替えてやったことも、度々だった。夫からは、何度も稼ぎが悪いと、殴られていた。貧乏なうえに差別され、それでも耐えていた。あの頃、なぜ人間に差別があるのか、わからなかった。今は、昌益お父《ど》に教えてもらい、少しわかる。だがアイヌのことは、よくわからない。

「ツルさん、ミヤさんさアイヌの血入ってるの……知ってだが？」

ツルが、少し間をおき、

「う〜ん、最近わがったの。そいも村の噂での。……あのし、およさん。気にしねでけろ……」

迷いながらも、およになにか話したいようだ。

「なんだべ、気つかわねぇでいべさ」

およのその言葉にうなずいて、ツルが言う。

「んだの。……およさん、実の父親だども。……四羽出《しのはい》の産婆がなぁ……およさん……聖道院の子だと。……そしたら、ばがげだごどねべの。……気にすな。噂だし、およさん知らねがったべ？」

およは内心驚いた。が、それでも冷静さを保ち、

「おらが……聖道院の子だってが？　まだ見でねえども、ええ噂聞かねえ、あの聖道院が？　産婆がそしたらごとしゃべるが？　おがしいの。秘密なら……なおさら、守るのが産婆の仕事だべ。……おらの父親《おど》、大葛金山で死んだのし。あとは昌益お父《ど》さんだけだきゃ。ウハッハッハッ　アハッハッハ……」

最後は笑い飛ばした。

「んだの。……噂の出どころ、仲谷のスエさんだべ。フフフ　ハッハッハ……」

ツルは、まだ笑っているおよにつられて笑った。

家の近くになって、およが、

「ちょっと、家さ寄ってけろ。お父《ど》さんの弁当の残り、ミヤさんさ渡してけろ。湯づけで食えるじゃ」

そう言うと、ツルをさそい家のなかに入った。

昌益は、夕闇がせまるころ、山の草刈りから戻った。さすがに疲れた様子を見せる。身体を拭き、食膳の前にすわると、およがさっそく、今日あったミヤのことを話した。昌益は、ときどきうなず

きながら聴いている。

「んでのお父《ど》さん。お父《ど》さん、一度ミヤさんば診でやってけろ。薬だしてやりてぇのし。どだす?」

「んだな、行ぐべ。薬は……およ、お前《め》さ教えるで、煎じてみれ。おめが見立て料、決めればえべ」

「わがった。明日、行ぐすか?」

「んだな。そすべ」

「なぁ、お父《ど》さん、アイヌはなして、えんずめ(いじめ)られるべ。大葛でもそうだったじゃ」

昌益、飯椀を置くと、水を飲み、それからゆっくりと語りだした。

「アイヌは、素朴で実直だべ。……金銀の通用がねぇから、蓄財、贅沢、詐欺といったものもねがったびょん。夫婦仲も良ぐ、上下の支配もねぇのし。……そしたらアイヌのどごば、和人、松前藩が侵略したのし。……それさ抵抗し戦うのは、当然のごどだ。……アイヌは蜂起し、そして敗れたじゃ。……いっさいアイヌさ責任はねぇ。アイヌは文字ばもたねぇ。……したはんで、聖人や釈迦の、偏った教えに惑わされることもねぇ。……文字や学問といったでたらめがねぇから、私的な欲望もねぇじゃ。……心は清浄でまっすぐだべの。……和人がアイヌから見習うこと……それはあっても、見下し差別することはできねぇべ。……アイヌだからといって、卑下する理由もねのし」

およは、うなずきながら聞いていたが、

「んだんずな。えこと、教《お》へでもらったすの。ミヤさんさ、アイヌは悪ぐね、そへしゃべってやるべの」

　力を得たように、大きい目をさらに大きくした。

　朝の細かな雨がやむと、およは畑に出た。午後の陽射しを受けて、達子の森が美しく見える。ぼんやりながめていると、さまざまなことを思いだす。二井田は、米どころだが、百姓の口に入るのは、正月や祭りのときだけだ。収穫のあと、米が残れば、安い稗や粟に変えてしまうのが普通だ。およの家では、稗だって食べられないときがあった。ひもじかった。兄弟と奪うように食べた記憶が、つらい思い出としてよみがえる。そのとき、一瞬、死んだ幼い弟の顔が脳裏をよぎった。怖かった。心の臓がドキドキした。およは、それをふりきるように、家にもどり、夕食の稗雑炊に入れる菜っ葉やナスを刻んだ。だが、ふりはらっても、ふりはらっても頭に浮かんでくるのは、末弟五助の餓死した白い顔だった。

　外から声がした。

「すまねな。……良中先生いるが？」

　四十がらみの自作農・平沢専之助がおよの前に立っていた。そのうしろに中沢本家の長左衛門、あと数人が入ってくる。安達清吉と、その従弟《いとこ》・吉太郎。中沢分家の吉三郎に一関市五郎。十三、四歳の市五郎をはじめ、二十《はたち》から三十代初めの長百姓《おとな》の息子たちだ。

　昌益が顔を出し、上がるように勧めた。一同が誰言うともなく順に囲炉裏のまわりに座った。昌益は戸口に向かって正面の尊座《そんじゃ》にすわっている。その右手の横座には年長の平沢専之助、その横に中沢本家と分家。昌益の左手、焚き座に安達家の清吉、従弟の安達吉太郎がすわる。一番若い一関市五郎が木尻《きじり》座の近くで、出入り口を背にしていた。さっそく平沢専之助がきり出した。

「我《わ》、平沢専之助だす。先生《しえんしえ》、良中先生って、呼んでええべが？　しゃべってええべが？」

昌益のうなずくのを見て、専之助が続けた。

「中山重助さ話っこば、聞いたのし。大葛金山の泥、洪水で流されできたべ。田んぼ、すんで（ひどい）目さあってら。我《わ》んどの田んぼもだ。……重助、先生と話したべ。そいで田んぼ調べたんだべ？そへ聞いで、我《わ》んども相談さきたじゃ。……長左衛門《ちよじやむ》、しゃべってけろ」

以前、昌益に〝中身の者〟と言われことがあった長左衛門である。それらしく落ち着きのある声で話し出した。

「良中先生。我《わ》んど、大葛の泥ば、調べることさしたんず。まず、洪水でやられたどごで始めたのし。そへもち寄って、今後のこと考えるべど……決まったのし。したばって……調べて、そのあとどすが考えがまとまらねえ。ここさ来たのは……先生、我《わ》んどさ、教《お》へで欲《ほ》すのし」

そう言うと、頭を下げた。

一関重兵衛の長男、市五郎が父によく似た面長な顔立ちで、

「親父しゃべったのし。良中先生……百姓のごど、いろいろ考えでら。教《お》へでもらえって。門弟さ

なれるが、なれねぇが、我《わ》んど次第だど。……どうせば、えべが？」

真剣な眼差しで問う。

昌益、ほかの面々が頷いているのを見て話だした。

「んだな。我《わ》……いや良中として話すべ。……我《わ》がしゃべるのは、これは教えるためでねえ。……世間のいう学問とはだいぶ違うでの。自然から学ぶ。そいが我《わ》のやり方なのし。そいば、どう生かすか、親父さんの云うとおり、貴方《な》んど次第だべ。……つまり、人それぞれさ、自然活真の精妙な、はたらきが宿ってるのし。端的に言えば、活きて真《まこと》なる道とは、耕して食うことだ。……お百姓は、そのまま、直《じか》に耕す直耕の真人、自ずとわかってる人なのし」

昌益の話に、長左衛門を除く皆が、理解しきれず、あいまいな表情で黙りこんでいた。それを見て昌益が微笑し、

「貴方《な》、長《おとな》の集まりで……我《わ》のしゃべったごと、覚えてるが？　しゃべってけろ」

と、長左衛門の視線をとらえて言う。

「んだすが。我《わ》、うまぐしゃべれるべが。……天地も百姓も、直《じか》さ耕して米ばつくる。……そいが自然だど。良中先生、そいば天人一和の直耕、としゃべったすな。天と人がかだって、はたらくべ。……百姓は五穀をつくる真の人間、天の直子だす。したばって、教《お》へる必要はねぇ。……自然と、我《わ》んど（俺たち）さ、備わってることなのす。……先生、そえしゃべったべ。んだばって、我《わ》、思っ

たのし。百姓してきての……いっこうに良ぐならねぇ。……若い者《もん》さ、新しい考え、必要でねぇべが？　先生さ教《お》へでもらうしがね。……先生、この丁内《まち》ば良ぐしてぇのし。我《わ》んど、門弟さしてけろ。お願えだす」

　そう言うと、深々と頭を下げた。長左衛門の真剣な話ぶりは、少なからず皆に感銘を与えたようだ。

「お頼みもうします」

と、再び願う長左衛門にならい、一同も頭を下げた。

　およが入ってきた。皆が頭を上げたところで、水を一人ひとりにくばりはじめた。

　昌益が、

「およ、用がねば、お前《め》、ここさ座れ。……まず、皆さしゃべっておぐべ。ここでは、身分の上下、男、女で差別することはしねぇ。それがきまりだ。……自然は、すべてさ公平だべさ」

　言っている途中、孫左衛門が顔を出した。

　昌益がそれに気づき、

「どすた？」

　孫左衛門が答えた。

「んだす。重助さんが、入ってええが、聞きてぇど」

「せば、呼んでこ。貴方《な》も急ぎの仕事ねば、ここさ座れ。およ、二人さ水頼むじゃ」

昌益は、さっそく、孫左衛門と重助を仲間に加えた。二人が市五郎のそばに並んですわると、村一番の豪農、安達清左衛門の長男清吉と、清左衛門の甥の吉太郎が、戸惑ったようすを見せた。これまで、若勢と同席して並んだことがなかったからだ。使用人は、つねに一段下にかしずくのが慣例であった。だが、思い出した。この若勢が安藤家を継いだのだと。昌益は、その表情の動きをつぶさに見た。

孫左衛門や重助、最後におよが座ると昌益は、清吉の方に目をやり、

「仲間が増えたべ。この者ば、よろしく頼むじゃ」

そして、皆に軽く頭を下げた。孫左衛門も緊張した面持ちで、頭を下げる。

昌益がふたたび話し出した。

「さて、自然ってなんだべ？　みんなは、どう思うべ？」

中沢分家の吉三郎が身をわずかにのり出して、

「んだすな。……お日さんも、山も川も空もすっかど（全部）自然だべ？　んでねが？」

吉三郎、子どものころからの癖で、一つ年上の安達清吉につい気を使い、その顔にたずねた。だが、となりにいる安達清吉の従弟、吉太郎が代わりに答えた。

「当りめのこと、なんで聞くべ？　我《わ》も、そ思うじゃ」

昌益がうなずきながら、

「その、当たり前のことだが、人間もそのなかさ入るべな。あるがまま、おのずからなるさまが自然。ところで、さっき話した大葛金山から流れできた泥は、自然だべが？」

そう、問いを出すと水を一口含んだ。

まだ十五にもならない一関市五郎が、はつらつとした表情で、率直に答える。

「先生、大葛の泥は鉱毒だど。したはんで（だから）自然でねべ。……そっちゃの泥、洪水が運んで来たもんだべ。したばって（だけど）、洪水おぎるの……自然だべな」

それまで、黙って聴いていた平沢専之助、

「我《わ》、洪水、自然と起きたと思わねえじゃ。見でみろ、禿山が多いべ。長雨さなると、そっちゃから山崩れ、起きてるべ」

言いながら、自分でうなずいている。

中山重助が、そのうしろから、

「んだきゃ。おらほの村、洪水で……田んぼさ水入った。……そいで鉱毒あるが、調べるんだべ」

と、自信あり気に言う。

市五郎、

「んだねはぁ。……調べてその先、どすべ？」

それを受けて、重助、

「そごがわがんねぇがら、ごごさ来たんだべ」

市五郎が、緊張した顔で、

「お上さ訴えるが？」

と、重助にたずねた。二人のやりとりに、中沢吉三郎が、

「そいは、大ごとさなら。めったなこと、しゃべるな」

と、くぎをさした。

そこに、安達清吉が言葉を挟んだ。彼は平沢専之助のつぎに年長だ。身体つきは父に似て、やや太っている。

「まぁ、急いで結論だすことねべ。まず、調べでみるべしゃ。そいに小沢支配人と交渉する手もあら」

長男ゆえか、おっとりとして、人の良さそうな話しぶりだ。

それを見たおよ、

「鉱山は、掘ってはならねぇ金ば掘り出したのし。したはんで、毒が外さ出たんだべ。おらのお父《ど》も弟《おんちゃ》も……毒で死んだのし。……ほんとなら……ここで、百姓したかったべの……」

最後は、かすれたような声になった。およの話に沈黙がおとずれた。

それを破って、二十歳になったばかりの安達吉太郎が、

「せば……金山ねば、銭つくれねぇべ。銭のねぇ世の中、あるが？」

若者らしい、率直な疑問を出した。すると、およが顔を上げて、

「あるべさ！　アイヌがそうだきゃ」

毅然と言い放った。それに対し吉太郎がむっとした声で、

「アイヌが？　銭もたねぇから、だまされたんだべ」

挑戦するように言う。するとおよ、

「なしてだ。だました商人《あきんど》、松前藩がわりべさ」

口をとがらした。

中沢長左衛門が穏やかに言う。

「およさん正しいべ。……だますのは人として許されねべ」

穏やかな声だが、確かな口ぶりで賛意をあらわした。

中山重助が、

「我《わ》も、そ思うじゃ。我《わ》んど貧乏百姓、銭の顔……おがめねぇ。したばって銭っこねくても、食ってら。アイヌもそうだびょん」

そう言うと、となりで孫左衛門が小声で、

「んだ。銭っこ、ねくても、交換ばして必要なもの、手さ入るべ。おら、そへしてきたじゃ！」

きっぱりと言った。これにたいして、吉太郎、

「そが？　……んだの。……我《わ》も米と魚、交換したの」

思い出したようだ。

黙って聞いていた一関市五郎、

「せば、吉太郎《きちた》さん、だまされたら怒《ごしゃ》ぐべ？　したっきゃ、だます方が悪《わ》りべ。およさんのほうが、正しいじゃ！」

やや高音の若々しい声で、大人のように断じた。

この成り行きを見ていた昌益が、ゆっくりと口を開いた。

「およのしゃべるとおり、アイヌに金銀の通用はながったべ。……鉱石ば掘り出したのは、もとといえば、軍事ばもつため、権力欲しさが……そうしたものだ。……古くは漢土の聖人。身近な大葛金山で言えば、秀吉の頃がその最盛期だったべしゃ。そして鉱山は、天地・自然を壊し、人や生き物を病にし、殺したべ。およの家族は、その犠牲さなったじゃ。……それさつけても……百姓が五穀をつくる……それが天地、自然にかなったものだと、我《わ》思うべ。……金銀ば尊び、上《かみ》さ立って支配する者。……権力ば握り、はたらかず、年貢・物成を奪っていく輩《やから》。純朴なアイヌば騙《だま》す。……こったら世は、間違っているべ。……我《わ》の考えしゃべるべが。……それでいがったら、こごさ

くればええべ。せば、聞でけろ。……この郷中、まず農ば盛んにする。これを第一とするじゃ。……それさ立ちはだかるもの、一つひとつ吟味して直す。鉱毒もその一つだ。まず、ここからだ。みんなは、どう考えるべが？」

昌益の最後のしめは、皆を嬉しがらせるのに、十分だった。市五郎が突然、頭を下げ、

「良中先生、我《わ》、先生のしゃべったごと、わがるじゃ。まんずこごさ来て、教《お》へでもらいてぇ！」

真剣な眼差しで昌益を見た。

昌益は先ほどらい、市五郎の若々しい好奇心に関心をもち、自分の若い頃を重ね、観察していた。この若者が、郷中の将来を背負っていく一人になるだろうと、思っていたのだった。

平沢専之助が、

「先生、月一回でも、話っこ聴きてぇの。皆はどんだ？　ちょっとだば、頼母子講《たのもしこう》なんぞ休んでもえべ？」

全員の気持ちを確かめる。安達清吉はじめ、皆一様に頷いていた。

昌益、柔和な目をして、

「それは、ええことだ。我《わ》の話はともかく、皆の衆の……酒っこ飲む機会が減らせるべ。酒は身体ばこわす万病の長なのし。……ここでは酒はなしだ。それで良《え》なら、そうすべ！」

最後は、きっぱりと言った。

親子して酒好きの中沢太治兵衛の息子、吉三郎が、

「どぶろぐ、酒っこねが。……んだの、しかだねぇ」

残念そうだ。村では、人の集まりに酒がつきものだったからだ。

およが、おかしそうに、

「お父《ど》さん、姉《ねっ》ちゃがだの無尽講《むじんこう》も、寺でなくて、ここでしてええがの？　なも、女子がだは、がっこ（漬物）さえあれば、ええからの。酒っこは、いらねぇの。……フフフッ」

そう言うと、口もとを手でおおいながら笑った。それを見た昌益、真面目な顔で、

「およ、なんで口隠すべ。ようやく色気でてきたが？　男ぶりのええ野郎さ囲まれて、嬉しいべが？」

そうちゃかすと、およが吹きだした。

「プッ、アッハッハァ　アッハッハ……お父《ど》さん、その手さのらねぇ。おら、でっけ声だでの、みんな、どってん（びっくり）しちゃ、悪《わ》りはんでの。んだの……みんなええ男だの。……ここで嫁っこいねの、安達の吉太郎さんと一関の市五郎さん、それさ孫左衛門さんだべが？　お父《ど》さん、あとで相談さのってけろ。フッフフフ　フッフフフ……」

笑いながら孫左衛門を見る。孫左衛門、ようやく笑顔を見せた。ほかの未婚の男たちも笑みを浮かべ、そわそわしている。そんな皆を見て昌益が、

「皆の衆、妻《あば》のいる者は、いっそう優しくしてやれ。いねぇ者は、惚れたおなごば嫁っこさしろ。

この、およでもえど。そえば、ええ童っこ生まれ、愛情一和した家さなるべ。なぁ清吉さん」と、うれしそうに言う。前に座る清吉は、最近、所帯をもったばかりだ。赤い顔してうなずいた。

中沢吉三郎が、

「せば、我《わ》のあばも、嫁っこのとき……あったじゃ。アハハハ……すっかり忘れでだの。今晩めごがるべ。なんせ、御無沙汰だべし。ウァハッハッハ　アハッハッハ……」

冗談好きを見せる。平沢専之助も、

「吉三郎《きちざ》、そうしろや。あばの機嫌、一挙さ良《い》ぐなら。これはええ。ここで、我《わ》んども命の洗濯できら。来るのさ楽しみだきゃ」

いかにもうれしげに、皆を見回した。

安達清吉がなにやら落ち着かない。それを見た吉三郎が、

「清吉さん、どしたんず?」

「へば、我《わ》、用事あら。そろそろ帰らねど……」

清吉が膝を立てた。ほかの皆も、顔を見合わせる。中沢長左衛門がその空気をよんで、昌益にたずねた。

「次の集まり……盆前の七日、仕事休みだべ。墓掃除のあと、昼飯食ってからで、どだべ?　先生の方は、大丈夫だすか?」

「ああ、かまわねぇ」

昌益のその一声で、月一回の会合をもつことにあいなった。

その夜、およが外にでると、満天の星だった。引きこまれるように星を眺める。およは、昌益の話が面白くなっていた。それにいつかは、聞きたいと思っていることもある。

――人間はどうして生まれるのか？　人間は米だ、とはどういうことか。

昌益が母屋に行こうと戸外に出ると、そこに夜空を眺め、佇《たたず》むおよがいた。それを見たとき、脈絡もなく〝地の女神《かみ》〟そんな言葉が昌益の頭をかすめた。

昌益も夜空をあおいで、たずねた。

「およ、なした？」

「ん？　うん。この空ば見たら、お父《ど》さんさ聞きてぇこと、浮かんだのす」

「しゃべってみろ、なんだ？」

「んだの。人間はどうやって生まれたべの？」

およが空を見上げたままで、たずねた。

「空ば見で思ったが。……およは勘がええ。およ、北の空……あの星ば見ろ。山のすぐ上さ見えるべ。ひときわ輝くあの星だ」

昌益は、立ち位置はそのまま、およを正しく北方にむかせた。

「よく光るあれは、北宮、北辰（北極星）だ。じっと動かね星だべし。……見つけたが？」

「んだ。見つけたす」

「それにつながる七つの星、あれが北斗七星だ。……北斗七星はの、天の陰茎なのし。……大地さ人間万物ば生成するじゃ。北斗七星、それはの、男のがも（性器）さあたるんだの。……人間は小宇宙だべ。んだはんで（そうだから）……昼夜そこさあるとはいえ、昼は褌《ふんどし》に隠してあらわさず、夜だけ夫婦和合して子を産むのし」

「わぁー、あの星が子どもを授けてくれる大本《おおもと》？　んだが。……んだば、米は？」

「およ、この天地の神気の精髄、それが五穀だ。人は食べ物がなければ生きれねぇ。したはんで、自然の絶妙なはたらきは、先に穀物を生じさせたのし。その米穀の精髄ば通して、天地の気が人間男女となるじゃ。……その要が米粒なのしゃ」

「お父《ど》さん、おら……子ばつくらね。……産婆さなりてぇ。産術教《お》へでけろ。おら、気張《けっぱ》ら」

「およ、なして子が欲しくねぇ？」

「…………」

およの沈黙が続いた。昌益も、夜空を見たまま無言だった。およが、決心した。

「んだの。思い切ってしゃべら。……おら、男さ、ちょ（触る）されるの好ぎでねぇ。……二番目の弟《おんちゃ》の五助な……三つで死んだべ。……お母《が》が死ぬ前、云ったのし。餓死だってさ。そい、おらのせぇだべさ。……こごさ戻って、思い出した。……わんつか覚えてたのし。五助の飯《まま》……残した分、盗って食った。……そのせぇで五助、死んだべ。……おらそのとき、六つだった。……おら、所帯もって童《わらし》っこつくるの、おっかね（怖い）んだ」

昌益は、遠くの夜空を見たまま、黙っていた。

しばらくして、およが涙声で言う。

「お父《ど》さん、気にしねでけれ。……おら、人さしゃべれねぇ罪《とが》、犯したべの。……お父《ど》さんさ、聞いでもらって……楽さなるびょん」

頬に伝わる涙を手でぬぐった。

昌益が、穏やかな柔らかい声で言う。

「およ、自分ば責めるな。……ひもじい童《わらし》っこ、飯《まま》見れば食いたいのは当たり前だ。お前《め》の弟《おんちゃ》は、食う気力もなく、弱っていたんだべ。可愛そうにの。……およ、その弟《おんちゃ》の分まで、生きることだ。それが供養だべ。そやって人は、命ばつないできた。……さぁ、家さ入れ。おら、孫左衛門さ会ってくるじゃ」

そう慰めると、背をむけ歩きだした。

およは、しばらくその場に佇んでいた。が、気持ちを切り替え、昌益を追った。

「お父《ど》さん、待ってけろ。用あるじゃ」

並んで、およがきりだした。

「お父《ど》さん、エツさんのことだども……」

「エツって、あの、めらしのエツか？」

「うんだ。エツさん、お父《ど》さんにも冷てぇべが？」

「どうだべ。……なんかあったが？」

「実は……エツさんと孫左衛門さん、言い交した仲だと。それが、養子の話が出てから、駄目になったって。……おらがだば、恨んでら。そう、聞いたじゃ。なんとかなんねぇべが？」

「そが、わがった。考えでみら」

「へば、戻るじゃ」

およは、安心したとばかりに、きびすを返した。

「用事、それだけが！」

「んだ！　お父《ど》さん頼むの！」

うしろを振り返り、およは手をふった。

その夜、昌益は昨年の物成の記録を確かめたあと、孫左衛門にエツとの関係を聴いた。それによると、今でも、双方の気持ちに変わりはないようだった。昌益は、二人の結婚を許し、仲谷八郎右衛門に仲人を頼むことにした。

第三章　門　弟

　盆前、七の日、墓の掃除を済ませ、この日一日は、まったくの休日という日、昌益の八畳の居間に、名づけて〝若衆組〟の九名が円形になり座った。自作農・四十がらみの年長者、平沢専之助をはじめ、三十を過ぎたばかりの中沢本家の長左衛門。その中沢家と互いに本家つき合いをする一関家の十四歳になった市五郎。三十すぎの安達清吉と、そのいとこの二十になった吉太郎。中沢分家の吉三郎、そして中山重助である。昌益の養子・孫左衛門と、紅一点のおよもいる。平沢専之助を除けば、十代半ばから三十代初めの若者たちだ。

　窓を全部開けた室内は、外よりも涼しいが真夏のむし暑さに変わりはない。セミの鳴く声が風にのって間断なく聞こえてくる。暑がりの清吉がしきりと汗を拭いている。およが皆の前に、水の入った椀をくばり終わると、孫左衛門の横にそっと座った。

　それを見届けると、昌益が口火を切った。

「つい、先日、およが夜空ば見で、我《わ》さ聞いたじゃ。人間はどして生まれるのが？　米が人間ばつくったとは、どしてだとな。皆も知りてごどあるべ。んだが、まずは、良中の考える自り然《ひとす》る〝自然〟の話ばすべ」

そう言うと、皆の前に、一枚の絵図を出した。それは「道ハ一真ナルノ図解」とあり、大円の内側に文字が「木—火—金—水—木—火—金—水—」と並び、その円環の中心には「土」が書かれている。そして、そこへ通じる道の入り口、火と金、水と木のあいだにも小さく「土」とあった。

門弟たちが頭を寄せ集め、図面を見つめる。しばらく私語が続いたそのとき、中山重助が、当惑したような声をあげた。

「先生、この絵、あれだべが……風水のあれ、五行、あっちゃど関係あるべが？　我《わ》の家、建でだどぎ、聞いだごどあるじゃ。したばって、あんまし解《わ》がんねぇのし……」

昌益が重助に、

「そが、心配すんな。聞けば、解《わ》がるようになるさ。これから喋っていぐのは、自然、米のごどだ。それが、なんぼ大事が、お百姓は体で知ってるべしゃ」

そう言うと、さらに優しげな眼をした。重助の顔から不安の色が消え、また他の者も同様なのが見てとれた。昌益は水を一口含み、また、ゆっくりと話し始めた。

「まず、この図は、自然のことわり（原理）だと思ってもらうべ。つまり、自然は、木、火、金、水、土、この五行の進んだり、退いたりする一気の運動でなりたってるのし。……なかでも土は、格別のはたらきばするじゃ。……天地宇宙も人体も、すっかど（全部）自然だの。その、自然の一気の運動、これば、道と云うのし。……もし進と退が別個の言葉、別個のはたらきとするなら、自然の真の道でね。……自然の道とは、真《しん》（活真）の自己運動である一気が小さく進んで木気となる」

この時、長左衛門が片手を上げた。

「あのし……先生、いいだすが？　真の自己運動、この〝真〟だば、気のごとだすが？」

と、確認するようにたずねた。昌益がうなづき、

「〝真〟が？　んだの……天と海を巡っている気の源《みなもと》、活《い》き活《い》きと、生命《いのち》を生みだす活力の源、そんなもんだと思ってけれ」

そう答えると、絵図を引き寄せた。それから図面を指さし、説明が始まった。

「真んなかさ書いてある土、これは土《ど》活真《かっしん》だ。土活真、初めて聞く言葉だべ。難しぐみえるべの。……なもだ。なも難しぐねぇ。要するに、我《わ》んどが田畑耕している大地そのものだ、ど思えばええ。つまりだの、大地に宿る〝真〟、それが土活真なのしゃ。……ところで……人間生きていぐのに、土だけでは用がたりねぇべな。たとえば家ば造るべ。それには木が必要だ。……暖ばとれば火《ひ》。……鍋釜こしらえるには鉄、金属が必要だ。……また飲んだり煮炊きには、水が欠かせねぇ。……この木・火・金・水の四つば四行《しぎょう》と云うじゃ。……この四つ、ばらばらに違うものさ見えるべ。……んでねぇ。もとはといえば……土活真が姿ば変えて、現われているものだ。……もっと大きく

見れば……天と海、太陽と月も土活真の運動でなりたってるのし。……もちろん人間の男と女も、鳥や獣、魚や虫の雄と雌も……なんもかも例外なく土活真の進と退のはたらきだべ。……見た目に惑わされて、まったく違うもの、二別のものと見では、なんねぇ。……二別に思えるもの……実は土活真の二つの現われで、二別一真……二つのはたらきの全体が一つの活真、と見るのが正しい見方なのし。……この土活真の運動である進気と退気を、二別一真と見る見方ば……我《わ》は互性《ごせい》と呼んだじゃ」

　市五郎は、せっせと筆記し、ほかのある者は昌益の顔を見つめ、または、腕を組み天井を睨んでいる。いずれも、難しい顔つきをしているのは同じだった。昌益は、それは当たり前のことだと良く知っていた。これを皆が理解するには、まだまだ時が必要なこともわかっている。皆のようすを確かめると、昌益はふたたび話し出した。

「んだの……言い方ば変えれば……自然の道さあっては、天がおのずから海ば内包し、海もおのずから天を内包するべ。……太陽は月の要素、月は太陽の要素を

道ハ一真ナルノ図解

内包するべな。……男は女の要素、女は男の要素を内包するみてに、あらゆることが、こしたら関係さある。……そしてな、この二つの要素が一つとなって、一つのものに二つの要素が含まれて精妙に運動するべ。これを、妙道《みようどう》と呼ぶじゃ。つまり自然は……この互性妙道の別名なのし。自然にある生き物すべてさ、土活真のはたらきが満ち満ちているじゃ。……満ちは道のことだべ。んだはんで、自然はただ一つの満ち、つまりは一道なのし」

昌益は一息ついて、椀を手にとり、のどを潤し、また話し出した。

「つまり、天と海とで一道、日と月とで一道、男と女とで一道、雄と雌とで一道。……どんな微細なことがら、ことわりも、この法則から外れることはねぇ。……心のはたらきも、善の心と悪の心で一道、苦心と楽心とで一道。……すべて対立する二つのはたらきは、ただ一気が進むと退くとの両面であって、実は一つの道なのし。……したはんで、すべて一面的に強弁するのは、身勝手な誤りだべ。それだけでねぇ。天下に対する重大な犯罪行為だじゃ。なぜなら、自然の道さ反しているからだ」

間をおいて、皆の表情を見ると、一関市五郎は筆記の手を休め、下を向き、図面をながめている。安達吉太郎は天井を見上げ、孫左衛門とおよは昌益を見つめ、ほかの者も真剣な面持ちだ。

昌益の話し方は、八戸の門弟に話し慣れていたせいか、ゆっくり話すので、聞きやすいようだ。

昌益は、わずかな笑みをふくみ口を開いた。

「せば、罪《とが》ある者……」

皆の顔に一瞬、緊張が走った。昌益は、それを見て破顔し、

「ハッハッハッハ……。大丈夫だ。心配することねぇじゃ。我《わ》の云う犯罪者とは、大昔の漢土の聖人・伏羲《ふっき》、この伏羲から始まるべ。……伏羲は、陽儀を天の道、陰儀を地の道として〝易〟をつくったべや。……これがなによりも、道を誤らせた最大の元凶だの。……神農は、男と女の道、二つに分けたで。……そのあとの黄帝や武王・周公は、善と悪、上と下を二つの道にしたの。つまり差別したわけだべ。これらはすべて、自分ば利するためさ、真道を犯したものだ。……孔丘もまた、これら聖人のでたらめな誤りさ自分の誤りを重ねたじゃ。さらに云うば……釈迦は、自然の精妙で無限な営み、それが……ただ一道の自己運動であることを解明できなかったべ。……自然の道を究明せず、法を立て、教えをつくり〝民を導く、衆生を救う〟だの……勝手なこしらえごとばしたじゃ。んだべ、こったら法や教えのもとさ、天下は私欲のうずまく乱世となった。……さて、ここまでにするべ。なんか聞きてぇことは？」

皆が沈黙するなかで、一関市五郎が困ったようにきりだした。

「あのし……我《わ》んど、今日墓掃除さ行ったべ。……そいもすっかど、間違ったことだべが？」

昌益は、

「先祖の仏さまば大事さする気持ちは、間違いとは違うな。それは、人さ備わった徳ば表わしちゃ。

んだが、七の日は、仏教の教えだべ。なんで七だべが？」

と、一関市五郎を見つめた。

それを受けて市五郎、

「んだすの。……なしてだべ。人が死んで……ひと七日から七日ごと、四十九日までのあいだ、その前の晩にお逮夜《だや》があら。……みんな七さ関係あるじゃ」

不思議そうに言う。それに対し、平沢専之助が年長者らしい物知り顔で、

「仏教の教えでの、生前の行ないの善悪、死んでから七日ごとに閻魔《えんま》大王さ、裁き受けるんだべ。そのどぎ成仏でぎるため さ、功徳ば積んでやるのがお逮夜だべ。我《わ》、そう聞いたど。したばって……意味がわがらねぇごと、いっぺあら。んだきゃ、丁内《まち》のならいだべ。な、吉三《きちざ》」

と、中沢の分家・吉三郎にふった。

その吉三郎、

「んだ。お逮夜ごとさ餅ついて、小豆ままつくって、坊さまさ来てもらって米渡す。豊作の年はいいべ、したばって、かまど、偉《えれ》え苦労だんず」

視線を数年前に母を亡くし、そしてまた一昨年、長患いの父を看取った本家の長左衛門に向けた。

長左衛門、お逮夜ごとに、親戚が交互にごちそうをつくる風習を思いだし、

「んだっきゃ。意味のわからねぇことで、苦労するのも、どんなもんだべ……」

と、腕を組んで、思案顔だ。

安達清吉が、

「したばって……今日みてさ、若勢《わかぜ》休めら」

村役をしている安達家の者らしい、意見を言う。郷中では、お上に休みの日を願い出て、許可を戴いていた。

中山重助が、

「んでね。休みの日、ほかでもえべ。……百姓仕事さ合わせればいいんず！　なんでもかでも、寺と堂さ合わせることねぇ。……食うごと困ってんの、生きてる人間だべ」

と、怒ったように顔を横にした。座が静かになった。

吉三郎、座をとりもつように、

「したばって、今日のようさ七の日は、なんでも七回してええ、こったら日は、めったさねぇ極楽だべ。ヘエヘエ、なぁ清吉さん、あっちのほうも、七回やれら。……アハッハッハ」

「冗談しゃべるな。なんぼなんでも、七回もやれねぇ……」

結婚したばかりの安達家の長男・清吉が、苦笑いして、となりに座る中沢吉三郎を小突いた。

それを見た一関市五郎が気恥ずかしいのか、

「やめれや、およさんさ、聞こえるじゃ」

声を落したが、席を外していたはずのおよが、いつの間にか土瓶《どびん》を片手に市五郎の後ろに立っていた。

「おらのことが？　気にしねえでけろ。したばって、すけべぇ話は、夜するもんだの」

すまし顔で昌益のそばに行き、土瓶の水を椀に注いだ。

昌益が微笑み、およの話を引きつぐ。

「清吉さん、夫婦和合するのは、きわめて自然なことだべ。んだが、それは夜にしろ。いずれ、そのわけもしゃべるべの。ハッハッハ……」

この愉快そうな笑いに、皆のわずかな緊張も一挙にほどけ、しばらく雑談が行き交った。

一人ひとりの椀に水を注ぎ終えたおよに、重助が声をかけた。

「ところで、およさん……大葛の墓さ行ってきたべ？　鉱毒のごど解《わ》がったが？」

およが立ちあがり、

「お父《ど》さん、あれ出してえべか？　金山川の泥」

昌益がうなずくと、およが水屋の下から、竹筒をもち出してきた。およから受け取った竹筒をとなりに回しながらそれぞれが乾いた赤茶けた砂利や土を手にとり、臭いを嗅ぐ。

中沢長左衛門が手のひらにある土を示し、

「先生、この土さ、鉱毒含まれてるが？」

と、不安そうな様子でたずねた。

「んだな。その赤茶けた色は……んだ。土中から掘り出した物だ。……鉱毒ば含むべ。我《わ》も、鉱夫さ聞いで、堆積場ば見で来たのし。まんず、土砂が川まで崩れでいだじゃ」

昌益も、手にした小さな赤茶けた小石を見ながら、顔を曇らせた。

中山重助が、

「鉱毒、田んぼさ入れねぇ術《すべ》、ねべが？」

言ったそばから、平沢専之助が、

「んだっきゃ。川の水だば、三尺流れれば、きれいになるけんどの。難問は、田んぼさ入った泥だべ」

と、思案気にあごに手をやる。

昌益も同意を示しながら、

「あの付近の村だば……田んぼの取り水、別の沢から引いてたの。したばって、金山川から流れて来た土砂は、そのまんまだじゃ……」

中沢長左衛門が考えながら、

「こっちゃの取り水、川だけだべ。……やっぱす鉱毒の土、かき出すべ。そいはんで、きれいな土、上のせして、堆肥入れたらどだべ」

提言しながらも腕を組み、また考えこんだ。

安達清吉が、

「んだっきゃ。……えれ人手と銭っこかかるべの。丁内《まち》でなんとがするよりねえが？」

と、人の良さそうな顔を見せる。

市五郎が心配顔で言う。

「すっかど（全部）持づの、どだべ？　まんず、持ち主も出さねば、丁内《まち》の衆、黙ってねびょん」

大葛に近いところや扇田に、多くの水田をもつ一関家・市五郎の発言に、皆が一様に頷いた。

中沢吉三郎が、

「せば、田んぼ調べて、どすが、考えても遅ぐねえべ。……んだばって、食う米ねぐなって、青刈りの家《え》もあら。急いだほうがえべ」

と、父親ゆずりの調整役を示した。話が一段落したようだ。

およが愛嬌顔《あいきようがお》で、誰に言うともなくたずねた。

「お父《ど》さん、みんなの知恵、たいしたもんだの。……関係ねぇ話だども、今晩〝ねぶ流し〟あら。この前、旅人《ひと》から聞かれたじゃ。どったらごどで、始まったべの？」

年長の平沢専之助が、

「この顔ぶれだっきゃ、昔話は……我《わ》が一番だの」

自信ありげに皆を見わたし、話しだした。

「ねぶ流しはな、眠けば醒ますためさやるべ。天井さ眠気さそう悪霊がいるのし。それに負けねでの、とうろ灯《つ》けて……一晩中起きてるべの。そいがもともとの話っこだびょん」

およが感心したように、

「んだんずが。……まんず七の日だきゃ、仏と関係あるが？」

そのとき、戸口で耕太郎が吠えた。およがようすを見るため、戸口にたった。

「コータロ、なした？　落ち着け！　お父《ど》さん、ちょっとコータロさついて行ぐじゃ！」

あわただしく、外に出ていった。

およの出たあと、若衆組が次回、集まる話となった。盆が終わり、九月節句の休日と決まった。明々後日《しあさって》から、盆前の泊まりがけの草刈りが始まる。それから二井田の本祭り八幡さまの日だ。皆が雑談に笑い興じていたとき、およが子どもを背負って戻ってきた。

「お父《ど》さん！、ツルさんの童《わらし》っこだ！　恵吉ちゃん、腹押えで、うなってだ。……こごさ連れてきたじゃ！」

およの大声に、重助が、

「いま、なんて？　恵吉ってしゃべったが？　おらほの童《わらし》だ」

あわてて、戸口に向かった。

重吉は抱いたわが子を、昌益の言われたまま、板の間の莚の上に寝かした。昌益は、うなる恵吉

の膨れた腹を診て、触診した。それから、重助に説明し、

「大丈夫だ。ただし、腹さ虫いるじゃ。虫下しば出すべ。しばらく、ここさ休んでから連れて行けばええ。……薬、食前さ飲ませてけろ。……したはんで、食べる前、手ば洗うことだ」

そういうと、

「およ、〝安肝湯〟だ」

そばに置かれた洗い桶で手を洗い、およがもつ、手拭きを使った。〝安肝湯〟、この薬は昌益独自の処方であった。

およが、それに応えて土間に出た。耕太郎が大人しくすわっているところで、声をかけ、

「コータロ、おめ、えれがったの。おめが教《お》へねば、恵吉ちゃん、見んづげれねがったぁ」

ほめて、成犬らしくなった頭をなでた。耕太郎が目を細め、気持ちよさそうに、くぅ〜ん、と哭いて応えた。

若い門弟たちは偶然、昌益とおよの診療を見た。そして、後日、重助から、恵吉がすっかり良くなったことを聞いた。以前も村の子どもの腹が膨らみ、痩せてどんどん青白い顔つきになり、最期には肺をやられ、亡くなったことがあった。その病を昌益は、あっという間に治した。恵吉が昌益の犬に見つけられたことも、面白かったようで、瞬く間に郷中に広まった。これをきっかけに、百姓の仕事より、医者としての昌益が必要とされる事実を昌益もおよも受け入れることになる。

雲一つない秋晴れの本祭りの日、およは朝から安藤家の手伝いをしていた。使用人のエツは、孫左衛門との結婚が決まってから、現金すぎるほど、およに気をつかった。式は、稲の収穫が終わってから、簡単にすませるという。エツの実家は貧しい自作農だから、嫁入り道具などに気を遣わせないという昌益の配慮から、そうなった。水屋《みんじゃ》でそんな話をエツから聞いているとき、太鼓の音が聞こえた。およとエツが外に出ると、孫左衛門がザルを両手で抱え、家から出て来た。

屋敷前に、笛、太鼓の十人ほどもしたがえて、背が高く、天狗の面をかぶれば似合いそうな聖道院が、神社総代の仲谷八郎右衛門と立ち止まった。家の前で聖道院がお祓いをしているあいだに、孫左衛門が米を大八車の大箱に入れた。すると、それが合図のように、賑やかな音とともに次に移っていった。

およが横で、頭を下げている孫左衛門にたずねた。

「んだば、あれが八幡さまの、聖道院か？」

「んだ。……そいが、どしたべ？」

孫左衛門、およのようすが変だと思ったが、およは、賑やかな一行を目で追っているばかりだ。およは、別当を見て、皆の噂どおり、この人が自分の父かもしれないと、思ってしまったのだ。

孫左衛門とエツが家に入ろうとすると、およがなにごともなかったようにまたたずねた。

「米、どのくらい、渡したべ？」

「んだきゃ、二升入れたべの。だいたい、毎年そうだの」

「せば、飢饉でも、同じが？」

「出せねぇ家もあら。今だって……んだべ。……この調子で丁内《まち》ば……がっぱど(すべて)廻るのし」

「んだんずが。……こいで八幡さまの行事は終わりだべが？　案外、けね（簡単）すの」

エツがあきれたように、

「けねであるわけねぇべ。話してやれ、孫左衛門《まごじゃむ》さん」

そう言いすて、家のなかに入っていった。

孫左衛門がおよに説明を始めた。

――このあと、各家の主人が八幡《はちまん》様にお参りに行き、お神酒をいただき、お祓いを受ける。それで八幡さまの祭りは、ほぼ終わりだ。だが、本当に大変なのは、これまでの準備だった。村の家中から人手を出して、年縄（しめ縄）、大小の燈籠《とうろう》、旗などを何対《なんつい》も用意した。女どもは、仏具を磨き、掃除をし、よそからくる坊さんの食事つくりにかり出される。宵祭り、本祭りの神へのあげ物は、違う物を出す。お神酒、お供え餅、白米。塩、お頭つきの魚、昆布、寒天など海の物。それに大根、里芋など畑で収穫した野菜と、ほかに栗、梨などを揃える。これを皆、神社総代が差配することになる。村には、物ががりで大変なことだ。その反対に聖道院にとっては、これでかなりのまとまった布施、寄進が得られるのだという。

そんな話を聞いた数日後、昌益を訪ねて、肝煎の仲谷八郎右衛門が顔を出した。およが迎えに出ると、昌益を呼んでくれという。戸口に出て来た昌益にさっそく切り出した。

「貴方《な》さ、ちょっと、相談だ。実は、昨日……聖道院さ呼び出されでの、何《な》がと思えば、米が少なすぎるど苦情ば受けたじゃ」

「あんさま、なんの米だ?」

「あぁ、各家が祭りさ出した米のことだで。……聖道院がしゃべるにはな、洪水のあとは仕方がねぇ。したばって去年も、今年も少なすぎると云《ゆ》んわけだ。……今更、各家にもっと出せとは云えね。みんな、洪水のあと、種籾さえこと欠いてるべ。……村の倉さあるわずかな米、あれも非常時の種籾にするもんだ。出すわけさいがねえ。んでの、今、長《おと》集《な》めて相談だ。貴方《な》、知恵貸してけれや」

昌益がふたつ返事で、

「へば、行ぐべ」

そう言うと、そのまま藁草履《わらぞうり》に足を下ろした。外で残飯を喰っていた耕太郎が、昌益に飛びつき、甘えた声を出した。マタギ犬の耕太郎は、性格も穏やかで人にもなつく。重助とツルの長男、恵吉を助けてから、村人にも可愛がられ、子どもたちともいい遊び相手になった。肥溜めに落ちた子どもを知らせてからは、さらに耕太郎が一緒にいると安心とばかりに、大事にされるようになった。

そのためか、日中、家にじっとしていることがなくなったのだ。耕太郎をなで、おとなしくさせると、二人は裏の仲谷家に足を向けた。

座につくと、そこにはいつもの顔ぶれがあった。さっそく八郎右衛門が、

「良中先生さ、ざっくり聖道院の件、話しておいた。したはんで、さっきの続きしゃべってけろ」

安達清左衛門が、うなずいて、

「聖道院の要求、米だけでねぇ。堂の修理ば、云ってきてから、なにがと気まずいべ。まぁ、米が集まらねぇわげも、本当ば解《わ》がってらべ」

苦々しい口ぶりで、やや太り気味の腕を組んだ。

一関重兵衛が同じように、腕組みし、

「んだすの。今の丁内《まち》さ……そったらゆとりねえべ。したばって、八幡さまは、二井田の守り神なのし。ないがしろさ出来ねえだす。まんず、困ったの」

最後は、昌益を見つめて言った。

座をとりもつのが得意な、中沢太治兵衛が昌益に尋ねた。

「聖道院のしゃべるどご、きかねば天罰あだるべが？」

昌益が正座の膝に手を置き、しばし沈黙してから話し出した。

「んだすな。まず……八幡神社は、百姓の守り神でねえべな。もともと武人の神さまなのし。……

清和源氏が氏神として尊崇してきたのしゃ。……そのあと、ざっくりしゃべれば、平安期以降、仏教と合わさったべ。さらに徳川家康は、修験道法度《しゅげんどうはっと》ばつくって、山伏ば里さ帰属させたべ。天台、真言宗の二つのどっちかさ組み入れたすな。それが別当・掠職《かすみしょく》なのし。……山伏・修験者が社寺の仕事ばするのは、そったら歴史があるのしゃ」

この昌益の話に、中沢本家の長左衛門が、

「したっきゃ……百姓の守り神でねがったど。んだんずな……無理なごとしゃべるのも、そいだすべ……」

考え深げな顔で口を閉じた。

肝煎代理の嘉成治兵衛が、

「せば……聖道院のことは、もうわんつか（少し）ときを置いてもえがの？」

そう言うと、小林与右衛門が安心したように、

「んだ、そうすべ。いま、こっちゃ困ってらどぎ、なも聞ぐごどねべ」

力をこめて言った。

仲谷八郎右衛門、うなずきながら、

「皆の考え、どだすべ？」

と、意見のとりまとめに入った。

村役の仕事もこなす安達清左衛門が、

「よす！　聖道院さ悪りが、いましばらく泣いてもらうべ。なに、年ば越す米ぐらい集まったべや」

結論を出したことに、皆、一様にほっとした表情を浮かべた。

中沢太治兵衛が、

「良中先生さ相談すれば、まんず、難問解決だきゃ」

嬉しそうにしゃべると、一関重兵衛が気を取り戻したように話し出した。

「せば、良中先生、我《わ》のあに（長男）さ聞いだじゃ。若げもん、大葛の鉱毒調べでら。稲の成り具合も見るんだど。……毎日、出歩いてらの。フッフッフフ……。先生さ教《お》へでもらっての、やっとご、やる気さなったのし。有難てえ。……我《わ》も、荒谷は親戚だきゃ、聞ぐべ」

安達清左衛門も、

「我《わ》のあにの話だば、鉱毒あった場合、土の入れ替え必要だど。……んだばって、その費用、ばかさなんねべ。これは寄合で、しっかど決めねばなんねぇ話だで。……おらほも、ずい分の被害だ」

郷中一の資産家、田畑をもつ清左衛門がめずらしく困った表情を見せた。

何度も、うなずいていた一関重兵衛も重ねて言う。

「我《わ》の田んぼも……川付近は、すんで（ひどい）。……村中の家ば合わせら、どんなごどさ、なるべの。去年、洪水のあど、仕方ねぇと思ったすが。……鉱毒なら、自然さ回復しねぇのは、確かだすな」

腕を組んでままま、かなりの深刻さを見せた。

洪水の被害が大きかった小林与右衛門は、さらに暗い顔だ。肝煎代理の嘉成治兵衛も、のんびりした顔ながらも、めずらしく口元を引き締めている。

仲谷八郎右衛門は、皆を見回し、

「んだすな。今度の洪水、川の氾濫とあいまって、米代川上流、そっちゃから尾去沢銅山の鉱毒、犀川は大葛金山の土石流だ。……被害のねどこ、無傷のどご、ねな。どもなんね。……救いは、良中先生のおかげで、若げ者よぐ働ぐことだ。我《わ》んど、その結果ば待つべ。んだな、そいから対策考えるべや。……せば、話変わって、昌益さん、あの話っこ……孫左衛門の婚儀の件、しゃべってえべが？」

うなずく昌益を見て、ふたたび続ける。

「せば、昌益さんの養子さなった孫左衛門だが……この秋、婚儀ばあげることさなったで、仲人は我《わ》がやるべ。相手は扇田の自作農の次女、エツ。……エツの家は、あの洪水で、かなりの被害さあったべな。したはんで、簡素な祝言さした。……んだすな。昌益さんからも、しゃべってけろ」

受けて、昌益、姿勢をあらため、正座して話しだす。

「いま、あんさまから話があったとおりだす。村の祝言とは、ずい分と違うかたちで、執り行なうべ。式は、農繁期が終わった頃さするじゃ。その前の結納も、はなむけも無《ね》。つまり身一つできてもらうべ。こっちゃで祝言の当日、ごく近い縁者と席をもつつもりだす。顔合わせが目的だす。あど、ご近所の衆さ……祝い膳のすそわけだすな。酒も、さっと振る舞う程度だす。たいした馳走《ごっそ》出せねはんで、祝儀も遠慮してもらうべ。このことは、向こさ伝えてあるのし。せば、お願いするの」

昌益、一礼すると膝をくずして、あぐらになった。そして今度は、ふだんの調子で話し出す。

「なに、惚れあった二人だ。一日でも早く一緒さなりてえべな。……それで、十分だべや」

中沢太治兵衛が膝をのり出し、

「本当さ……祝儀、いらねぇが？　いや、ぬけがけはまね（駄目）ってことだす」

半分、バツの悪そうな顔だ。

それを見て、仲谷八郎右衛門が、

「昌益さんば解《わ》がってねぇな。受け取る人でねぇべ。そいでも心配だべが？」

笑いながら太治兵衛を指さした。

「んだっきゃ。……そいでも、ただ酒は気がひけらの。ヘェヘェへ　へへへ……」

酒好きの太治兵衛、いかにもぐあい悪そうに笑った。

肝煎代理の嘉成治兵衛が、

「んだば、村の者のどぶろぐ、我《わ》が用意すら」

洪水の被害が少なかったためか、太っ腹なところをみせた。

一関重兵衛が、

「我《わ》も、酒っこのつまみ出すはんで。……んだすの、地鶏《とり》でも馳走《ごっそ》すべが」

そう言いながら重兵衛、嬉しそうに手をもんだ。

安達清左衛門も話にのり、

「せば、我《わ》、酒っこば出すべ。村の衆……酒っこさありつけるだけで、満足だすべ。アッハッハハハ
アッハッハハ」

豪快に笑う。郷中の有力者、清左衛門の笑いに誘われて、あとの長百姓《おとな》も、それぞれ、料理を一、二品持参することになった。

昌益はこの和やかな雰囲気に、これもまた郷中一和する姿だと思うのだった。

八郎右衛門、昌益が帰ると聞くと座を外し、外で声をかけた。

「立ち話で、なんだが。貴方《な》、およの噂聞いたが？」

「いや、なんのことだ？」

「んだな。……せば、耳さ入れで置ぐべ。……実は、およば取り上げた産婆がな、我《わ》の家で……およの実の父親は……別当、あの聖道院だと、若勢さしゃべったのし。そいが外さもれた。……産婆は昔、聖道院さおどされて、黙ってだ。そしたらごど云ったど。……このごろ、およが産婆役して……おまけさ評判ええべ。嫉《ねた》みだびょん。真偽のほどは、わがんねぇのしゃ」

「んだすが。わがったす。心さとめておくべ。……人の噂は、ほっとくさ限らな」

そういうと、昌益は八郎右衛門に軽く頭を下げ、家に戻った。


数日後、夕食が終わると、およがめずらしく沈んだ声で、昌益に相談を持ちかけた。

「お父《ど》さん、おらの噂、知ってるが？　よりさよって、あの聖道院が実の親だと。……おら、みんなさ、笑ってごまかしちゃ。……このまんまでえべが？」

「んだば、およ、お前《め》は、そのごと本当だと思ってだが？」

「んだす。おら、お母さ聞いたじゃ。誰とは、言わねけんど、実の親……別さいるってごど、それは本当だす。……お母、探すなどしゃべったさ。そへでも、気になら」

「んだべな、気になるべの。……ほかにお母さん、どんなごど言い残したべ。話せることだけでえ」

昌益の問いに、およは、母の言葉を思いだし、こう話した。

――母がおよを身ごもったのは、十六で手込めにされたからだ。父の五平は、どこからか逃げて来たキリシタンだった。だが、母トヨを手込めにした男に、キリシタンであることを知られてしまった。男は五平に言った。お上に内緒にするから、子を孕《はら》んだトヨと所帯を持てと。母は、男にわずかな手切れ金をもらい、五平とそれを元手に不足の金を商人に借り、田畑をもつことができた。五平は、およを間引くと言ったトヨをいさめ、およを育てた。だが五平は百姓をしたことがない。だから、つぶれて金山で働いて死んだ。およを可愛がってくれたし、母にも優しかった。母は、その男を探さない方がいい、五平を親だと思え、そう言い残して、息をひきとった。

それをじっと聴いていた昌益が、

「およ、我《わ》さ何《な》ぬ聞きてぇ？　お前《め》のなかさ、すでに答えがあるべ」

そう言ったまま、黙った。およも考える。

「んだすの。お母……その男ば探すな、そへしゃべったべ。……人らしい、気持ちあれば、お母さ……むごいことしねべの。……おらも、五平お父《ど》、親だと思うじゃ。……実の親がだれであろうと、関係ねの」

「んだな。……五平お父《ど》さんは、たいした者だの。……危うくおよ、お前《め》間引かれるどごだったべ。……キリシタンは、互いさ夫婦の愛情ば守る、潔癖な性情ばもつべ。……お母さん、恩さきたべな。有難かったべの。……およ、ええお父《ど》さんさ恵まれたのし」

「んだっきゃ。……おら、こいで良がったし、迷い、晴れたじゃ。お父《ど》さん、有難う」

およの心は、ひとまず落ち着いたようだった。

昌益は思う。

――キリシタンを村で取り締まるのは、方丈と掠職だ。およの身体からして掠職の聖道院が、実父の可能性は高い。しかし、取引するとは、人間が腐っている。ただし、わずかでも手切れ金を渡したとあれば、少しは罪の自覚もあったようだ。今後、どう出てくるか。およをこれ以上、苦しめなければ良いが……。

そんな心配が昌益の頭に浮かんだ。

二井田の八幡さまの祭りが終わり、本格的な稲の刈り入れが始まる。それが終わった田んぼの畝《くろ》には、人の背丈よりも少し高い一本の棒に、稲束を円形上に積み上げたホニョ（穂鳰）が立つ。その姿は、きりたんぽのかたちに似て、曲線を描く田んぼに沿い、互いが陰にならぬよう等間隔に並んでいた。それは、稲穂を天日で干す稔り豊かな風物詩であり、自然と農民のはたらき、知恵と愛情を物語っていて、陽《ひ》の沈むころの夕影は、まことに心魅かれる美しい光景であった。

九月の節句日は、休む家が多い。ことに若勢の多い二井田では、使用人を休ませる。餅をつき、ごちそうを出し、村では博打も行なわれるのが、慣例になっていた。女たちは女たちで、月待ちの講を開き、深夜遅くまでごちそうを食べ、笑いに興じる。この窮乏のときに、という考えもあるが、寺社への供物や、村人の根強い慣例には、逆らえない。若い門弟たちは、批判をもちながら、田んぼの稲の状態を調べて廻った。そんな秋たけなわの昼下がり、彼らが昌益の家に集まった。居間に円形になって座り、来た者から昌益に近い場に席をとる。昌益の両隣《りょうどなり》に一関市五郎と中沢長左衛門、その横は、安達清吉と吉太郎、さらに平沢専之助、中山重助、中沢吉三郎、孫左衛門、最後はおよだった。

平沢専之助が、

「良中先生、最初、各村の報告、どだべ？　せば、清吉さんから、始めてけれ」

安達清吉をうながした。これを受けて、清吉が手もとの帳面を見ながらの発表となった。

「我《わ》、丁内《まち》ば調べたじゃ。……田んぼの一部さ立ち枯れあったす。……その場所は米代川と犀川にはさまれたどごで、一番、被害多かったべ。ほがは……四羽出《しのはい》村、洪水で土砂の影響あったべが……立ち枯れ、なかったす……」

清吉が口を閉じ、中沢長左衛門が引き継ぎ話しだした。

「我《わ》は……扇田村から大葛あたりまで調べたじゃ。清吉さんと同じ、米代川と犀川にはさまれた田んぼだす。……扇田でも、ここが一番ひどかったすの。……そいと、大葛村の金山川《きんざんがわ》と合流した犀川あだりだべ。……比内、独鈷《どっこ》村の川付近、そこは立ち枯れ少ねぇ。……したはんで、鉱毒被害のねぇのは、引欠川《ひかけがわ》の辺りで、洪水の被害はあったべが、枯れでねがった。以上だす」

このあと、見本で刈ってきた稲穂の比較検討が、川と水田が描かれた絵図を見ながら行なわれた。昌益が墨で黒く塗られた水田を指して、市五郎にたずねた。

「このあだり、米代川と犀川さ挟まれた……ここがもっとも被害が多いの。一関の田んぼが？」

「んだす。親父、収穫ほとんどねど」

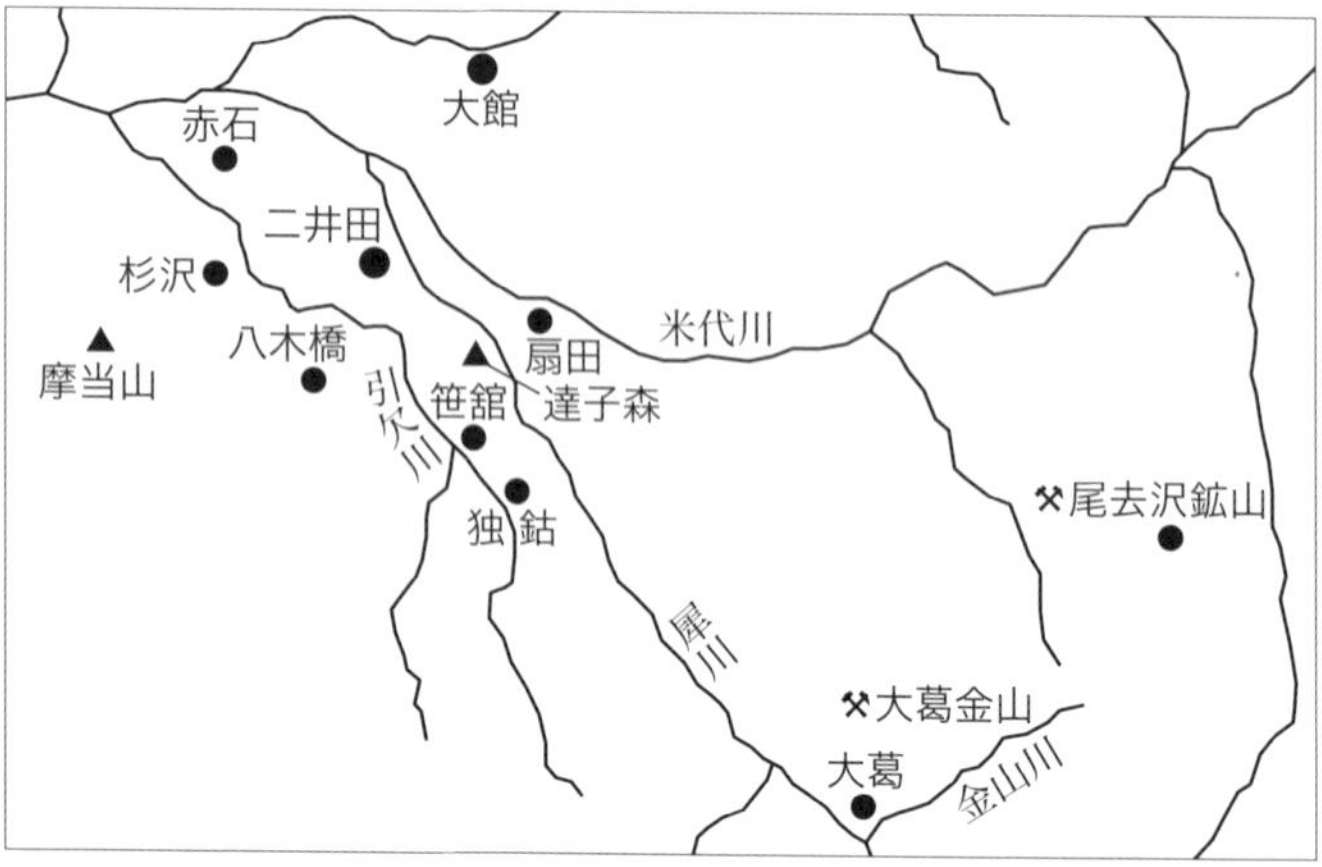

二井田村周辺図

昔、先祖が二井田にわらじを脱いだあと、米代川の流域を新田開発した場所だった。長左衛門が絵図面をとなりの安達兄弟の前に置いた。清吉が図面を引き寄せ、

「ここさいる者で、枯れだ田んぼがもつのが……扇田の田んぼは、一関の家。……達子森のそばが我《わ》の家と平沢の家。同じく扇田と達子の田んぼで、中沢本家と分家。……こしたら（こんな）もんだべ。ここさいねえ者で、大《お》っきいのは……小林の家だべ」

中山重助が、

「んだども、規模は小せぇけど、こまい（小前）百姓十軒ほどあら。そっちゃが大変だべ……」

そう言うと、昌益を見た。昌益はうなずき、しばらく腕組みしたまま、虫追いで会った百姓たちの顔を思い浮かべた。それから、自分のやるべきことを簡潔に提示した。

「よし、誰か……この図面にある家、案内してけろ、我《わ》も会って、話ば聞いでみるべ」

それを聞いた平沢専之助が賛意を示し、

「せば、こまい百姓の代理、先生さお願いしての、長《おとな》さ会ってもらうべや。……んだ、決まったな。あと……被害のあった者が会合さ出るべ。これでえが？」

それぞれがうなずくのを確かめて、大方の結論がでた。

戸口で声がした。およが行くと、そこには昌益に談判し、おのれを恥じてから、ときどき顔をだすようになった医者の玄秀が立っていた。

「ずい分の草履だな。すまん、寄合だったべが？」

およが、笑顔で玄秀が来たことを居間に告げた。昌益が玄秀を呼び、座るのを見届けると、一同がそろって昌益の方を向いた。

昌益は、前回と同様、絵図面を用意していた。今回の表題には「転神ノ運図」と書かれていた。皆がその図に、にじり寄って見つめる。長《おとな》百姓の息子たちは皆、子どもの頃から読み書きの教育は受けている。

一関市五郎が早くも、前回の図面を思い出したようだ。

「先生、これ……前、見たのと似てるの？　したばって、こっちゃさ季節と方位がついてら……なんだが、花さ似で、きれいな絵だすな」

皆も、図面を覗き、うなずいている。

昌益が市五郎に目を向け、話をきり出した。

「前の絵図ば覚えでだが、たいしたもんだの。せば、今回のば説明するべ。……真ん中さある土、これは大地のことだの。前の図とちがうのは、東西南北の方位と、季節ごとの土用が書いてあることだべ。これはの、それぞれの方位から、その季節なりの気行が発現しての、天地の全体に展開する。そしてまた、季節ごとに中土に戻って行ぐ。それば描いたら、花びら型になったと云うわけだ」

それまで、静かにしていた玄秀が、

「んだすな先生、解がりやすい絵図だすな。我《わ》も……こしたら、きれいな絵図で教へでもらったら、も少しましだったすべの」

いかにも感じ入った気分をだして言った。昌益は、他に絵図を見つめるばかりで、発言者がいないことを確かめ、再び話はじめた。

「さて前回は……始めなく、終わりもねえ自然……天地・宇宙にあって、進んだり、退いたりする一気の運動、これを道としゃべったべ。進と退は、互いに連携しながら補い合う。例えば、天(転)と海(定《ち》)で一道、男と女で一道、このはたらきば……我《わ》は〝互性〟と名づけた。……この図は、転の神気が大地を運回する経路ば示すはんで〝転神ノ運図〟と題ばつけたのし。この図の〝転〟ば見でけろ。天と書かねで、わざわざ転と書くには訳があるじゃ」

そういうと、図面の題字〝転〟を指した。それから〝天〟という文字を大きく宙に描き、皆がその大振りな動作に注目すると、説明をはじめた。

「天という字はの、一番大きいものとして、一と大を組み合わせたものなのし。したばって、たんに一番大きいだけでは、本来の天のはたらき、あらわしていねぇべ。……現実の天は、絶え間なく運開することで、万物を生成しているのしゃ。んだす、転なのし。……も一つ、天という字はの、漢土の聖人が天地を分けて上下とし、尊卑、差別ば設けた。したはんで、わざわざこの文字〝転〟ば使うのさ。せば、前置きは、このぐらいさして……」

転神ノ運図

横で、一関市五郎が帳面を取り出した。それを、目の端にして、昌益は図面を細長い棒で示しつつ話し出した。

「図ば見でけれ。北をつかさどる〝水〟のどごさ、小さく○印があるべ。ここが北宮、北辰（北極星）だ……北宮は天体の中で、不動だべ。そしてまた、気がこんこんと湧き出ているどごなのし。つまり天真の座だの。……天真は天の中央に位置するべ。……そごから一気が発して、天地をめぐるのさ。……めぐる神気が大地に降りるどご、そごが北斗七星、天の陰茎・陰嚢なのし。……運回する神気が大地さ降り……北に発して万物の発生を始め……中央の〝土〟に入る、これが冬の土用だの。……この〝土〟は、中土、土活真のことだべ。……ざっくり云えば、転定《てんち》の気行が中土で和合し、中土において万物が生成するのし。……四行のみか、土のはたらきは、まことに真の至りだの……」

昌益は、真剣な面持ちで図を見つめる皆の様子を確かめ、再びゆっくりと話す。

「続けるべ。……また、神気は東さ発して春となり、万物の花ば咲かせて、中土さ入るじゃ。これが春の土用。……南さ発して万物の実りば始め、中土さ入る……これが夏の土用。……西さ発し、実りば収めて秋の土用となるべの。……これ全体が活真の自己運動なのし。……活真が小さく進むと、東方から木気が萌《きざ》して天地は春となり、万物を発生させるべ。また、小さく退くと西方から金気が萌《きざ》し、天地は秋で実りば収める。……これが大きく進むと、南方から火気が萌《きざ》して夏となり、万物ば盛大に繁らせるべの。さらに大きく退くと北方から水気が萌《きざ》して冬となり、万物ば枯らし尽くす。……尽きればふたたび生じ、生じれば花が咲き、花が咲けば、実ばつける。……実がつけば熟し、熟したあとは枯れ、枯れればまた新たに芽が生ずる」

昌益が椀に手を出し、水を口にした。その時、一関市五郎が、首をかしげて、

「先生、いべが？　したっきゃ……春と夏のどぎ、秋冬はどごさいるべの？」

図面を見て、ごく素朴な質問をした。昌益も当たり前に答える。

「んだの、小進の木気の春、火気の夏が発現しているときはの、ほかの金気の秋、水気の冬は、自然の中に伏在《ふくざい》しているじゃ。……地球の裏側さ、隠れで見えねぇだけだべ」

「んだすが、……先生、難しいの。我《わ》さ、解がるどぎ、あるべが？」

昌益は笑みをたたえて、

「大丈夫だ、しだいにわがるさ。……今は、解がろうとする気持ちだけでえのし」

そう答えると、他の者に目をむけた。

中沢吉三郎がもぞもぞしながら、

「良中先生……天の陰茎って、我《わ》んど、男がもつあそこのことが？　天にも……あるってことが？　妻《かが》抱くの……夜さしろってしゃべったの、そっちゃと、関係あらが？　ヘッヘッへへ……」

やや気まり悪そうにしながらも、興味津津《きょうみしんしん》のようだ。

昌益、真面目な顔で、

「そのとおりだべ。ええこと聞でけだ」

吉三郎をほめて、また一同をみまわす。安達清吉が手を挙げた。

「あのし、活真のことだすが、もすこし、教へでたんせ」

「せば、少し、活真のごと、しゃべるが？」

清吉と、その横の長左衛門が、嬉しそうにうなずいた。

昌益が、また棒を手にした。

「さっきしゃべった北宮、そごから発した活真全体の気は、天と海と陸地を、常に通《つう》・横《おう》・逆《ぎゃく》と、大きく運回してるじゃ。……通気は天を、横気は海を、逆気は大地を回るのし。その逆気の土から、さらに小さく逆・通・横・逆と運回して、大地の上に、逆気の穀物を生む。その穀物が媒《なかだち》となり、人や鳥獣、虫や魚、草木の生き物・万物を生じたのし。これが天地の直耕だべの」

このとき、玄秀が挙手した。昌益がうなずくと、

「先生、通・横・逆って、先生が考えたことだすか？　我《わ》、今まで学問して、聞いだごど、ながったすな」

学問が苦手な玄秀だが、医者になるとき、それなりに基本の陰陽五行は習っていた。

昌益が、

「んだの。我《わ》が考えた大事なことだじゃ」

と、手短に答えながら、もう一枚の絵図を出した。そこには、米粒のかたちをした線のなかに、赤子のように手足を縮めた裸の人間が描かれていた。題名は「米粒中ニ人具ハル一真ノ図解」とある。

「すまねぇが、少しのあいだ、これば見でけろ。……それから天の陰茎の話さなる」

昌益のその言葉に笑い声が起こる。中沢吉三郎が、

「とんでもねぇ、先生、しゃべってけろ」

申し訳なさそうに、頭に手をやった。

「せば……これは、見でのとおり、米粒のなかさ人間ば書いたものだ。……ここの少しへこんだど ご……こごが脳髄となり、こごから天の気、通じるべの。この頭部が外さあらわれて、人の頭や顔となるのし。この部分は天の頭部さ由来する」

昌益は、おのおの米粒と人体と対応させせて、さし示した。みなが、また絵図を覗き込んだ。

昌益がやや大きな声を出した。

「自然活真の一気は……通《つう》・横《おう》・逆《ぎやく》という三つの運行方式ばとる。……活真の発する気が上から下へ向かうのが通。……横さ向かうのが横。……下から上さ向かうのが逆だ。……通は人間。人間は、一気が上から下にまっすぐ通る〝通気〟さよって生み出されたのし。……したはんで、上さある口から食べて、滓《かす》は下から出されるべの。せば……横と逆は、何《な》んさあたるべ?」

突然、昌益が質問した。皆が顔を上げ、真っ直ぐ昌益の目を見た。それから首を傾げる者、天井を見上げる者とさまざまだが、返答がない。しばらく待つと、市五郎がさっと手を挙げた。

「横さ動ぐもの。先生……鳥、獣、虫、魚だすか?」

昌益が大きくうなずいて、

「その、とおりだ!」

市五郎の正解に皆が、思いあたるような声を出した。それから、また沈黙した。長左衛門とおよが手を挙げた。昌益が長左衛門を指さした。

「んだすな……〝逆〟は……穀。天に向かって伸びる木、草、ほかのの作物も……すっかど、それだべか？」

昌益がうなずくと、ふたたび同意の声が出て、座がざわめいた。

昌益が手で静粛にと示すと、皆が口を閉じた。

「横は、一気が横さ回る横気《おうき》によって生み出されたから、すべて横向きの動きばする。したはんで……動物は、共食いするべ。……逆は、逆気《ぎやくき》で生みだされた穀物・草木だべ。養分を下から、吸い上げるべの。……人間は……通気の人間は、立ってはたらくじゃ」

皆が、しきりと、うなずいた。

「んだの。……自然の運回は……また、まっすぐ迅速にはたらいて天と海さなるべ。……横気は静かにとどまって豊穣な大地となるじゃ。……逆気は、中央の大地で穀物さなる。……この循環する大気行が極まり、凝縮して米・五穀さ備わったのし。したばって……五穀の精気こそ、天地・日月・星々・万民の精妙な実態だの」

昌益の話に、一関市五郎は手を止めて、帳面をじっと見ている。ほかの皆も、聞いたこともない話に、とまどいを隠せないようだ。

米粒中ニ人具ハル一真ノ図解

昌益は、皆の表情に動じず、ふたたび話始めた。

「通・横・逆という、大いなる運行さよって、天地の絶妙な徳ば実現するには、人間ばもってする。……その精妙なはたらき、その絶妙な通気が……天地の全体ば尽くして、米穀中さ……そなわるべの。……その図がこれだべ」

と、米粒中の人間図を指差した。それから、一口水を飲む。

「天地が人間ば生みだすためさ、なんで米穀ば媒《なかだち》さしたべ？　んだの……そいは、米穀が天地と人間ば結びつける結び目の役割、そいば……もっているからだの。……この小《こ》んまい米粒一つひとつさ、天《てん》海《ち》のすべてと、人間が生まれてくるに必要な要素が、全部つまっているのしゃ。米の天のはたらきば受けついだ天穀が、麦や粟などの穂の出る穀物だの。海のはたらきば引きついだ海穀《ちこく》が、大豆や小豆などの莢《さや》になる豆類のことなのし。つまり、米は天穀と海穀ばまとめる宗主穀ともいうべきものだな。その米に宿った天のはたらきが男に備わり、海のはたらきが女に備わって、男女《ひと》が生まれてくる。要するに米は、天と海の合体物、男と女が内包されたものと言えるべ。んだす……天と海とで一体みてに、男と女で、はじめてまっとうな一人だべ。つまり米ば媒《なかだち》さして、天地と人間男女は、まったく同じはたらきばしているじゃ。したはんで、天地がなければ人間が生きていけねように、人間がいて、媒《なかだち》の米ばつくってやらねば、天地も正しく運行できねのし」

昌益は、皆があいまいな表情をしているのを見ると、笑顔でたずねた。

「誰か水死体ば、見た者いるが？」

数人が手を挙げた。

「せば、市五郎、お前《め》が見たのは。男か女か？　上下のどっちば向いでたべ？」

「んだすの。……男で……たしか……下、向いてだす。米代川、流れてきて、扇田で見たじゃ。我《わ》、はじめて見たべや。んだす、覚えてら」

市五郎が答えると、安達吉太郎が挙手をして、話し出した。

「我《わ》、女子《おなご》見たことあるじゃ。……まだ若そうな女で、まんず米代川だったの。……たしか上向いでだ。あどで、その顔チラついて……困ったでの」

昌益がうなずいた。

「さっきしゃべった男と女で一人、そのあかしが、水死体にもあるじゃ。……天はかぶさり、地は支えて一体だべ。……男の死がいは、流れるうちさ下ば向き、女は上をむくべや。人間の交合も、んだな。生も死も、ともに夫婦の和合にあらわされてるのし。……男は上さなり、女は下で支えるべ。……自然の進退する関係だ。んだす。男と女で一人、対等だの。……ただ役割がちがうだけで、公平だべ。したはんで、差別は間違ってるべ。……さて、ようやっと北斗七星の話さなら。ハッハッハハ……」

昌益が笑うと、緊張がとけ場は和んだ。

座が静まると、また一枚の絵図が出された。題名は「一真ガ営ム五腑ト五臓ノ図解」。門弟たちは、興味深い様子で、図のあちこちを指差し、自分の体にあてはめている。

昌益の話となった。

「さて、気がついたべが？　頭が南極さなっとるべ？　この人体図ば……逆さにすれば、そのまま天地の図さなるのし。……天地の気が人間になるとき、逆立ちした穀物から通気の人間となったべ。……んだす天地と人間とは、表裏逆さまの関係で向き合うことになったのし。……胃の上に膜が書いてあるべ。ここから上が昼、胃から下は夜だの。……天体の南極は内側に隠れ、人間では外に見られる。つまり頭は南極、腰のなかさ隠れでいるのが北極だの。わがるか？」

横に坐った中沢長左衛門が図をさして、

「あのし、腰のどごさ北宮ってあらな。……こっちゃが北極で、真気の出るどごだすべ？　したはんで、こごやられちゃ人間立てねんだな。なるほどの」

と、ひとり感心している。

中沢吉三郎が、

「せば、この北宮から下さ向がってる……こっちゃ北斗七星だすな。……天の陰茎、男のあれだびょん」

と、面白そうに図を見つめる。

昌益がそれを見て、笑みをふくんで話し出した。

「んだの、腰の尾底骨から少し上、こごが北宮さあたるどごだ。……ここさ陰茎の根があるじゃ。天真の座だの。性器の北斗がこっちゃから走る。……ところで北斗七星……昼夜そこさあっても昼は姿ばみせねぇ。人間のそれも褌《ふんどし》の内さ隠してら。……んだす、夜だけは、夫婦和合のためさ現われるべ。……そやって子ば産むのが……小天地の人間なのし。……人のふむべき道だの。これに反して、昼間も交合するのは、獣のふるまいだべ。……人間は通気によって生まれた者だから、神《たましい》のはたらきが正しく、恥ば知っているべや。……したはんで、遊女など相手に獣のみてさ、昼夜の別なく交わっては、なんねってことだの。……これも、もとは聖人が始めたことなのし。……したはんで、他人の妻や遊女と交わってはなんねぇ。そう言うことだじゃ」

　ざわめきのなか、安達吉太郎、下を向いたまま、

「せば……あれ、どだべ？」

と、小声でつぶやいた。となりにいる平沢専之助がのがさず、

一真ガ営ム五腑ト五臓ノ図解

「あれって、なんだ？　夜這《よば》いのごどが？　聞いでみるべ。……先生、夜這《よば》い、まね（駄目）だすか？」

思わぬ大声が出てしまった。

専之助の質問に昌益が笑《え》みをこぼし、その問いを投げかけた。

「誰か、答える者いるが？」

めずらしく、婚儀を待つばかりの孫左衛門《まごじゃむ》が手を挙げた。座が静かになり、興味深げに皆注目する。

「夜這《よば》いだば……独り者が、たがいさ気にいって……なんと云《ゆ》が……ともかく、好ぎあった女子は……いんでねべが。したばって、妻《あば》ある男……そっちゃ、だめだべ」

この孫左衛門の発言に、独身の安達吉太郎は、ほっとした顔で昌益を見た。

昌益はゆったり構えて話し出した。

「孫左衛門《まごじゃむ》のしゃべるとおりだの。……食欲は、人間本来の思いの第一で、性愛は第二だべ。……穀精が精水となって洩れなければ、人類は存続できねぇ。したはんで……人間本来の真実の思いは、この二つさつきる。……直耕して食うことば思い、穀物ば食って、その穀精が満ち、自然に妻との交合を思う。……男女の神気が感じ合い、和合し交流し、互いの神気がつのり高まって、女の子宮さ溜まる。これが性愛なのし。……それ以外の思いは……いらねぇ欲だべ」

水を一口飲み、昌益は、皆の姿を目で追った。三枚の図面をそれぞれ手に取っている者、となりと私語を交わす者、天井を仰ぐ者、いろいろいるなかで、玄秀だけは、難しい顔をして、目を閉じていた。

玄秀は、混乱していた。通・横・逆？　初めて聞く話だった。落ち着いて考えようと目を閉じたが、とても無理だと思った。ともかく今は、話を聴こうと決め、目をあけた。

昌益がふたたび話し出した。

「せば、まとめるべ。……根源的な真・活真の精神は、まず北宮（北極星）から発する。その活真がかたちに現われているのが大地だべ。……中央の大地は……天と海の気が昇降して作用し合う場所であり、その精神ば大地さ結び、米ば地上に生じさせた。……真の肉ともいうべきは、米だ。……肉は体ばつかさどる。……米の肉とは人体のことだの。……人体は精神ばつかさどる。したがって人間の精神とは、まさに米の精神であるべの。……米がまだ人として発現する前は、原野さ生じ、満ちあふれでいだ。……ところが米の精神が人間として現われて以後は、人間の食べ物となった。……米ば食い、身体が壮健になると、米ば耕し、さらに多くの米ば収穫したべ。人間が多くなってからは、原野さ米が生じることはなくなったで。……米は人間の労働の産物さなったべの。……要するに、天下はひとえに、米の精妙なはたらきさよって成り立ち……世界は米さよって、つかさどられているじゃ。……米ば〝よね〟と呼ぶのは、世の根の〝の〟を略して〝よね〟としゃべったからだびょん。……長くなったの。我《わ》の話は、これで終わりにするべ」

そういうと、昌益は懐から手ぬぐいを出し、口もとを拭いた。

平沢専之助が、

「んだねはぁ、米《よね》は世の根が……。今日の良中先生の話っこ、面白かったべな。みんな、どだ？」

市五郎が、

「我《わ》、男と女で一人で、公平だとわかったじゃ」

いかにも嬉しそうな表情をした。

中沢吉三郎がまじめに、

「んだすな、天の陰茎のどご、よお〜ぐ解《わ》がったの」

自分の股間を指して言った。そのとき、笑いをかみ殺していた誰かが、ふき出した。それが伝わり、最後には爆笑のうずとなった。それがおさまるまで、ややしばらくかかり、しまいに雑談の場と化した。

安達清吉が大声をだした。

「せば、聞げ！　次の講義、いつさしてもらうべ？」

それを受けて、一関市五郎、

「なんぼでも、早ぐ聴きてぇ！」

と、声をはりあげた。

となりにいる中沢長左衛門が、

「せば、稲荷さまの祭りでは、早すぎるべか？　我《わ》も早い方がえべさ」

そういうと、平沢専之助を見た。その専之助が代表して、

「んだば、良中先生、それでえべか？」

昌益に伺う。昌益がうなずくと、皆が礼をし立ちあがった。

孫左衛門《まごじゃむ》がわざわざ昌益のところにきて、正座し一礼した。すると、

「うめぇごど、しゃべったの」

と、昌益が一言。それに対し孫左衛門、なんともいえぬ嬉しそうな顔して、照れた。

およが椀を片づけながら、それを耳にし、

「お父《ど》さんは、優しい人だきゃ」

そう、つぶやいた。横にいた長左衛門も同じ気持ちを表わし、大きくうなずいた。


五日ほどたった日の午後、仲谷八郎右衛門のところから、使いがきた。長《おとな》の集まりに出てくれという。昌益が訪ねると、いつもの顔ぶれのほかに、一目で貧農とわかる男が二人、顔をふせがちに座っていた。昌益は思い出した。安達家の小作で四十半ばの岩男だが、もう一人は知らない顔だ。

岩男は、自作農だったが、つぶれて小作になった者だ。

仲谷八郎右衛門が昌益をとなりに招いた。それから皆にも聞こえるように言う。

「良中先生、この岩男ば知ってだが？」

昌益がうなずくと、となりで安達清左衛門が苦々しい顔で話し始めた。

「んだ、洪水でやられで、我《わ》の家の小作さなったじゃ。したばって、こいつ、一関家の稲、盗んだべ。今、わけ訊《き》いとったとこだす。……稲盗むの重罪だべや。郷中の詮議《せんぎ》さかけるの……当たりめだ。それさよっちゃ、お上さ差し出すのもありだで。んだんず、そいが、順当なやり方だで。……したばって、仲谷のあんさまさ止められたのしゃ。……せば、先生さ相談すべど……来てもらったわけだすな」

昌益が岩男を見つめた。今まで、さんざん責められたためか、どこか反抗的な目をしている。昌益は岩男にたずねた。

「盗んだのは、本当だな？　なしてだ？　んだば、そのわけ話してけろ」

岩男は、虫追いの席を思いだし、昌益に心を開いた。そして、気持ちのまま話した。

「我《わ》の家、鉱毒さやられたべや。……その恨み、おさまらねぇ。……一関の家、大葛・荒谷の親戚だべや。……ちょっと、分けてもらっても、罰あだらねべ」

突然、となりに座っていた男が岩男の頭を殴った。

「この！　馬鹿げ！　こどかいて、抗弁が！」

さらに、殴ろうとした男を、となりの長左衛門があわてて止めた。場をおさめて、

「先生、この人、岩男さんの本家、常吉さんなのす。岩男さんどご、子だくさんで、同情の余地あるびょん。……どしたらえだすが？」

と、いかにも困った顔だ。

昌益が腕を組み、

「んだの。……お上さ突き出すのは、止めた方がえべ。どだべ？　そい以外の決めごど、どんなもんあるべ？」

この問いに、中沢太治兵衛が答える。

「んだす。今までの詮議だど……悪質な盗みは〝ふんばつ〟（村八分）さなるべ。たとえばの、井戸水汲《く》めねえべ。丁内《まち》の者とも、つきあいでぎねぐなら」

昌益が、

「せば、それ解《わ》がって、盗んだが？」

腕を膝に戻して、岩男に訊く。岩男は、黙って下を向いたままだ。本家の常吉が、

「二度と、こったごどさせねえ。我《わ》、責任もつべ」

黙ったままの岩男にしびれをきらし、代りに手をついて謝った。

ふたたび昌益が、穏やかな声をかけた。

「岩男さん、鉱毒が憎いが？　我《わ》も、そうだ。……自然ば壊し、なによりも大事な稲ばだめさした。遥か昔の漢土の聖人が始めた悪だべの。百姓なら皆、憎いはずだ。……一関の家も安達家も被害受けて、苦しんどるべ。……人の心も、悪と善とで一つなのし。岩男さんが憎むのは、善の心があるからだべさ」

昌益の口調が強いものに変わり、

「したばって、問題は、私欲のため盗んだことだべ。その心は悪だ。漢土の大悪人と変わらぬ悪だ。米の有難みば知る人間、百姓のやるごとでね。……ど思う、岩男さん！」

手厳しく、問い詰めた。岩男は首をたれている。長左衛門がその姿を見て、

「せば先生……盗んだの、人の悪がそうさせだべか？　……岩男さん、ふだん善人なのし。だれよっか田んぼ、大事さしてきたじゃ」

それを聞いた岩男が、下を向いたまま、初めて涙をこぼした。皆が沈黙するなかで、岩男が、

「悪がった。かに（ごめん）してけろ……」

両手をついて、頭を下げた。

昌益が、

「罰は、丁内《まち》の仕事ばさせたらどだす。若げ者が鉱毒の土、取り除くべや。その仕事、やってもらったら、どうだす？」

こう提案すると、一関重兵衛が頷きながら、ゆっくりと口を開いた。

「そいでもええ。……我《わ》も、荒谷と話し合ってら。なんとがして、鉱毒で被害さあった者さ弁償しろってな。したばって、補償どころが小沢支配人、話っこ聞かねぇってことだで。……ともかく、これからも粘り強く、荒谷さしゃべら。何年かがるが、わがんねが……仲谷のあんさま上訴したときの、そっちゃの根性、みならうべ。ハッハッハッハ……」

その言葉に、安達清左衛門が、

「したっきゃ……我《わ》も、先生さ賛成すら。こと、荒立でも得るものねぇで」

納得しきれないようだが、承知した。中沢太治兵衛が、

「んだす、鉱毒の田んぼ、何《な》とがする方が先だべ。岩男、助かったべ、先生のおかげだじゃ。礼すれ」

と、岩男をせかした。涙をぬぐった岩男と常吉とが揃ってうなずき、昌益に平伏した。

昌益は、少し後悔の念をもった。自分が裁定したようなかたちになったことが、果たして良かったか、と思うのだ。今後も、事件は丁内《まち》、郷中で解決することが、習いになるよう願うばかりだ。

それにしても、一関重兵衛が荒谷と話し合いをしていることは、初耳だった。昌益は、解決の道を開こうと、努力をしている重兵衛を見直す思いだった。

代理の肝煎、嘉成治兵衛が最後をしめた。

「この件は、これで終いさするべ。先生、ごくろうさんだすな。へば、常吉さん、岩男、帰ってえ

ど。んだの、岩男の仕事、あとで長左衛門《ちょじゃむ》さ聞でけれ」

会合は、お開きとなった。

言われた岩男と常吉は、皆に一礼し席をたった。昌益も、顔色のすぐれない八郎右衛門の脈診をすますと、そのまま席をあとにした。


月日のたつのは早かった。昨年の秋、孫左衛門の婚儀があってから、季節はめぐり、また夏が来て、最後の田んぼの草取り〝三番草〟も終わった。稲が育ち、雑草に負けなくなれば、女たちのつらい草取りもなくなる。上からは夏の強い陽射しに照りつけられ、下からは、ムッとした空気にあおられて倒れる者も出る。腰をかがめての草取作業は、女たちのもっともつらい野良仕事だ。ときには、伸びた稲で目を突く女もいた。そんなとき、マタギ犬の耕太郎が昌益を呼びに来て吠えた。すっかり大人びた精悍《せいかん》な顔つきになった耕太郎を、村人は賢い犬だと、いっそう愛してやまなかった。

そんなわけで、医者・昌益の出番が多い季節でもあった。

男たちは、郷中の寄り合い作業、街道こしらえだ。一日仕事になる。そんな郷中の仕事も一段落した。そして秋、刈り入れもおわり、女たちは紡錘《つむ》を回して麻糸を縒《よ》り、機織りが始まる。稲こきも始まった。昨年、若衆だけは、節句も月待ちも、大師講も中止し、昌益の講義を聴いた。

十一月の月待ちの日、使用人の若勢《わかぜ》、めらしも糸休みとなる。この日、午後に門弟は集まっていた。中沢長左衛門がめずらしく遅れ、幼子を連れて来た。まだ二歳の女の子だ。中沢家のめらしも休みをとった。それで娘をみる者がいないという。

およは、さっそく「さち」と声をかけ、抱き上げた。およは、数度、中沢本家につかいに行き、さちとは顔見知りだ。長左衛門は、およに礼を言い、居間に入った。

安達清吉が心配そうにたずねた。

「妻《あば》なした？　まだ、起ぎれねが？」

長左衛門が頷き、昌益に、

「良中先生、一度、妻《あば》、診てけねが……すこし、熱っこあら」

昌益が即座に、

「医者さ遠慮はいらねぇ。へば、行ぐべ。みなさ悪《わ》りが、しばらく待ってけろ」

そう言うと、立ち上がり、およを呼んだ。およがさちを抱いて、顔を出した。

長左衛門が一関市五郎に、

「すまねぇ、今日、さち面倒みるあだこ（子守）いね。お前《め》、マツさんさ頼めねべが」

「んだの。へば、連れで行ぐべ」

市五郎が、およからさちを抱きとった。

昌益とおよ、市五郎と長左衛門が出て行った。そのあと、ふたたび雑談の場となった。

中沢分家の吉三郎が、

「長左衛門《ちょじゃむ》さんの妻《あば》、童《わらし》っこ産んでから、いまひどつ、すっきりしねぇな……」

となりに座る長左衛門と仲のいい安達清吉に、話しかけた。それにうなずき清吉が、

「んだの。我《わ》の妻《あば》も心配しちゃ。……玄秀さんの薬、効かねびょん。……貴方《な》のどご、どだ？」

目上の平沢専之助に尋ねる。

「実はの……おど、玄秀の薬、飲んでねぇ。もう歳だはんで……銭っこ、使うことねぇってんだ……」

専之助が言葉をにごした。黙って聴いていた中山重助、

「おらほの童《わらし》っこ、良中先生の薬、飲んだべ、あれから腹痛おごしたことねぇ。まんず、玄秀と腕違うんだべな」

重助の言葉に、孫左衛門が嬉しそうな顔をした。

安達吉太郎が、

「んだの。長左衛門《ちょじゃむ》も遠慮しねぇで、早ぐ良中先生さ頼めばいがったべ。なして、そっちゃしねがったべ」

腕を組んで、首を傾げた。

中沢吉三郎が、

「ほら……去年の春、……我《わ》の家の小作、助吉のあかんぼ、先生助けだべや。そのあと玄秀さんが

郵便はがき

おそれいります
が切手をはって
お出し下さい

1078668

（受取人）
東京都港区
赤坂郵便局
私書箱第十五号

農文協
http://www.ruralnet.or.jp/
読者カード係 行

◎ このカードは当会の今後の刊行計画及び、新刊等の案内に役だたせていただきたいと思います。　　はじめての方は○印を（　）

ご住所	（〒　　－　　） TEL： FAX：
お名前	男・女　　歳
E-mail：	
ご職業	公務員・会社員・自営業・自由業・主婦・農漁業・教職員（大学・短大・高校・中学・小学・他）研究生・学生・団体職員・その他（　　）
お勤め先・学校名	日頃ご覧の新聞・雑誌名

※この葉書にお書きいただいた個人情報は、新刊案内や見本誌送付、ご注文品の配送、確認等の連絡のために使用し、その目的以外での利用はいたしません。

● ご感想をインターネット等で紹介させていただく場合がございます。ご了承下さい。

● 送料無料・農文協以外の書籍も注文できる会員制通販書店「田舎の本屋さん」入会募集中！
案内進呈します。　希望□

■毎月抽選で10名様に見本誌を1冊進呈■（ご希望の雑誌名ひとつに○を）

①現代農業　②季刊 地 域　③うかたま　④のらのら

お客様コード

O14.07

お買上げの本

■ご購入いただいた書店（　　　　書 店）

●本書についてご感想など

●今後の出版物についてのご希望など

この本をお求めの動機	広告を見て（紙・誌名）	書店で見て	書評を見て（紙・誌名）	出版ダイジェストを見て	知人・先生のすすめで	図書館で見て

◇ 新規注文書 ◇　　郵送ご希望の場合、送料をご負担いただきます。

購入希望の図書がありましたら、下記へご記入下さい。お支払いは郵便振替でお願いします。

（書名）	（定価）￥	（部数）　部
（書名）	（定価）￥	（部数）　部

の……先生さ談判したど。そのとき良中先生が、本道（内科）は玄秀さ任すべ、そ頼んだど。本当が、どがわがんね。したばって……玄秀さん、そしゃべったど」

そういうと、同時に戸口で声がした。噂の玄秀が居間に入ってきた。

玄秀、昌益がいないことに気づき、

「どしたんず？　まだ始まらねべが？　どしたや～？」

皆の顔ぶれを見回した。どこか、いつもと違うようすに玄秀が年長の平沢専之助に尋《たず》ねた。やや間をあけて専之助が玄秀に答える。

「今な、良中先生、長左衛門《ちょじゃむ》の家さ、行ったべや。妻《あば》、熱出したって」

「んだが。へば、我《わ》も行ぐべ」

玄秀が腰を上げようとした。それを安達清吉が止めた。

「まぁ、座れや。良中先生さ任しておぐべ。……我《わ》、さっとしゃべりてことあるじゃ。失礼あったら、かに（ごめん）してけろ。……丁内《まち》の者《もん》の気持ちば代弁すら。……あのし、本道、良中先生さ任《まか》されたって、本当だが？　仮さ、んだとしてもさ、病の重い者、長引く者……一度、先生さ診てもらえねべが。なんたって、良中先生すご腕だべ。そっちゃは、玄秀さんも認めるべ？」

清吉の言葉に、みなが頷いている。

三十半ばの玄秀、それを見て、きまりの悪そうな顔で言う。

「んだすが。……先生忙しべ、したはんで我《わ》、診てたのし。……皆が云うなら、そうすべ」

四十すぎたばかりの平沢専之助がいち早く、

「んだが、解《わ》がってけだが。さすが、我《わ》んどの仲間だべ。アッハッハ　アッハッハ……」

笑いながら、言質《げんち》をとった。

玄秀は、専之助に仲間だと言われ、気を良くした。

「ところで、およさんは？　先生と一緒が？」

皆がうなずいた。今年二十九で、およと同じ歳の中沢吉三郎が、

「最近、およさん痩せできれいになったど、思わねが？」

そう言うと、

「んだきゃ、我《わ》も、そう思うで」

二十の安達吉太郎も、いかにも同感というようにうなずいた。なぜか玄秀が、やや顔を赤らめ、下をむいた。それを見た平沢専之助が、

「玄秀さん、なしたべ。怪しいべの。およと相思相愛だが？」

「んでね、違うべや。およさんさ悪りべ……」

さらに、玄秀が顔を赤くする。玄秀もまだ独り身だった。そんなわけで座はいつの間にか女のこと、嫁をもらう話に夢中になっていた。そのガヤガヤとしたなかで、安達清吉だけが、話にのらな

いでいた。

しばらくして、清吉が突然大きな声を出した。

「聞げ！　先生、聖道院と温泉寺の方丈さ会ったごど、貴方《な》んど、わがってらが！」

驚いた誰もが振り向き、シーンとなった。

清吉が、怒ったように話し出した。

「三日ほど前だべ。先生……聖道院と方丈さしゃべったと。空いてる田んぼ貸すから、自分で米つくったらどうだって勧めたべ。……したばって、二人ともすぐ断ったど。……偉そうに聖道院……拙者、百姓でねえ、お上から掠職預かってる身分だ。そしたらごどできねえ。こうしゃべったど。……長左衛門《ちょじゃむ》が一緒だべ、ほんとの話っこだ。……そのあと、方丈さ会いに行ったべ。こっちゃは、拙僧は、仏ばないがしろにでぎね、先生の考えは承服できねえって……怒《ごしゃ》って口ば利がねぐなったど。……まったく……我《わ》の食いぶちぐれ、我《わ》で作れってや！　あんべ（気分）悪《わ》りじゃ。……先生の話、通じねのも……いら！」

最後は苦々しい顔になり、腕を組んだ。

となりの平沢専之助が、ポンと清吉の肩に手をのせた。

「まて清吉。先生……聖道院さ会ったの、まんざら無駄でねえ。お前《め》の話っこ聞いで、謎解けたべ。……昨日さ、我の妻《あば》、聖道院の妻さ聞いたべや。聖道院がしゃべったど。……昌益公は大した学者だ、あんな博識な人さ会ったことねえ、大した人だ、ど。……んでの、米は無理でも、来年から我《わ》の食う分、畑ばつくるべと、自分の妻さしゃべったど。……したはんで、家さつくり方教《お》へでけろって、来たわけだ。……したっきゃ我《わ》の妻、聖道院すぐあんべ変わるがら、わがんねぇってさ。アハッハッハ　ハッハッハッハ……」

専之助、いかにもおもしろそうに語り終えた。

中沢吉三郎が笑いを嚙みしめ、

「せば聖道院……畑ばつくる噂、本当だったべの。ウフフフ……噂といえば、聖道院さな。……およさんの実の親だという話っこ……だいぶ下火さなったの。……どっちゃさしても、あいつ根性、曲がってら。当時、およさんのお母さん、追い回しとったど。……それも噂だべが……」

吉三郎、聖道院がおよの母を追い回したという新しい情報をもたらした。これに対し重助は否定的だ。

「したばって、およさん、そっちゃの噂……笑い飛ばしたべ。我《わ》の妻《あば》も違うどしゃ。まんず、およさんの態度からして、違うべや」

そう言うと、皆の顔を確かめて見る。玄秀だけがうなずいていた。

安達吉太郎がふざけて言う。

「んだの。おなごば孕ませだの、聖道院さ限らねべ。我《わ》んども、気つけねばの。夜這いは、ヤバイべ。ヘッヘッヘ　ウッフフフ……アッハッハッハ……」

独身者の口の軽さで、笑い飛ばした。そんな吉太郎の言いぐさに、また座が湧いた。

一関市五郎が戻ってきた。座につくなり、

「なに、おもへ（面白い）べ」

その市五郎を中沢吉三郎がからかう。

「お前《め》まだ早べ、十五さなったが？　大人の話っこだきゃ……ウッフッフフ……」

と、教えない。なおも、聞こうとする市五郎と、吉三郎のじゃれあう二人をまわりは笑いながら見ている。そこに昌益とおよが戻ってきた。しばらくすれば長左衛門は来ると、およが皆に伝えると、昌益も座につくなり話し出した。

「待たせた。長左衛門《ちょじゃむ》の妻《あぱ》、まぁ大丈夫だ。……玄秀さ、許しとっておぐべ。産後の肥立ちは、あなどれね。婦人門は、我《わ》が診るべ。……いずれさしても、医者は患者を第一とする。その原則は、ゆるがせねぇ。肝さ銘じるべ。さて、今日は……極楽の話だの……」

そのとき、玄秀が話をさえぎった。

「先生……我《わ》、話っこあるべ。……実は、今後は、先生の弟子として、医者の修業やり直してぇ。……教《お》へで、もらえねべが？　お願ぇするっす」

深くお辞儀した。昌益は、そのようすに若衆たちを見た。安達清吉をはじめ、平沢専之助もうなずいている。

「んだの、その話、またあとでするべ」

そう、答えたとき、長左衛門が岩男を連れて戻ってきた。

「岩男さん、先生の話っこ、聴きてど。ええべが？」

「勿論、歓迎だ。座ってけろ」

昌益の一言に、岩男が嬉しげに何度も頭を下げ、長左衛門とともに、居間の入り口近く、およの傍に座った。およは、そっと、長左衛門を窺った。先ほど、妻を診療する昌益の助手をした。そのとき、愛しそうに妻に接する彼の姿を見た。それは、昌益夫妻に似て、妻を真から大切に思う姿だったと、感心したからだった。

昌益の講義が始まった。

「さて、地獄、極楽の話は、だれでも知ってるべ。したばってそれは、どこにもねぇこしらえごとだ。釈迦が勝手にやった説教が極楽で、苦行が地獄なだけだべ。……苦と楽は、自然の一気の進退であって、苦楽の両側面があるのが当たり前のことだ。……したはんで、極楽さ往生しようと、願うこと自体が……一つの貪欲であるべの。……例えば……飢えに泣く童っこさ、あの紙袋に餅っこある。今やるから、泣くなと、ごまかすべや。……んだが実は、何も入《な》ってねぇ。しまいさ泣き疲れて、死んでいく。こったらごまかし、やったのが釈迦だ。……ありもしねぇ極楽ば思い、そこさ往こうとあがき、寺の絵や木像にすがり、もがき死ぬ。……その苦しみこそ悲惨のきわみだの。……仏にすがり、神にたよって、御利益さあずかる。それも貪欲の一つなのし。……数珠《じゆず》ば爪《つま》ぐって、後世ば願うなどは、欲の数取りだの。……まさしく釈迦は……貪欲ば始めて……天下ば総迷いさせた。……大悪人だべ」

沈黙のなか、口を開いたのは、下座にいる岩男だった。

「んだが、そいでわがったじゃ。我《わ》のばば（祖母）、さんざん寺さ尽くして、なんも御利益ながったべ。ろくさ食えねで、あの世さいったじゃ……」

最後には言葉がつまった。皆が、うなずいたりするなかで、年少の一関市五郎が、

「せば、聖道院、方丈さんも、そい知って、我《わ》んど、だましてらが？」

そういうと、大人っぽく腕を組んだ。

平沢専之助が昌益を見ながら、

「そいは、ねぇべ。……坊さんも騙されてら」

やや同情する口調だ。それに対し、清吉のいとこ、安達吉太郎が茶かすように、

「信じねば、飯の種、なくなら。おらほさお布施、取れねぇべ。アハハハ……」

と、白い歯を見せた。

中沢吉三郎が腕を組み、めずらしく真面目な口調で、

「先生、聖道院の方はどだべ？　だいぶ前、我《わ》、親父さ……八幡さまは百姓の神さまでねぇって聞いたべし。我《わ》、どで（びっくり）したで。貴方《な》んどさ、しゃべったべ。覚えてらが？」

皆の顔で確かめると、吉三郎に銘々がうなずいた。

昌益は今まで、農繁期を除き、ほぼひと月に一度、若衆に話をしてきた。それは、自然の進退と米穀、食物論であり、転定（天地）と人間、夫婦や郷中一和した直耕の大切さであった。ここにきて、寺社をとりあげるのは、若衆のなかに自然の進退の考えが定着してきたとみたからだった。

昌益がそのやわらかい眼差しで、さらにゆっくりと話しだした。

「本来神は……自然の真の進退する自己運動で発した気が……あまねく波及する状態につけた名だべ。……進む気が男神、退く気が女神で……この二つの神で一神。……これが真の神道だべ。……日本の神社や神法……これは無益、有害……そうとも言えねぇ。……神社や神法とは、私欲を祈るものではねえ。……ただ慎んで神を敬い、自分の仕事ば大切さするものだべ。そうすれば、必ず、神のはたらきである幸ば、得ることができるべの。……これは、神が与えてくれるものではねえが、そごには、神の絶妙なはたらきがあるじゃ。したはんで……我《わ》の欲ば祈るものでねえ。……ただ敬うものだべ。神は……自然に徳ば現わす……この上なく貴いものなのし。んだす神と呼ぶべの」

昌益が水を口に含む。

「さて、修験法とは、山伏のこと、いまの別当だ。……昔、山を開いた仏僧さ似た有髪《うはつ》の男ば、文武帝が奇特、奇異なものとして……国師さとりたてた。修験法ば立て……一門も多くなって……布施として……大峯山ば賜ったべの。……役小角《えんのおづぬ》が山ば開いて、根拠地としたで。……山伏は、仏教と神法の両方ば業とする。したはんで、両部習合《りょうぶしゅうごう》と名づけたのし。経ば読み、祈禱や呪占ば業とし……神法のようだが……そうでねえ。……仏法さ似てはいるが、それでもねえ。……まぎらわしいものだべ。山伏、これは……上がりたかぶった気によって生まれた病者だで。……山さ住んでいたので、山伏と呼ぶが、貪食《どんしょく》の輩であり、誤りだらけの者であるべの」

はじめて、昌益の話を聞いた岩男が、

「せば、別当の聖道院も……温泉寺の方丈も、悪《わ》りやつで、敵だべ！」

と、興奮気味に言った。

となりで岩男を連れてきた長左衛門が、

「岩男さん、そい違うべや。悪人だけ、善人だけの人間はいねぇべ。聖道院、方丈も仕事だべ。釈迦の間違いさ、気がついていねぇだけだべや。……我《わ》んども、良中先生の話、聴く前……同じ考えだったべ。……御利益、願ってさ、何《な》でも頼んだべ」

落ち着いた声で、自分に言い聞かすように話した。およが岩男のとなりで、大きくうなずいている。

安達清吉が岩男の方を向き、

「お前《め》、悪さしたこと、忘れだが。……改心したべや。そいと、同ずだべ。誰も責めれねぇべ」

自分の家の小作になった岩男に注意した。

弁が立つ中山重助が、

「したばって、聖道院、方丈の人は別として、そっちゃの考え、間違ってるべ。……んだば、法事、神事なんか、考えなおしてもええって、ことだべ?」

貧農のせがれで、満足に寺小屋にも通えなかった重助が、強い気持ちで訴えた。

平沢専之助が組んでいた腕を膝に置き、

「んだの。はずせるごどは、やめてぇ。来年……その分で、先生しゃべった……農業さ力入れたらどだ!」

最後の言葉は思わぬ強いものになった。年長者の責任で、話をまとめたい、専之助はそう思った。その気持ちが通じたのか、皆が頷いた。

孫左衛門が、

「この冬からでもええべ。……十二月は神事も、供えものも布施も多いで……」

と、やや緊張した面持ちで意見を述べた。

専之助がそれを受け止め、

「んだの。孫左衛門《まごじゃむ》のしゃべったとおりだじゃ。よし……我《わ》の家で相談だ。せば、そろそろ終《しま》いだの先生……」

「せば、終わりにするべ。……玄秀は、残ってけろ」

昌益の言葉で、玄秀以外の皆が立ちあがった。このあと、昌益は玄秀とおよを前にして〝學〟の字の成りたちから説きあかし、伝統教学は児戯に等しいことを述べた（因みに昌益は、宝暦五〔一七五五〕年に稿本『私制字書巻』を著わしている）。そして最後に次のように話した。

――学問は、欲にかられた行ないの別名である。範とすべきは自然界の運行法則。それは一刻も休まず、万物を生み出し、我々に日々の糧《かて》を授け、決して奪ったりしないかたじけない存在である。伏羲が八卦、文字をつくったのは、天下に君臨しようとしてのこと。賢人どもが聖人に追随しているのも同じことだ。学問とは、道を究めているかのように見えながら、実は欲を募《つの》らせるばかりで、学問と欲望とは、身体と影のように切っても切れない関係にあるのだ。

こう語り、昌益は玄秀に、これをわきまえ、医療を学ぶことこそ肝要と言い、玄秀は、昌益の意とするところを了解した。以後、玄秀は、およと机を並べるようになる。

十二月、どか雪が降った。それは、本格的な冬の到来だった。十二月は神あり月で、ちなみに五日がエビスさま。六日、織《はた》神さま。八日は唐松さま。九日、大黒さま。十日、稲荷さま。十二日、山神さま。十五日、八幡さまと、神さまの目白押《めじろお》しだ。今年の物成・年貢も厳しく、肝煎の八郎右衛門はじめ、長百姓《おとな》は郷中に倹約を呼びかけた。若衆たちは、神祭りを簡素にすることで、それに応えた。

当然、寺社への供物は少なくなる。方丈や別当には、不満だったが、社寺総代の肝煎や長《おとな》に頼まれては、引き下がるしかなかった。それが、後年まで引続いていくとは、思いもよらないことだったが、不承ぶしょう認めた。


すべてが芽吹く遅い春が来た。玄秀もおよと田んぼに入ることになった。その分、およとの会話も多くなる。はた目にも、玄秀が、およに好意以上のものをもっているのがわかる。およは、玄秀の気持ちを軽く受け流し、古くからの友人のようにふるまっていた。昌益は、昼は往診や薬草つくり、夜は執筆にと忙しい。今や田畑には、ほとんど入れなくなっていた。昌益とおよの食いぶちは、昌益の見立て料として頂いた作物で、なんとかなっている。

最近およは、昌益の使いで、長左衛門の家に薬を届けることが多くなった。長左衛門の妻・ふみの病状がはかばかしくないのだ。心を痛める長左衛門におよは同情した。滋養に効くナルコユリ(黄精《おうせい》)の根で薬をつくり、また、身体に良い食物をふみに運んだ。

苗代作りが始まり、春の息吹を強く感じる温かな日、昌益はおよに、ふみの看病をいいつけた。その午後遅く、帰って来たおよは沈んでいた。大食いがなくなり、身体もすっきりとし、心も落着き、産術医療の方も身についてきた。そう思っていた昌益だが、ここにきて元気がないおよに気がついた。それでも、およ自らが話すまで、昌益は待つつもりだ。

およは、長左衛門を好きになっていた。初めは、同情だと思ったが、長左衛門の優しさに魅かれていたことに気がついた。男が嫌いだと、自認していたおよにとって、本当の恋は初めての体験であった。先日、ふみの看病に出かけると、長左衛門が留守で、がっかりした自分に戸惑ったほどだ。それでも、ふみに薬を飲ませ、微熱のある身体を拭き、粥をつくった。食べさせてから帰ろうとすると、長左衛門がさちを抱いて戻った。長左衛門は妻のふみに、およは、さちに食べさせた。その間、およはふみに初めて嫉妬を覚えたのだ。そんな自分が許せず、およは苦しんだ。しかも、実ることのない恋であった。自分は弟を死に追いやった罪深い人間、結婚はできない。そればかりか、知られてはならない想いなのだ。そう思うと、ますますつらくなった。

それから十日ばかりたった。今日はまた、玄秀と講義を聴く日であった。あれからおよは、長左衛門には遇わないように、注意深く気をつけている。

居間に小さな文机を二つ並べたところに、昌益が入ってきた。そして、床に一枚の半紙を広げた。そこには「八情」「八神」と書いてある。

昌益の手に一本の棒が握られ、四角く囲まれた配当表を示し、話しはじめた。

「今日は、八情八神について話すべ。まず、八情の説明ばする。……八情とは喜、怒、驚、悲……で四情。……非、意、理、志で四想、合せて八情想、略して八情と言う。……まず、誤解のないように……非情について、これは情けがない非情ではねえ。……動回して止まらず、決まらない故の非だな。発散、無軌道に動く妄動の情とも言ってえべ。……この理の情は、非情の無方向に対し、方向を決め、すじみちをつけようとする感情だべ。……喜情は、喜びの情だが、笑いの情ではねえ。……非情が達成された悦びの情なのし。……驚情は、おどろきの情だが、予測がはずれてがっかりする、理情の破たんした狼狽の情と思ってええ。この四つ、非・理・喜・驚は、人間の心のなか、内なる感情のあり方なのし」

昌益は、二人のようすを見た。玄秀は曖昧な顔つきをしており、およは、深刻な表情をしている。

「我《わ》のしゃべったこと、解釈してみるべ。およからだ……」

およはゆっくり、考えながら答える。

「非情は、例えば……人ば好きさなる。これは止められねぇ思いだす。んだすが……そのまま突っ走ってはならねぇから非だすの。理の情は……突っ走ってしまう気持ちば、こらえようとする気持ち、正しい方へ向かおうとするものだすか」

昌益は、およが誰かを好きになったと直感した。が、平静を保ち、

「次、玄秀……」

玄秀、やや赤い顔で、

「んだば、およさんさならって……女子《おなご》ば好きさなった。その気持ちがおさえきれねえ、これが非

情。んだが押えてがまんした。これは理の情。ついに、その恋が実った悦び、これが喜の情。……驚は、恋情が実ったと思ったんだが先生さ、いや、親さ反対されて驚き狼狽《ろうばい》すら。そいは理が通らなかったからだすの」

しゃべり終わると、およをそっと見た。

昌益、二人を観て、およの相手は玄秀でもなさそうだと思い、おかしさをこらえ、

「二人とも、真さ迫ってるの。ウフ　ウフフ　ワッハッハハ　アッハッハッハ……」

ついに、笑ってしまった。およも玄秀も、昌益がなぜ笑うのか、怪訝《けげん》な顔をした。それを見て昌益、さらにおかしい。

その昌益におよが訊いた。

「先生、人間はなんで、男は女が好きになり、女は男ば好きさなるべ？」

「およ、何《なん》ば聞きて？　男女が惹《ひ》かれあうわけか？」

昌益の問いに、およが努めて感情を抑えて言う。

「んだすの、孫左衛門さんとエツさんみてに、好き合う者ばりでねべ。見合いで夫婦になったりすら。嫌えだけんど、所帯もつこともあるびょん。ほかさ……片想いとかの。……女は、じっと我慢するしかねえべか……」

昌益、およの真面目な問い返しに、さらに答える。

「んだの、男と女は互いに支えて一体になるべ。……求め合うのが自然だべ。男女は愛しあって一緒になる。それが本来の姿だの。……確かに人間は、相思相愛とばかりいかねぇの。……人間の感情は、一真が自己運動して、進退したもの。つまり怒りは内に喜びをふくみ……哀しみの裏には楽しみがあり、喜びのなかには哀しみがあり……楽しみのなかには怒りがあるべ。……その感情に私欲はねえか？　……自然の心、真の愛情なら、いつか落ち着くところに落ち着くべの」

黙り込むおよは、納得していないようだ。昌益がなだめるように、言葉を継ぎ足した。

「およ、長い目でみることだべ。くじけることなく、自分を見失わず待つことだの。……そうすれば、進退のかたちが現われるべ……。自然に逆らうのは、人間の弱さの一面だ。必ずや自然活真の強さが現われるじゃ。また、喜びも訪れるべ。待つことだの」

およは、夫婦以外の情愛は、獣の道だと昌益から教わっている。だから、けっして報われず、結婚してはいけない自分だと、わかっている。それなのに好きになった。これは私欲なのか？　わからない。返事ができなかった。黙り込んだおよを見て玄秀、およが離婚した身であることを思い出した。

「先生、以前、互いに連れ合いがいる夫婦は、ほかの男女と関係もってはならねぇとしゃべったすな。せば再婚はどうだすか？」

およに気を遣って尋ねた。

昌益がその問いに、

「んだの、再婚は、かまわんさ」

それを聞いた玄秀、およの気分を変えるように明るい声で、

「んだすか、そいは良がった。……先生、ごごさ書いてある非情、喜情が……四腑で言えば胆にあたり、理情と喜情が大腸さなってら。これどう云ったことだすか？」

言いながら玄秀、およの袖を引っ張って、集中させようとした。およ、自分がぼんやりしていたことに気がつき、あわてて昌益を見た。昌益は笑っていた。ふたたび〝八情〟の話が始まったが、あとの講義は、およにとって集中も座を去ることもできない、苦痛の中にあった。


およは多忙のなかに、わが身を置くことで、心の平衡を保っていた。それでも、長左衛門の妻ふみへは、診療の枠をこえて献身的に尽くしていた。そんなある日のこと、ふみがおよに頼みごとをした。娘のさちを、夏祭りに連れて行ってほしいと言う。夫も一緒にと、頼まれたが、もち前の明るさで断った。ふみの実家は扇田だった。夏祭りと言えば、賑やかな扇田の祭りのことだったのだ。およは、玄秀を祭りに誘った。玄秀は二つ返事で引き受けた。

扇田の賑わいは、大変なものだった。米代川の船着き場は、活気にあふれていた。大葛金山から、簡単に製錬された鉱石が扇田まで運ばれてくる。それを舟にのせる場所がここで、米代川を下り能

代に運ばれる。それをまた、海路、大坂の製錬業者のもとまで運ぶそうだ。ほかにも秋田杉の木材や漆などが積み込まれ、逆に日本海で獲れた魚が船から下ろされる場だ。また、扇田は、街道の要衝でもあったから、往来する人も多く、市場も立ち、古くからの旅籠もあった。ここ扇田にくらべると、二井田は静かな郷中だとわかる。

歩き疲れたさちを玄秀と交互に抱き、「大坂屋」という元禄の初めからあるという旅籠《はたご》の前で、さちに飴を買ってやり、その笑顔におよは久しぶりに心から笑った。玄秀と、他愛ない話に興じていると、そこに、長左衛門が現われた。

「やぁ、玄秀さんも一緒だったが。およさん、すまなかったの。……妻《あば》のからきず（わがまま）許してけろ」

長左衛門、頭を下げると、玄秀の腕からさちを抱きとった。

「へば、玄秀さん、およさん、ゆっくりしてけれ」

そう言い残し、去っていった。

そのうしろ姿をじっと見つめるおよ、

「玄秀さん、帰るべ」

なにごともなかったかのように、スタスタと歩きだした。玄秀が深いため息をついて、そのあとを追った。

第四章　遺　言

昌益が二井田にきて、丸三年がたった秋、仲谷八郎右衛門は病で起きられず、一関重兵衛の若勢が昌益を呼びにきた。長《おとな》たちが一関家に集まっているという。昌益が訪れると、重兵衛みずから、迎えに出た。一関の家は、土間も大きいが、居間も広い。天井の梁や大黒柱も太くて、立派なものだった。

昌益が座ると、代理の肝煎、嘉成治兵衛がまず口を開いた。

「せば、重兵衛さんから、話してけろ」

「んだの。良中先生、今日は、大葛・荒谷の話だす。おどでな（一昨日）、荒谷が来てけだ。まだ、これ……非公式だすが……結論出たじゃ」

重兵衛の話に昌益はうなずき、一関重兵衛が荒谷家とは近い親戚にあり、大葛金山の鉱毒の件を話し合ってきていたことを思い出す。

重兵衛の話は続く。

「今まで、若い者が調べた結果ば……小沢支配人さ渡してもらったのし。したばって、ことごとく無視されてきたべ。……例の山積した土砂崩れ、川さ流れこまねようにすることも、資金がねと、却下されたで。むろん、洪水あとの田んぼの補修費用、そのほか、立ち枯れした稲さついても、証拠がねぇと、これもまね（駄目）だったの。……結局、荒谷が知り合いの山奉行さ善処、申し出だど。……佐竹藩は、内密に調べたようだの。……確かにこの辺一帯、米の減収は続いてら。藩としては、鉱山も大事だども、年貢減ってても困ら。藩の財政も危機に瀕してらど。……そったらこったらで……荒谷が呼ばれたのす。結論は……来年から、大葛金山……藩の直山《じきやま》さなら。荒谷は帯刀許されで、なんぼがの銭っこさもらって、小沢さ代わって金山、任されるど。そういうことだの。……良中先生、なんが聞きてごとあるべが？」

昌益が来る前に、長《おとな》たちには話されていたようで、皆、質問もなくうなずいている。昌益、それを察し、

「んだすの。皆が決めだごとさ異存はねえだす。まだあるべが？　あったら、続げでけろ」

と、重兵衛にうながした。

「せば、ここがら皆さ相談だの。……荒谷の案は、こうだす。一つ、鉱山から掘り出した土、川さ流れねようさ囲いこむ。二つ、洪水被害さあった田んぼさ、なんぼが見舞い金も出す。三つ、金掘り病の小屋もこさえる。……そこで使う稗・米、郷中から買いつける。四つ、銭はまだ、はっきり

しねぇが、立ち枯れした田んぼの石高さ応じて、補償もする。……こうなったすの。手もとさ入る銭っこは、収穫予定の二割ぐらいだどさ。以上だで。……良中先生、その銭の使い方が相談、そういうことだすの」

昌益は、

「皆の意見は、どうがね？　わずがな田んぼのもち主さ、丁寧に聞くべきだと思うが……」

安達清左衛門、

「んだすな。こまいとこの分は、外してしゃべるべ。我《わ》の家、一関、中沢両家、平沢、小林の家だの。それ合わせば、相当あるべな。その使い方次第で、なんともできるべ。どだべ……与右衛門？」

小林与右衛門、頭を掻きながら、

「清左衛門さんさ、そう云われれば……我《わ》としては、反対しずれな　へェへェへへ……」

と、賛成の素振りを示した。ほかの長《おとな》もうなずいている。

昌益が静かに口を開いた。

「せば、これは……あくまで提案、一つの考えとして聞いでけろ。……郷中の田んぼば増やしてはどうがの。開墾する場は、まだあるど聞ぐのし。最終的に、自作農ば増やすことで、村は活気づぐべ。なんといっても我《わ》の田んぼなら、はだらぎ甲斐があるべ。はだらぐ場さえあれば、出稼ぎさ行がなくてすむ。……若げ者も希望がもでるべの」

そういう昌益に、いち早く答えを出したのが若い中沢長左衛門だ。

「賛成だす。……本音でしゃべれば、若勢も……働がね者、多いべ。百姓の次男、三男だすけ、外さ出されで土地もねえ。やる気、出ねぇべな。……そいさ神事、講ば取りやめでも、その日ば休んだら、もったいねのす」

嘉成治兵衛は、

「んだの。したっきゃ小作も同ずだの。やる気のある人間さ道ば開ぐ。ええことだすな」

と、鷹揚《おうよう》にうなずきながら、賛成した。

中沢太治兵衛が、

「せば、補償の入るその家がら……やる気のある小作、選んだらどだべ。若勢でもしゃ、家族もちでねぇと、務まらねぇべや」

そう言いながら、一関重兵衛を見た。

「んだすの。それもええ案だすな」

と、太治兵衛にうなずく重兵衛だが、補償額を考えてか思案顔だ。

中沢長左衛門が、

「あのし……我《わ》、岩男さんと、立ち枯れした田んぼの改良やってきたべ。……岩男さん、安達の小作だべしゃ。清左衛門さん、岩男さんは、補償もらえるが？　そっちゃで借金、返せねぇべが？」

心配していた岩男一家のことをもち出した。

安達清左衛門は、

「んだきゃ……不足分、我《わ》が出してやら。岩男の家、子だくさんだ。すぐもと取れるべ」

と、豪農らしい気配りを示した。これに対して昌益が、

「えことだの……人さ施し、慈悲ば与えねで、自分のはだらぎ、直耕で生きる。それば多少資力のある者が手伝う。これが郷中の一和する姿だな」

と、実に嬉しそうな表情をした。


大正月もあける七日、「日待ち」の日、豊年を祝い、お日さまを祀る日だ。「天照皇太神宮《てんしょうこうたいじんぐう》」の掛け軸をかざり、供物をあげ、聖道院が来てお祓いをする。あとは酒、博打、朝まで夜通し飲んで、翌朝の太陽を拝んで帰る、去年までは、そんな日だった。今年は、長百姓《おとな》も若衆もこれを無視した。むろん二井田本村、全員ではなかったが、一関家に集まり会合を開いた。そこでの話し合いは、村はじまって以来のことだ。女たちは、安達家に集まった。昌益は一関家に呼ばれ、およは安達家に誘われた。

一関家の居間に昌益の門弟以外に自作農、小作、若勢を入れると、五十人ほども集まった。土間にはむしろを敷き、使用人たちもすわっている。村の回状をもって、小走りの利平が触れ回った。

小作、若勢が田んぼもてる話だ、と。そのための大盛況だ。

まず、病をおして出席し、痩せた体で仲谷八郎右衛門が新年のあいさつをした。それから肝煎役を辞退し、嘉成治兵衛が正式に引き継いだことを伝えた。そして最後に、

「みんなさ、ずい分世話なったの。……我《わ》、この郷中の発展……願うべ。……安藤昌益、良中先生さ、礼すら」

そう言うと昌益の手をとり、何度も頭を下げた。昌益も皆に一礼して、八郎右衛門をささえて座った。

ついで、安達清左衛門が村役の代表として、立ちあがった。

「皆の衆、新年早々、ご苦労さんだす。さっそくはじめら。今日は、今後の丁内《まち》のゆくえば決める会合さなるべ。心して、聞いでけろ。我《わ》の挨拶は、こいで終《しま》いさするじゃ」

と、恰幅のいい姿で、昌益の横にゆっくりとあぐらをかいた。

小太りで背が低い嘉成治兵衛が立ちあがった。

「本年から、肝煎ばつとめる嘉成治兵衛だす。こいがら、なんとが頼むじゃ」

と、ゆったり礼をすると、正面の尊座《そんじゃ》にいる重兵衛の横にすわった。

一関重兵衛が立ちあがった。

「せば、決まったこと……発表すら。……まず立ち枯れした田んぼの補償からだすな。……達子《たっこ》村

の田んぼ……安吉。同じく……太助……岩男……達吉。……扇田村の田んぼ……」

と、十名ほどの名が呼ばれた。そして銭と米どちらでも受け取れることが伝えられた。すると、土間にいた小走り役の利平が立ち上り、

「貴方《な》んどの分、どすた！」

かん高い声で訊いた。

嘉成治兵衛が立ち、

「我《わ》がしゃべら。……んだすの。被害のでっけ一関、小林、中沢両家、安達、平沢の家の分は……丁内《まち》のものさなったじゃ。……こいは、長《おとな》と良中先生で決めたべ。……その使い道、しゃべってもらうべ。重兵衛さん頼むの」

治兵衛が座っても、がやがやと私語が止まない。

居間にいる平沢専之助が、

「やがましい！　だまれ！」

と、大声で一喝した。静まり返ると、立ったままの一関重兵衛が話だした。

「いま、治兵衛さんがしゃべった……丁内《まち》分の使い道……良中先生の案だす。……銭は新田開発さ使うことさなった。……その田んぼ、やる気のある小作、若勢の物さなるべ。……要するに、自作農さ……なれるわけだすの」

会場が、どよめいた。静かになったところで、また重兵衛が話す、これが繰り返された。

「但す、優先順位があら。……第一さ家族があるごと。……少なくても夫婦以上いることだの。……第二、やる気のある者。……これは、長《おとな》の推薦した者だべ。……または、村の人間二十人の推薦がある者だす。……人数は、開墾しだいだびょん。……一軒の家で十石ほどとれる田んぼさ、する予定だす」

重兵衛の話に、会場からその都度、どよめきが起こった。そしてまた質問があがった。

「そっちゃ出来るの、何年かがるべ！」

今度は、中沢長左衛門が立ちあがった。

「我《わ》は、三年と踏んでら。……早ぐも遅ぐも、貴方《な》んど次第だべ。……今日みてな、祭りの日……酒と博打で潰すが……わんつかでも、新田で稼ぐが……それさよるべ」

言いおわると、また土間から、

「寺も、八幡さまもほったらがしで、えべが！」

その声に長左衛門が答える。

「すっかど（全部）、そうしろってしゃべらね。……んだが、今日の祀りごと……出ねと都合わりべが？　……お日さんさ、豊作願う日だべ。まんず、稼《かへ》ぐの先でねが！」

「わがった！　稼《かへ》ぐべ！」

土間からの元気な返事に、周囲の百姓仲間が笑いながらからかった。

「お前《め》の信心、たいしたもんだべな！　お神酒《みき》まいりだべさ！」

また、ほかの村の者から声があがる。

「せば、新田開ぐの誰やるべ！」

一関重兵衛が、

「新田で、稼《かへ》ぐ者さ……飯《まま》と、さっと米と日当、出るじゃ。……そい、補償金から出ら。……神事、祭礼、講、ほどほどさして、稼《かへ》ぐべ」

その答えに、また会場がどよめいた。どよめくなかから立ち上がって、

「したばって、我《わ》んど、損してねぇが！　なんでだ！」

一関家の若勢、浅吉が叫んだ。会場のあちこちから笑いが起こった。

立ったままの長左衛門が、

「良中先生の考えだ。……我《わ》んど、田んぼ耕している人間が……天の直子《ちょくし》……真《しん》の人間だど。……したはんで、百姓の根性、見せでやるべ！　悪《わり》が！」

かつ然と、答えた。

「悪ぐねぇ！　えれえべ！　ワッハッハッ」

利平のその声に、会場中が笑で包まれた。

話は、そのあと、今年の休日の相談になり、細かな、話し合いが行なわれるという。昌益は、仲谷八郎右衛門を支え、家まで送った。

一方、今回の廻り宿、安達家の板の間に集まったおよたちは、和気あいあいと、餅や漬物を食べ、話に興じた。糸よりや、機織りも今日は休みだ。ここは使用人や小作、自作農の女たちの気楽な場。長《おとな》の妻や嫁は、座敷で話している。したがって、噂ばなしにもはなが咲く。

一関家の小作の女房マツがそばかすの目立つ顔で、

「ツルさん、ミヤ、どうしちゃ？」

訊《き》かれた重助の女房ツルは、ミヤと仲がいい。そのツルが声をおとして語りだした。

「あのし、きつい婆さまさ責められでの……アイヌの血、混じってらって、しゃべったはんで。……助吉さん、泣ぐ泣ぐ実家さ帰したきゃ。その方が、ミヤの身体、休まるびょん。……およさんがアイヌ、恥でねぇってしゃべってけだ。したはんで、ミヤ大丈夫だって。童っこ連れて実家さ戻ったのしゃ。……とごろがし……婆さま、あだった（脳卒中）。倒れだべ。罰ば受げだんだべの。んでの……三日前だべが……助吉さん頭下げでの、ミヤば連れ戻したのしゃ。……もともと、惚れあった仲だべ。良がったべな。……今日も、婆さまの世話でこれねべ。んでもの、ミヤ戻れて喜んだきゃ」

友だち思いのツルが、最後に明るい表情で話し終えると、座に華やぎが戻った。そんなところに、安藤家の嫁のエツが入ってきた。祭りの日に着る木綿の小袖姿で、およの傍に座った。安達家で働

く年長者のカツが声をひそめて、

「エッさん、なして、こっちゃきて座るべ？　えんずめ（いじめ）られだが？」

と、不審な顔でたずねた。

「なもだ、なもねぇ。窮屈だべや。……おらも、かでで（入れて）けろ」

エツは人恋しいのか、およの手をつかんで離さない。

それを見て、仲谷家のスエが、

「惚れだ相手がえど、ええべべ着れら。……およさん、およさんは、相手いねぇべが？」

わざとらしく、ちゃかすようにおよの袖をつかんだ。すると、ツルが、

「およさん、玄秀先生と、どなんだの？　この前、扇田の祭りさ……童《わらし》っこと三人で、行ったんだべ。ええ仲だって……夫《おど》……しゃべってだの。ウフフフ……」

昌益の門弟である重助が女房ツルに話したようだ。

およがまじめな顔で、

「んだの、玄秀さんさ不足ねぇの。おらが駄目だべさ。……おら飯さえあれば、ええ女子だべ。……残念だの……玄秀さん、お百姓でねぇのが……たまさ傷だな。……ハッハッハ　ハッハッハ」

最後は、冗談めかしておわらせた。

マツがそばかす顔をおよに近づけ、

「なんだべ～たまさ傷って。およさん、玄秀さんのあそこ見んだが？　ウッフフ　アハッハハ……」

と、下の話が好きなマツらしく、いかにも楽しそうに大声で笑った。中年女のスエが、

「お前《め》と、違うべや。およさん……立派な生娘《きむすめ》だべさ」

そういうと、およが、

「んだ、もう八年、生娘やってら。……ウハッハッハ　ハッハッハ。……おら、二十二で出戻りだべ。そのワケな……ままの食い過ぎだべさ。アハッハッハ　ハッハッハ」

大きな口を開けて笑った。カツとツルが同時に、

「嘘だべ～」

と、声をそろえて言った。それがまたおもしろいと、中沢家の使用人が笑い、ほかの女もその渦に巻きこまれ、座はわきたった。その後、およの家族に話がおよび、女たちは、しんみりとし、ときには涙を流し、およに同情が集まった。

翌日、およが出戻りで、その原因が米の食い過ぎだったと、村中に広まった。そんなことまで、およの耳には届いてくる。およも、すっかり村人の一人となっていた。

宝暦十一（一七六二）年一月十四日、仲谷八郎右衛門が昌益に看取られ逝去した。そのとき昌益は、八郎右衛門の死顔に涙を落とした。傍にいたおよは、初めて昌益が泣いたのを見た。あのなにごとに

も平静な昌益が涙をみせたのだった。

昌益にとって八郎右衛門は、自分を支え尽くしてくれた大恩人であり、話し合える友であり、頼りになる兄であった。遺言には、葬儀一切、簡素にし、郷中が成り立つように、農を盛んにすることを切に願う。そのためには、良中を相談役にし、その考えにしたがうことがよかろう、とあった。郷中を支えた村の重鎮を失い、二井田は悲しみに沈んだ。

昌益は、翌日から診療を始めた。この日、産気づいた家から呼び出しがあったからだった。いつものように、およとマタギ犬の耕太郎も昌益に同行した。

夕刻ちかく、無事出産がすんだ。帰路、産婦や家族の顔は幸福に輝いていたと、およは思う。それは何度経験しても嬉しいことだった。だが、亡き八郎右衛門のことが、すぐに心に忍び込んでくる。家族を失って一人ぼっちになったおよを助けてくれた。それを思うと涙がこみあげてきた。昌益とめぐり合わせてくれた恩人だった。およは、泣きたい気持ちを我慢している。およは、昌益の話を誤解して受け止めていたからだ。人の死は当たり前、だから泣いては駄目だと思い込んでいたのだ。およが涙をこらえるその前を、昌益も無言で歩いていた。時々、耕太郎が雪道から外れ、見えなくなっても、声もかけずに、黙々と雪を踏みしめ歩いている。

昌益もまた、八郎右衛門のことを考えていた。彼がいたことで、どれだけ助けられたか、一つひとつを思い返し、かみしめながら歩いていた。その心は、さらに悲しみの海へと沈むようだった。

二人は雪道で、何度も転びそうになりながら家にたどり着いた。耕太郎も戻ってきた。土間の上がり口に腰を掛け、藁沓《わらぐつ》を脱ぐ。そのとき、およが何気なく言った。

「おんぼこの産声《うぶごえ》……いつ聞いでも、嬉しいもんだの。……それさ比べて、お父《ど》さん、人の死ぬのは、なんでこったにつらいべな。息でぎなぐて……胸……痛くなら。おら……もう、死ぬのみたぐねじゃ……」

それを耳にした昌益が藁沓《わらぐつ》を手にし、となりのおよに答えた。

「およ、気持ちはわかるが、そう死を嫌うでねぇ。……無事に生まれて喜ぶのは自然の進気、死んで悲しむは、自然の退気だべ。喜ぶと悲しむは、一気の進退だべさ。死を一方的に嫌ってはなんねえ」

「んだすな、お父《ど》さん。まんず……せつなくても、がまんだべな。……泣ぐの堪《こら》えるのつれぇ。仲谷の……お父《ど》さんのことだす……」

「およ、なんも、がまんするごどね。泣きてぇどぎ、泣げばええべ。笑いたいとき笑う。これが自然だべ……我《わ》が云うのは、偏《かたよ》った考えになるな、一方だけ良しとするな。そういうことだべ」

「ああ、そが！　んだすの。おら、お父《ど》さんと違って、頭わりがら、すぐ忘れるじゃ」

「まぁ、ともがぐ火さ、ぬぐだまるべ」

尊座に座って昌益が火をおこし、およは薪《たきぎ》をもってきて囲炉裏のそばに置くと、左どなりの焚き座に膝をおとす。火ばしで、薪を動かしながら昌益が口を開いた。

「およ、さっきの話だども……人間、頭悪いのも、良《え》えのも一人の人間だど。我も、同じだべ」

「しまった！　んだすな。……そへでも、お父《ど》さん、人より頭ええべさ」

「およ、昔の話ば……ちょっとするが。……我《わ》がまだ三十前だったべ。……独学で儒教も学び……医者さなるべど、気張っとった時分だべさ。……そのころ都でな、一流といわれた塾さ通ったのし。なんも正式な門弟でねえ。我《わ》、貧乏だったはんで」

およは、昌益の顔を凝視していた。めったに自分の過去を話さない昌益が、なにか伝えようとしている。そう思い、およはうなずいた。昌益がふたたび口を開いた。

「我《わ》が恥かいた話っこだど。……あるどぎのことだ、塾生がだが活発にしゃべってたべ。我《わ》も、物《もの》怖《お》じしねえ、こった性格だの。つい、口出したじゃ。……そんときの、こっぴどく……間違いば指摘されたのし。恥《めぐせ》がったたな。……その頃、学問できる者が偉ぇ、まだそういった気持ち、どっかさ残っとった時分だべな。……我《わ》のなかさ、塾生と張り合う気持ち、あったべの。今でも、思い出せば……ワァっと叫びたくなら。……なんのためさ勉学してきたべ？　学問で競うことでねがったべし。……米作っても餓死していぐ百姓、この世さ生まれで、せつねぐ生ぎる者ば、助ける方法……みつけることだったで。……断じて、己《おの》が私欲のためでねぇ。そう思い返したじゃ」

昌益は、熱心に耳を傾けるおよの顔を見つめ、気分を変えて続けた。

「およ……およは、人間生きるのさ、何《なん》が大事だと思うべ？」

「んだすな……。めし食うごど。米つくるごど。それ大事だべさ。あだりめのことだす」

「んだの。したっきゃ……その当たり前がでぎねの、頭ええって云えるべが？」

およが首をふった。

「んだば……お百姓みてみれや。我《わ》よりはるかに米つくり、うまいべ。……つまり、我《わ》より……頭ええと違うべが？」

昌益の言い分に、およが大きくうなずいて、愛嬌顔《あいきようがお》を見せた。

「んだすの。せば、おらもお父《ど》さんより、飯《まま》つくるのうまいべ。おら、頭いがったすな。へへへアッハッハッハ　アッハッハッハッハ」

「んだきゃ、これは恐れ入った。およの飯で、我《わ》も生きてきたべな。ウワッハハ　ウワッハハ……」

「お父《ど》さん、なんだが面白いすな。アッハッハハ　アッハッハハ　ハッハハハ……」

およも昌益も、大口を開けて笑った。こうして、八郎右衛門を看取った二人の気持ちは、少しずつ癒されていった。


八郎右衛門が永眠した翌月、昌益の家では、門人たちの講義が行なわれていた。屋根にも届きそうな雪に囲まれた家のなか、囲炉裏には火が燃え、吊るされた鉄鍋から、湯気がたっている。門弟たちは、そのまわりで、暖をとりながら、静かに昌益の話を聞いた。

「我《わ》、この囲炉裏《ゆるぎ》さ座って、いつも思うべの。ここさ、活真のはたらきが……そのままあら灰が土にあたるべ。このまわりを、木・火・金・水の四行が自らはたらき……進んだり、退いたりしてな、互いに関連する八気となって……通……横……逆……その方式で回ってるじゃ。……この薪が進木《しんもく》……、吊るされた鍋の煮水は進水。……薪のはたらきが強すぎると、煮水が蒸発してしまうべ。水が蒸発すると、煮ることができねぇべ……」

昌益は鍋の蓋をとり、キノコ、人参、ごぼう、芋が煮汁に浮いているなかを見せた。ふわっと、湯気が出て、味噌のいい匂いがし、耳を澄ますと、煮え立つ音もコトコトと聞こえそうだ。それから、蓋をもどすと、ふたたび話し始めた。

「ええ匂いだべ。匂いをかぐこと、見ること、これもすべて、顔の面部八門の精妙なはたらきさよるべな。人は顔を通じて、天地と交流するのし。その交流の門が八つの門なのし。そしてまた、面部八門はの、人体の内臓ば観察でぎるどごでもある。……今日からは、そのはたらきについて、しゃべるべ」

昌益が、自分の目や耳を指さして話はじめた。

「面部八門とは……まぶた・目玉・耳たぶ・耳穴・唇・舌・鼻・歯のことなのし。……見るはたらきは、目が主宰し、そのはたらきの本性は、耳に規定されているじゃ。……つまりだな、木気の目と水気の耳は、互いに関連している、そいうことだべ。……活真のはたらきとして、真剣に見るときはの……目にほかの七門が伏し、隠れていて……見ることに集中する。……つまり、天地・人間、万物の色、品、かたちすべては……目の木気中の黒玉《ひとみ》の水に、ひたして見るのし……」

皆が、昌益の顔をじっと見つめている。昌益が頬に笑みを浮かべて、座をやわらげるように言った。

「おいおい、そう真剣に見るな。我《わ》の顔さ穴あぐべ。……んだ、今のみんなは、知りてえという目《まなぐ》、そのものだな。……水気にあたる精神作用は知なのし。……その知をつかさどる精神要素は霊だで。……目で見るとは、対象を知である水気に浸して、霊がそれを見分けることだな。……これが活真の見るはたらきなのし。……むずがしいが？　まぁ、繰り返しのうちに自然とわかるべ。……ついでさ、関係するごとも、ちょっと触れておく。この八門、腑臓が根ざすところで言えば……まぶたは胆のうの根、耳は膀胱の根だ。まぶたと耳、胆のうと膀胱は相互関係にあるべ。……肝は目玉に根ざし、腎は耳穴に根ざす、これも相互関係。……唇は小腸の根、鼻は大腸の根で相互関係。舌は心の臓の根。歯は肺の根で……舌と歯、心と肺とは相互関係にあるのし。……天の陰茎の話、覚えてるが？　あのどぎ見た図面、一真が営む五腑と五臓の図解ば思い出してけれ。およ、あの図面、見せるべ」

昌益が冷めた白湯を飲むあいだ、およが昌益の寝間から図面をもってきて広げた。そのとき中沢長左衛門が手を挙げた。

「先生、今の腑臓のなかさ……胃、この腹の胃が出てねぇだす。何《な》でだべ？」

長左衛門の質問に、昌益がいかにも嬉しそうに答える。

「ええこと、聞いでけだな。ちょっと説明しどぐべ」

それから昌益は、図面を前にして、簡単に面部八門と内臓との関係を話した。

——人の身体では、身体の表面の血管や経絡が海《ち》で、内側の腑臓が転にあたる。海《ち》が天体を覆っている人体は、転が海を覆っている実際の転海《てんち》と、内外・表裏の関係が逆になる。面部の八門は、人体の転である内臓から言えば、転海の気を吸収するその根に当たり、内臓から気を転に通じる「八門」でもある。

昌益が図面から顔を上げ、長左衛門の方を見て言う。

「したはんで、食べ物を消化し、栄養としてほかの腑臓さ行き渡らせる胃は……〝土活真〟が体内で位置するどごだ。天地宇宙で云えば……転と海の中央の大地だべ。……胃は体内の活真の座、これば〝胃土活真〟と言う。また人間は、煮炊きした穀物を食って生きられる。つまり土活真が、人家のなかで位置するのが炉、カマドだの。これが〝炉土活真〟だ。人間の存在は、土を耕し……穀物をつくる外のはたらきと、生の穀物ば炉で煮炊きして、食べ物に変える家のなかの仕事、この二つの直耕でなりたってるのし。……そろそろ煮えだべが。……いい頃合いだな。ごっそすべ。およ」

昌益が鉄鍋から木蓋をとり、およに手渡した。

仲谷八郎右衛門の遺志を継ぎ、郷中を農の栄えたところにしようと、村人たちは励み、月日のたつごとに、昌益の教えは、静かに浸透していった。

農民たちの仕事はきつくなったが、なによりも明るい未来があった。若勢、小作は新田開発に夢をたくし、貧しい自作農も、開発の労賃でなんとか食いつなぐことができた。鉱毒の被害も表土を削り、新たな土を入れ、堆肥を鋤きこんだ田畑の結果は、上々であった。さらに年貢もかろうじて上納することができた。そんな村のわずかな豊かさも、子どもたちには、お正月への期待と喜びをもたらし、聞こえてくる童唄も、どこか弾んでいる。

正月どこまできたべな
達子の森の下まで
赤え餅こさ　白餅こ
山で刈ったゆずの葉

年が明けた。仲谷八郎右衛門の一周忌も過ぎた。そんなある日、昌益のところでは、若衆が集まり、加えて長《おとな》の一関重兵衛、安達清左衛門、中沢太治兵衛も顔を出していた。

昌益は、そんな顔ぶれに微笑し、講義を始めようとした。だが、中沢長左衛門の顔が見当らない。

「長左衛門《ちょじゃむ》は、どした？」

昌益が清吉に訊いた。

「んだすな。なしたべ。妻《あば》、具合いぐねぇべが……」

清吉の心配そうな口調に、昌益が末席のおよをみとめ、

「およ、ちょっと、見でこいや」

そういうと、およがうなずき、戸口にむかった。そのとき、中沢本家の若勢が駈け込んできた。

およが問う間もなく、息せききって言う。

「しぇんしぇ！　先生……急いで……来てけれって。呼んでも返事しねって」

それだけで、飛び出していった。

尊座で聞いた昌益、急ぎ診療箱をもち、駆けつける。およもあとに続き、そして一人、二人、三人とあとを追って出て行った。

四半刻ほどたって、昌益と、安達清吉、中沢吉三郎、平沢専之助が肩を落とし、もどってきた。

座についた昌益が皆に言う。

「長左衛門《ちょじゃむ》の妻《あば》ふみさん、みまかった。……よく気張ったじゃ。せっかく、皆が来てるべの。おふ

みさんどご悼《いた》んで、病と生死について、少ししゃべるべが。あぁ……およは、さちば見てるはんで、しばらくかがるど……」

孫左衛門が囲炉裏の鉄瓶から椀に湯を入れ、そっと昌益の前に置いた。それに軽く頭を下げ、昌益が静かに話し出した。

「人間は、自然の病を受けることで病気になるべ。……外からは不正の気、内からはひどい欲心によって破壊される。……それが病の原因だ。……本来、万物を生みつづける正常な活動、活真には、病気など存在しねのし。……ところが、聖人や釈迦があらわれて……上下の支配制度ばこしらえた。……上の者は、はだらぎもせず、天地の法則ば冒し、栄華とおごりばなそうと、欲心ば抱いたべ。下の民、衆人は……これをうらやむ欲心をもってしまったじゃ。……衆人にすれば、おのれの物成、奪い取られる憂いと悲しみだの。……この世は、楽あり苦ありで、当たり前。……んだが、極端な苦労が多すぎるからの。……釈迦にだまされ……極楽成仏……してぇべな。……んだども、それも欲心なのし……金銭の欲、こればあさりまわる欲、上下ともに、世の中さはびこってしまったべ。欲心は横気なのし。横気は汚れた……よこしまな気だ。これが天地の気の運行をけがしたべ。それによって、まず自然が病む。……この不正が人間さ及んで、病気になるのし」

昌益が、いったん口を閉じると、囲炉裏のなかで、パチパチと薪がはぜる音がした。専之助が、鉄瓶から椀にお湯を注ぎ、清左衛門、重兵衛、太治兵に廻した。専之助も自分の椀にお湯をつぎ、ほかの者もそれにならった。全員にいきわたったところで、ふたたび、昌益は話し出した。

「せば、生死についてだが……始めも終わりもない活真の自己運動。すなわち、その進んだり、退いたりする運動が生死なのし。……活真が進めば生、退けば死で、……生の本質を規定するのは死、死の本質ば規定するのも生なのし。それは本性ば互いにし、また互いに本性となる運動だの。それば互性と、我《わ》は名づけたのし。……生の内は死、死の内は生だの。……生死とは、無限に運動する活真そのものだべ。……したはんで……あらゆる事物には、生死の法則が貫かれているのしゃ……」

およが戻ってきて、そっとうしろに座った。玄秀がおよに椀を渡した。

安達清左衛門が腕を組んだまま、

「せば……人の生死、特別のことで、ねべの。……病になるのは、避けられねべ。んだば……医者はいらねが？」

なかば、独り言のように言う。それを耳にした昌益、うなずいて答える。

「んだすの。医者は、自然の法則ば知る必要があるべな。……知ってこそ、治療さ必要な薬草ば選べるべ。……なぜなら薬草も、八気の相互作用ば備えているからの。……通気によって生まれた人間は、外と内から横気ば受けると病気にかかるべ。……横気によって生まれた動物は、通気の邪気ば受けると病気にかかる。……逆気によって生じた草木は、通気と横気の邪気ば受けると病気にかかるのし。……つまり、人間や動植物は……すべて八気の相互作用によって生じ……それぞれが、八気の相互作用ば備えて生きている。……病は、気の偏りから生じ、これば整えてやれば、自然の力で治るべ。進退を見極め、味方となる薬ば投与すること。それが医者のつとめなのし。……これをまったくわきまえず、医療ばしてきたのが……古来の医法だべ。……したはんで、やることなすこと、人ば殺すことになるのしゃ。そういう医者は……いらねぇべの」

皆の表情をみると、それなりの理解度がわかり、その一人ひとりが正直者だと、昌益は思う。

頷きながら一関重兵衛、

「んだすなぁ。死は必ずくら。……死は生の内にある。これもわがるじゃ。良中先生……我《わ》、気になるのし。寺と、八幡さまの供えもの、ずっと、わんづが（少し）だべ。それ、先祖さ申しわけねみてでの……」

と、先祖を大切にする気持ちをこめて言った。

「重兵衛さん、気持ちはわがるのし。……したばって、息子・市五郎さんば見でけろ。……先祖が自分の子孫として、現われでるべ。……その子孫ば、大切にするのが供養でねべが。……寺が寄進ば貪るのは、釈迦が須達《しゅだつ》にたかって、祇園精舎《ぎおんしょうじゃ》ば建てた誤りさ、はじまるべ。……家ごとに仏像ば安置する仏壇ばつくり、仏が実際にあると思い込んで、供えものばする、それは浪費だべ。……それも、寺を建で、本尊ば置き、世を貪る誤りから起こったことだす」

昌益の話に、多くの者が複雑な表情を見せるが、それでも、どこかほっとしていた。

安達清左衛門が結論を出した。

「んだば、今までどおり、寺社さ泣いでもらうべ。ともがく、飢饉に強え郷中さするごどが先決だべ」

これには皆が、納得の表情で頷いた。


稔《みの》りの秋、刈り入れも終わり、今年の収穫は、前年度を上まわるという大方の予想で、人びとの表情も活気に満ちていた。さらに、支配人が荒谷に替わって二年目、大葛金山との米や野菜の取引も、二井田本村をわずかに潤した。

郷中では、新田からの収穫もあった。村の小走り・利平も、村人の推薦でふたたび田んぼをもった。中沢分家の太治兵衛から推された助吉、安達家の小作岩男も自作農になり、借金を返すため励んでいる。そして、この岩男、助吉もまた、いつの間にか門弟になっていた。

なにもかも、うまくいくように見えた村に、はやり病が拡がった。人の通行、出入りの多い賑やかな場所、扇田からそれは始まった。十数人にも及ぶ患者の症状は、高熱、咳、手足の痛みを訴える者が多かった。体力のない子ども、年寄りがかかると重症化し、老人一人が死亡した。昌益や玄秀、およも診療に駆けずりまわった。何日も徹夜同然の日が続いた。なんとか病人は回復し、流行の勢いも衰えてきた、そんなとき、昌益が倒れた。

病床にあって昌益は、見舞いを断った。玄秀にも、村人を診るよう、言い含めた。皆に感染《うつ》させてはならないと、およにも注意した。八戸にも知らせるなという。およは、黙々と看病した。高熱が退いたのは、二日目だった。それからは、少しのあいだなら起きて食事もとれるようになった。だが夕方になると、また熱を出した。朝には、その熱もいったん退くがまたぶり返す。

中沢長左衛門が、見舞いに来たのは、そんな朝だった。昌益の言いつけで、およは客には誰でも、戸口の外で会うことにしていた。およは長左衛門への想いを封印したままだ。彼の心は、まだ亡くなったふみさんのところにある。自分のような人間は結婚してはいけない、そう考えている。そのため長左衛門がいるときは、気づかれないように、つとめて平静を保ってきた。

「およさん、先生、大丈夫だべが？」

「んだすの。朝は熱、下がるども」

昌益がおよを呼んだ。急いで寝間に戻ると、昌益は起き上がり、風呂敷を縛っていた。それをおよの前に出した。まだ力のない声だ。

「およ、万が一のためさ、頼んでおくべ。……この中さ〝真営道〟あるじゃ。……我《わ》が死んだら、仙確さ渡してけろ。……渡せば、解《わ》がる」

「お父《ど》さん……なん云うべ。死ぬなんて、縁起でもねぇ。……わがった。しっかり渡すじゃ。……んでも、具合、だいぶええべ？　あんつぁがだ、毎日、来てるじゃ。……少し顔……見せてやれねべが？」

「んだきゃ、今みたいに、朝のうちなら、咳も出ねぇな……」

「わがった、長左衛門《ちよじやむ》さん……今、来てら」

急いで、外に出た。だが、長左衛門の姿は見えなかった。

戻って、およはそれを伝えると、昌益がたずねた。

「およ、おめ、まだ長左衛門《ちよじやむ》が好きが？」

およは驚いた。

「お父《ど》さん、知ってだが。いづ、わがったべ。……んだけんど、大丈夫ださ」

「なんでだ。好きなら、正直さなれ」

「んだばって、長左衛門《ちよじやむ》さん、おらのごど、なんとも思ってねべ。まだ、おふみさんば……忘れてねさ」

およは、昌益はなんでもお見通しだと思い、

「お父《ど》さん、おらの神さまみてだの」

と、ふいに口をついて出た。

昌益はおかしそうにおよを見て、

「んだが？　我《わ》、およば大地の女神だ、思ったごどあるど」

「なしてだべ？　あっ、米好ぎだはんでだ！」

「およ、うまいごど云《ゆ》べな。フフフ……」

昌益が笑い、およも笑い出した。久しぶりのことだった。

「およ、もしも……長左衛門《ちょじゃむ》が……さちの面倒たのんだら、きいでやるが？」

すこし考えたおよは、

「んだすな。さち、めごい（可愛い）。面倒だけなら、みるさ」

と、昌益に約束した。

昌益が、夕方また熱をだした。およは、心配して、玄秀を呼んだ。

玄秀は、昌益に医法を教わって数年になる。昌益の教えどおり、それなりに村人は見られるようになったが、昌益の脈をとるのは、はじめてのことだった。

「先生、失礼しますべ……」

玄秀の不安が顔にでた。

「玄秀、心配するな。生死で一道だ。……さっと眠るべの」

そういうと、目をとじた。

およは、玄秀を外に連れ出した。

「お父《ど》さん、どうだの？」

「んだな、先生、知っているべの。……肺の具合、悪《わり》いみてだす。はやり病が肺さいったすの。……薬は、我《わ》がつくるべ」

「本当さ、悪《わ》りが？」

玄秀が深刻な顔をして、頷いた。

およが唇をかみしめて、それから思いきるように、

「せば、八戸の御上さんと周伯さんさ、早いごと知らせるべ」

それを聞くと、玄秀はうなずき、足早に帰って行った。

その夜、門弟たちは安達家に集まった。玄秀から、昌益の肺の病は重く、体力がもつかどうか、難しいと聞いたからだ。また、およの身体も心配だった。そこで、毎夜交替で昌益につき添うことに話はまとまった。

翌朝、長左衛門がおよに、そのことを知らせに来た。声をかけると、およが出て来た。ちょうどひげ剃りが終わったところで、今は熱も下がっていると、長左衛門を寝間に通した。

長左衛門が昌益のそばで一礼して言う。

「先生、お身体さ障るようなら、すぐ帰るべが……」

昌益の容体を心配し、さりげなく観察する。昌益が、

「大丈夫だじゃ。……心配すな。……ちょうどいい。……お前《め》さ話っこあら」

話すと、息づかいが荒くなった。

——先生の顔色、唇の色が悪い。話すと、わずかに肩で息をする。苦しそうだ。身体は痩せ細っている。玄秀が昌益の体力を心配したことが、良くわかった。

そんなことを思っていると、およが長左衛門に茶を入れて来た。

「このお茶っこ、もらいものだきゃ、飲んでけろ。お父《ど》さんも……」

「およ、しばらく二人だけさ、してけろ……」

昌益のその言葉に、およはうなずき、座を外した。

「長左衛門《ちょじゃむ》、さち元気が？　さちのためにも、妻のことは忘れろ……」

昌益の話す意味を長左衛門は、しばし考えた。それから、

「ふみのこと、我《わ》、大丈夫だす。……したばって、さち、人見知りはげしぐで……」

「お前《め》、およば……どう思うべ。……さち、なついてるべ」

長左衛門が重い口を開いて言う。

「我《わ》、子持ちだす。およさんは、玄秀さんと……」

「玄秀か、あれは、玄秀の一人ずもうだ。……およは、何《な》とも思ってね。……長左衛門《ちょじゃむ》、お前《め》、およば嫌ってねなら……一度だけ……嫁さ来てけれって……しゃべれ。……なに……急ぐことね。……気持ち……かたまったらで、ええ……」

昌益は、長い話に疲れたのか、目を閉じてしまった。長左衛門、しばらくそこにいたが、今日の用事、言づけを思いだし、およを探しに、外に出た。

晩秋のやわらかな陽射しのなかで、およは一心に麻糸を縒《よ》っていた。横顔に陽があたり、ほつれ髪《げ》が亜麻色に輝いている。片膝をたてた裾がわれ、太ももがわずかに見える姿で働いていた。長左衛門は、その美しさに思わず見惚れ、立ちつくした。

およが人の気配に気づき、

「話、終わったべか？　へば、行ぐべ」

立ち上がって、前掛けを外した。

長左衛門が顔をわずかに赤らめ、

「すまね、先生、疲れさしたべか……眠ってしまったじゃ。……およさん、話っこあるのし」

かすかに声がふるえた。およは一瞬、胸が高鳴った。それでも、平静をよそおい、うなずいた。

長左衛門の話は、今夜から、交代で昌益のつき添いをするということだった。およは、心の隅でなにを期待していたのかと、そんな自分をもてあまして言う。

「せば、みんな、飯《まま》いらねのが？」

長左衛門がうなずき、今日は平沢専之助がつき添い、そのあとの名前を数人あげた。順番からいえば、長左衛門は数日後だった。それを知ったおよは、気がかりなようすで尋ねた。

「あのし、さち元気にしちゃ？」

「んだな、相変わらず、駄々こねてら。……およさんさ会いたくて、仕方ねのし。……気にしねでけろ。先生、治ったら会えるど、しゃべってあるじゃ。……へば、またの」

それだけ言うと、去って行った。およは、うしろ姿が見えなくなるまで、立っていた。

長左衛門は、昌益からおよを嫁にするように言われて、心の動揺を隠せない。それをおよに気づかれないようにすることで、精一杯だった。長年、妻ふみが床についていた。縁談で互いに顔も知らずに夫婦になったが、情が湧いた。他人からはオシドリ夫婦とも言われてきた。その妻が亡くなって、しだいにおよのことを意識し始めた。いや、はじめておよを思ったのは、妻に頼まれた扇田の祭りの日だった。娘を迎えに行くと、思いもしない玄秀と、およが仲良く話していた。それからおよのことが気になった。だが、妻の面倒を献身的にみてくれるおよに、心をむけた自分を恥じた。そして、およを心から追い出したのだった。今はまた、昌益先生が病と闘うさなかなのに、およに惹きつけられた。それが自然の恋心なのか、見極めるときが必要だと思う。それが真の愛情なら、いつかおよに話そうと決めて、ようやく心は落ち着いた。

昌益の病は、一進一退を繰り返した。起き上がるのがつらくなる日が続き、微熱でも呼吸が乱れ、心の臓も弱ってきた。が、ここ何日かは、小康状態を保っている。そんな朝、安達清左衛門、中沢太治兵衛、一関重兵衛の三人が見舞いにきた。およに案内され、枕もとで挨拶した三人は、昌益の横たわるその姿その顔に、重症者のそれを感じ、沈痛な面持ちになった。だが、昌益が話し出すと、その気力と明晰な話ぶりに、驚きを禁じ得なかった。

ここのところ昌益は、自分の身体を己《おのれ》で診たて、さらに生死の意味を考えてきた。死に向かう自分の感情をみつめ、ようやく穏やかな気持ちにたどり着いた。そんな昌益が三人に言った。

「今日で、最後のしゃべりだすな……」

それから、静かに、とぎれとぎれだが、三人の胸を篤くするほどに、語った。

「そろそろ……きたようだす。死が……まじかに迫ってら。……一つの命の火が消え……また新たな命が生まれるのし。…… 〝自然真営道〟は……真理なのし。……人の情は、頭で考えるより、もっと複雑だったの。……おのれさ降りかがって解《わ》がった。……初め……病の床さついてしばらくは……死は遠いものだった。……病と闘い、身体が衰弱すると、心が乱れ……死ば恐れ、拒絶する心がわきおごった。……しばらく、つらいときが続いた。……人はみんな、同じ死さ向かって生きるのし。……なして、こったに心がつらいのがど、思ったの。……愛したすべてさ、別れるのが……せつねのす。……我《わ》の一生……悔いながったが。……これで良がったが、考えたすな。……十分の満足でねがった。んだす……まずまずだ。……後悔はねえ。……そのあとにの、この世ば懸命に生きた。それで十分だ。そ思ったのし。……天地から受け継いだ命だす。……天地さ還《かえ》すべ。……死は死で終わらね。……新しい命さ……甦るのが天地・宇宙の理《ことわり》だす。……最後さ……死の先……思い描いたのし。……そのどきの……幸福感ば、忘れね。……今も頭さ……焼きついとるじゃ……」

昌益の顔に微笑みが浮かんだ。そして、

「これで、お終《し》めだす。……最後まで有難かったすな。……眠ぷてじゃ」

疲れたのか、目を閉じた。

村の重鎮・長百姓《おとな》の門弟、清左衛門、太治兵衛、重兵衛の三人は、無言で深々と頭を下げた。個々の胸のうちに、さまざまな感情の波が押し寄せた。清左衛門の目に光るものがあった。重兵衛もこみ上げてくるものをおさえた。太治兵衛も涙をそっと拭いた。だが三人の思いは、深く重すぎて言葉にならなかった。

翌日、日暮れ前、玄秀の声かけで門弟が集まった頃、八戸から息子周伯と妻みね、そして仙確に次ぐ門弟・嶋盛慈風が到着した。神山仙確は江戸詰めで、来られないという。

みねが声をかけ、涙しながら昌益の手を取った。すると昌益、わずかに目を開けて、みねを見た。

「……苦労させだの。……有難で……」

かすれた声で礼を言い、また目を閉じた。周伯がそっと呼び、肩をゆすった。目を閉じたまま昌益が、

「お母《が》ば……頼む……」

かろうじて聞こえるほどの声だ。しばらく苦しそうに、深大な努力呼吸が続いた。ふたたび目を開けた昌益、門弟たちを感じ、気を整えて最期にゆっくりと言った。

「我《わ》……天（転）さ死に……穀さ休むべ。……そいがら……人さきて……自然……活真の……世とすら。……誓うべ……」

昌益はまぶたを閉じた。それから、かすかな微笑を浮かべた。

別れのときがきた。玄秀が昌益の脈をとり、息を確かめる。

「ご臨終だす。……お亡くなりに……なったす……」

そっと手を布団にもどした。

号泣と、すすり泣く音が遠くに聞こえ、およは声も出ず、ただただ涙がこぼれ落ちた。外では、耕太郎が名づけ親昌益を弔うかのように一声、低く長く悲しげに遠吠えした。

宝暦十二（一七六二）年十月十四日のことだった。

嶋盛慈風は、昌益の遺言として、

「転に死し、穀に休し、人に来たり、誓って自然活真の世と為さん」

と、紙に残し、およから預かった昌益の遺稿とともに、必ず仙確のもとに届けることを約束した。

また慈風は、通夜で孫左衛門はじめ、二井田の門弟たち、村人たちが、昌益を慕っていることを目の当たりにもした。そこでも、昌益の人徳・功績が八戸以上であったことを実感し、このうえは、八戸の門弟とさらに師・良中の教えを後世に伝える役目を担いたい、その気持ちを新たにしたと、その席で語った。

翌日、葬儀は温泉寺で行なわれた。先年亡くなった仲谷八郎右衛門と同様の簡素な葬式であった。しかし、長百姓《おとな》が供えた線香は絶えることなく、村中の者がその死を悼んだ。

埋葬は、門弟たちで行なった。そのときおよは、手放しで泣いた。昌益との別れが現実のものとして、ひしひしと胸に迫ってきたからだった。妻のみねも泣き崩れ、周伯に抱《かか》えられ、先に安藤家に戻って行った。門弟たちも泣いた。泣きながら皆で、土をかぶせた。

葬式のすべてが終わった。およがみねと周伯を案内し家に戻ると、耕太郎が入口の横で首を傾げ、おとなしくお座りをしている。その姿は、まるで昌益の帰りを待っているように思えた。およが、かがんで耕太郎をなでながら、しんみりと語りかけた。

「耕太郎……おめ、お父《ど》さん待ってだが？　お父《ど》さん死んだんだぞ。……もう帰らねえじゃ。……つれぇな、悲しいべ。せつねべ……。おらも、そうだじゃ。……おめ、今晩から土間で寝てけろ。おらの見えるどごさ……いてけろな……」

耕太郎がおよの顔を舐め、クゥ～ンと哭いた。およが、傍で待つ周伯とみねに、

「耕太郎って、昌益お父《ど》さんが名前ばつけたじゃ。うんと、可愛《めご》がったのし。おらの家族だきゃ……」

涙をふいて、また耕太郎をなでた。それから、うなずく二人を家のなかに案内した。

およは居間の文机に、水と昌益の著書である刊本『自然真営道』を供えていた。昌益の位牌は、安藤家の仏壇に置かれていたからだ。文机の前でおよが手を合わせると、周伯とみねもまた合掌した。このあと三人で昌益の寝間で衣類や蔵書などの遺品を整理した。昌益から預かった大切な風呂敷は慈風に渡してあり、そのなかの遺稿は、仙確が整理することになっている。およとみねは居間に戻った。

みねは泣きはらした目でおよに礼を言い、語り出した。

「おおきに……およはん。……よく尽くしてくれたなぁ。……おかげで、息子も……一人前の医者になりましたえ」

「んだば、周伯さんのためが……」

およの長いあいだの疑問がとけていく。

「そうや……およはんには、申し訳なかったどすな。そのわけ話ましょう。あの人（昌益）は、なにごとにもすぐれた人やった。息子は、門弟はんらが、父親を尊敬すればするほど、反発してな。……大樹の下で、大きな木は育たないと……そう言うやんか。私《あて》も、そう思うようになってなぁ。そやから、別々に暮らす方が良いと決めましたんや。……別れて暮らして、あの子も成長したえ。……仙確はんに、新しい医学を学びたいと言ったそうな。……あの人、わが子の成長……じっと待っていましたんや。私も、待ちますわ……」

みねが流れる涙をふいた。

「……私《あて》、正直……妻としては……悩みましたさ。……そやけどな……あの人が望んだ……母の役割は果たそう、そう思うて。……あの人、私《あて》らを気づかって、何度か八戸にようすを見に来たことあってな。ほんで……およはんが元気で、産術を学んでいることも、教《おせ》てくれました。喜んでいたえ……」

およは、こみあげるものを抑えきれず顔を手で覆い、ただただうなずいた。それを見てみねは、およの今後を心配した。

「昌益はん、あの人は……望むことができて、幸福やったでしょう。それも、ここの人たちや、およはんのおかげや。……ところで、あんたはん、これからどないする？　望むなら、八戸でまた家族として暮らしたらどうえ？　今後の身の振り方や……」

みねの話をうつむいて聴いていたおよが、赤く泣きはらした目でみねに答えた。

「御上さん。……おら、礼云《ゆ》われるようなこと……なんもしてねぇのし。それさ、ここに帰れたおかげで、産術ば覚えたじゃ。ここで産婆して、生きていぐさ。心配《しんぺぇ》しねぇでけろ」

「ほんに大丈夫かえ？　いつでも帰ってきてええよ。自分の家だと思ってな……」

そう言うと、およの手をとり、また涙を流した。

周伯が寝間から出てきた。みねの前に座ると、

「お母《が》……こんなもの、出てきたじゃ」

手にした書き物を差出した。

みねがそれを読むと、

「これは、昌益はんの字や。……安藤家の経歴のようやな。……あとで、孫左衛門はんに渡そう」

その紙を丁寧にたたんで、およに預けた。これは後年、昌益の自叙略伝として石碑に刻まれたものだった。

その晩、雷が鳴り、初雪がちらついたが、積もることはなかった。翌朝早く、みねと周伯は、およの幸福を願うばかりだと言いおき、慈風とともに八戸に帰っていった。そのうしろ姿を見送ったのは、孫左衛門とおよと耕太郎だった。


翌年春、周伯は母と同伴で上方へ勉学に赴き、冬には江戸の山脇東門に入門したという。神山仙確はのちに、昌益の遺稿を編集し、『自然真営道』の精髄である「大序巻」とした。そこには、師・昌益への追悼文として、次のように記している。

――将来、人びとのなかに『自然真営道』の書を読み、農(直耕)ひとすじに生き、活真の精妙な運動法則を貴ぶ者が現われるとすれば、その人物はまさに『自然真営道』の著者の再来である。

なぜならこの著者はつねに誓って言っていた。

「私は死んで天に帰るが、いったん穀物にとどまったのち、ふたたび人間になってこの世に現われるであろう。どれほどの年月を経ようとも、この法世を必ずや自然・活真のままなる世にしてみせよう」と。

さらに、師を語るなかで次のようにも書いた。

――(先生は)人びとが今後永く、搾取と争乱に苦しむことを憂えて、みずからが直耕を行なうかわりに、活真の営みを書物に綴り、その真理を後世に伝え残して、この世を平和な世にすることを願っておられた。先生が直耕で一生を送ることは、一代限りの生き方としては、真実にかなっている。だが、鍬《くわ》を筆にかえて『自然真営道』を著わし後世に伝え残すことは、一代限りではなく、永遠・無限の真実にかなう生き方であり、まさに筆による直耕だといえる。先生はこのように熟慮されて、『自然真営道』を数十年にわたって書き継いでこられたのだ。

安藤昌益、すなわち確龍堂良中の書き残した稿本・百一巻九十三冊の著書は、こうした神山仙確の想いに守られ、後の世に伝えられることになる。また昌益は、温泉寺の墓所に葬られ、その墓石には「堅勝道因士」と刻まれた。のちに温泉寺の十三世、高名な大和尚により、生前の行ないを尊び、戒名「昌安久益信士」と、諡号《しごう》がおくられている。

第五章　石碑事件

二井田の冬は雷鳴がとどろき、雷魚《かみなりうお》のハタハタと同じ頃にやってくる。日本海の時化《しけ》たときほどよく獲れるこの魚は、能代から船で米代川を上って、商人が売りに来る。新鮮なハタハタは、鍋料理や漬物などにされ、よく食べられた。それから間もなくすると、達子森のこんもりとした山の木々にも、白いものが目立つようになる。平地では雪が積もり、ときには吹雪いて人びとの足を奪う。ここは豪雪地帯、裏作はなく農閑期に入り、村人は縄なえやむしろ織り、わら仕事に精を出す。そしてまた、人が寄りあい、春を待ちわび、長い時節《とき》をやり過ごす冬でもあるのだ。

その冬の気配が濃くなった十月十四日、昌益の一周忌の法事を終えた夕刻、今はおよが主《ぬし》となった家に、若き門弟たちが集まった。耕太郎も、代わるがわる土間で声をかけられ、なでられては甘えた哭き声を出す。若衆たちは囲炉裏で、およの心尽くしの鍋をかこみ、さんざめいていた。そんななか、中沢吉三郎に、一番年下の一関市五郎がいかにも面白そうに語りかけた。

「あのし、吉三《きちざ》さん。我《わ》、先生のごどで……今でも思い出すことあら」

「せば、聞がせでけろや。……まて、みんなさ聞いでもらうべ。貴方《な》んど、静がにしれ！……市《いち》が話っこあら。聞いでみるべ」

吉三郎が大声を出すと、一同の視線が市五郎に集まった。

市五郎が面長な顔に笑みをたたえ、話し始めた。

「あれな……孫左衛門《まごじゃむ》さんの婚儀の前の日だべ。ごっそ（ご馳走）のためさ、地鶏《とり》追いかけとったで。そごさ先生きての、こうしゃべったす。――鶏は鳥の君子だべ。朝には時を知って鳴く、それは智。時刻をまちがえないのは、信。ほかの雄に遇えば必ず戦うのは、勇。……人の世の君子は手前勝手につくったべ。んだども鶏は、身についた本物の君子だ、ど。……我《わ》、ほんたら偉ぇば、食ってもえべが？　って聞いたのし。先生の返事の、鶏は人に徳ばほどこしているじゃ、大事にせ。食うのは特別のときだけだ。人間の食べ物は米だべさ。そうしゃべっての、おもしろそうに笑ったのしゃ。……我《わ》、その顔、忘れねぇ」

最後には、しんみりと終わった。

およが、鍋の蓋を手にとり、

「あぁ、鶏の話っこ、それ聞いたことあるじゃ」

思い出して、つい口に出した。皆の視線に気がついて、およ、

「んだんず。あれは、いろんな動物が出てくる……『法世物語』だったすの」

手にした蓋をまた、鍋にもどした。長左衛門が関心を示した。

「んだば、こごさあるが？」

「ねの。八戸さあるじゃ。……お父《ど》さん、あれは、正人さなるために読むもんだ、こっちゃさ用はねって。貴方《な》んどは、直耕の真人なのし。いらねぇってことだす」

およの答えに、長左衛門だけでなく、皆がうなずくなか、年長の平沢専之助が提案した。

「いい話っこ聞いたべ。んだば、ほがさあれば教《お》へでけろ。どうだ？　せば、順にいぐべ」

横どなりの中山重助が待ち構えていたように、しゃべりだした。

「せば、我《わ》の番だじゃ。……先生、あるどき畑さ来たべ。……先生、早ぐさ寺さ入《へ》って、百姓したごどねがったのし。んだども、こっちゃきて……土おごして、わがったど。……鍬《くわ》使うべ、それ自然でねえ。とどのつまり……自然に許され、生かされ、与えられてるのが、人間だと。……我《わ》、そいがら土、ミミズ、生き物……がっぱど（全部）……有難で。そ思うよさなったじゃ」

活き活きとした眼をして、重助の口は閉じた。

その横で、アイヌの血をひいた妻をもち、のちに門弟となり、自作農になった助吉が言いだした。

「ええ話っこだ。……我《わ》の家ごど……貴方《な》んど知ってるべ。母《あっぱ》、あだって（脳卒中）寝たきりさなったじゃ。……妻《あば》、その前に実家さ帰されとったで。……仕方ね、我《わ》が……下の世話ばしたべ。文句たらたらでの。……あるどぎ先生、診に来たのしゃ。そのどぎ、こうしゃべったじゃ。貴方《な》の出たどごだべ。きれいにしてやれねが、ってな。そいがら……母の下の世話、苦さなんねぐなったんだ」

皆がしきりに感心してうなずいた。現に親の世話をしている者もいたからだ。

安達清吉が気を取り戻し、

「したっきゃ……我《わ》だな。我《わ》、長左衛門《ちょじゃむ》のさちのご頼まれたのし。先生、しゃべったじゃ。……我《わ》んど友だちだべ。長左衛門《ちょじゃむ》は真面目だきゃ。さちの面倒、およさ頼めねべ。助けてやれって。……したはんで、おらが、およさんさ、頼んだべ。あれから、およさん、さちの世話もしてけだ。このあだりで……二人とも考えたらどだ。……要するさ、一緒さなれってごどだ。……先生の気持ち、わがるべ？」

最後は確かめるように、二人を交互に見た。およは気持ち顔を赤らめ下を向き、長左衛門はおよを見つめ、それから頷いた。

平沢専之助が腕を組み、考えながら言う。

「んだな……良中先生の話っこ……つきねの。……先生、すげぇ人だべ。……自分のこと偉ぶらね。……他人《ひと》のことばし考えとった。……したはんで、なおさら……我《わ》んど門弟での……良中先生の徳、あとさ残すべ？　なんとが、ええ方法ば考えるべ」

専之助の言葉に、皆が頷いた。

市五郎が最初に反応した。

「我《わ》、先生のしゃべった……自然、農業の話っこ、帳面さ控えてるべ。そい、役さ立たねべが？」

これに、吉三郎が思いつき、

「んだば！　我《わ》のごど聞げ。えが？　あのし……偉ぇ人、みんな石碑建ってらべ。我《わ》んども、建てたらどだ？　そこさ先生のしゃべったごと、写せばどだ？」

それぞれの顔を見回した。この提案に、となりに座る者同士の話がしばらく続いた。年長の二人、平沢専之助と安達清吉の話もまとまったようだ。

安達清吉が頃合いを見計らって、声を高めた。

「貴方《な》んど、聞げ！　吉三郎《きちざ》がしゃべった、先生の考えば石碑さ残す。そい悪ぐねぇ。我《わ》と専さんも良《い》ど思うじゃ。ここで反対こぐ者、いねが？　……せば、親父さ相談すべ。この冬いっぱいかげで、じっくり練るべ」

長左衛門は、この場に孫左衛門の同席していないことが気になった。

「あのし、孫左衛門《まごじゃむ》さ、相談しねでえべが？」

一番年長の専之助、

「んだな……長《おとな》さ話してからでも、遅ぐねべ。……さっそく石碑の相談さ入るべし」

彼の決断で、ことは瞬く間に決まった。そして、明日にも長《おとな》の門弟に話すことになり、皆は、おように見送られ、帰っていった。

およが戻ると、長左衛門が一人、囲炉裏の横座に座っていた。およは、いよいよくるべきときが来たと覚悟を決め、真向いの焚き座に緊張した面持ちで静かに正座した。

最初に告白したのは、長左衛門だった。

「およさん……我《わ》、先生と約束したんず。気持ち定まったら話すっての。……さちのことで、およさんさ、世話さなったすな。あらためて、礼すら」

長左衛門が軽く頭を下げた。およも同じく礼を返す。

「およさん、聴いでけろ。さちの面倒……有難て。んだけんど、そのためでねのさ。……我《わ》ずっと……惚れでだ。んだす……およさんの気持ち、ここで聞がせでけねが」

覚悟を決めたはずなのに、およはしばらく無言で、葛藤を繰り返した。そして、

「だめだ。だめだでば……」

下を向いたまま、小さな声で首を振った。

「なしてだ? 我《わ》のごど、嫌ぇだったが? 勘違ぇだったべが……」

およは、おずおずと顔を上げて見た。そこには、長左衛門のせつなそうで悲しげで、困惑した姿があった。およの胸は、えぐられるように痛んだ。黙り込み、不安なようすでおよを見つめる長左衛門がいる。

そのつらそうな表情に、ついにおよの心が悲鳴をあげた。

「嫌ぇでねぇ。……んでね。好ぎで好ぎで……たまらなかったのし。……せつねのし。んだす、長左衛門《ちょじゃむ》さんのどごさ、おら……いげね。……悪り女子だ。罪《とが》ある女子だきゃ」

長左衛門は、およの噂の過去しか知らない。村を出た家族は、想像を絶する苦労をすると、親から聞いたことはあった。だが〝今〟が大事だと思っている。今は過去の積み重ねの上にある。今のそのおよを愛している。

「およさん、何《な》があったが……しゃべってけろ。我《わ》、他言しねぇ。約束すら」

長左衛門のその真剣な言葉に、およは迷った。しかし、ついに過去の自分を洗いざらいしゃべろうと、決心した。それで、嫌われたら、それでもいい、そう思い、話し出した。

「したっきゃ、おらの生まれたごどから……しゃべるべ。……そっからして、普通でねのし……」

こうして、およは、苦しんだすべてを語る。それは出生の秘密、誰が実の父か分らない、そのことから始まった。自分が罪深いと思うのは、弟を餓死させ、もう一人は鉱山で死なせてしまったこと。それもこれも、食べることに執着する自分のせいだった。今でも子を産むのが怖い。前の婚家から追い出されたのも、もとはと言えばそのせいだ、と。そして最後に、誰にも話さなかったこと。それは、あの大葛金山で、数人の鉱夫に暴行された事実だった。弟が亡くなり、母が病で寝こんだときだ。死にたかった。耐えたのは、まわりを見れば不幸な女ばかりで、自分もまたその一人にすぎない。そう気づいたからだった。ただ、そのためか自分に近づく男が嫌いだった。好きになったのは、長左衛門が初めてだ。自分は、結婚できなくてもいい。罰は受けようと思っている。こう結んだ。

聴き終った長左衛門、間を置かずに言った。

「なんでだ？　およさん、十分苦労したべ。……我《わ》のどごさ、嫁っこさ来てけねが？　頼むはんで」

そう言うと、頭を下げた。

「んだば、こった、おらで……ええのが？　そったら、けね（簡単）さ決めて、ええだすが？」

信じられないような、泣き笑いの表情だ。

「んだ。先生、しゃべったべ。忘れだべが？　人さ苦楽あるのが当たり前だって。……今度は、およさん……楽する番だと違うべが？」

長左衛門のその言葉に、およの顔は瞬く間に輝いた。

「せば、本当だすか？　……したきゃ、おらでも……ええだすな？　おら、ずっと、さち見でやりてぇ。さちなら……大丈夫だす。……ほんなら謹んでお受け申します。有難ど、有難どう……」

およは喜びのあまり、額が赤くなるほど、何度もなんども、お辞儀を繰り返した。ついに、長左衛門に止められてしまった。

それからの二人は、見つめ合い、笑顔がこぼれ、その眼差しは愛しさにあふれ、まぶしいほど幸福なときが続いた。

翌年、昌益が永眠して二年後の六月、門弟たちが安藤家の裏に石碑・石塔を建てた。昌益が残した数々の言葉、その教え、考え、人徳が門弟を動かしたのだった。

そして四か月後、明和元（一七六四）年十月十三日夜から十四日にかけて、昌益の三回忌の法事が温泉寺でおこなわれた。

十四日夜、門弟たちは孫左衛門の家に集まり昌益を偲んだ。これが、事件の発端となった。ことの顚末は、掠職・聖道院の残した手記によるが、ここでは農民・門人の側から観た事件のあらましを記す。

法事の終わった二日後十月十六日、もう夕闇がせまる頃であった。温泉寺の住職が孫左衛門を寺の本堂に呼び出した。かなり遅れて、藍染の作務衣を温かく着込んで登場した方丈、坊主頭を突き出し、怒りを含んだ低い声で、正座し頭を下げた孫左衛門に迫った。

「寺で法要が終わった十四日の晩、貴方《な》、家で精進落ししたべ。それ誰の考えだべ！　よりによって、魚出したというべや。なに、考えとるべ！」

孫左衛門、方丈の勢いに驚いて頭を上げ、

「んだごどねぇ！　そったら覚え、ねじゃ！」

と、首を振り、強く否定した。その答えかたに、方丈、さらに腹が立った。

「嘘つくな！　こっちは調べて、解《わ》がってら。そいでも、白きるが！」

「んだすが……魚、食ってね」

孫左衛門の思わぬ頑固さに、方丈はついに伝家の宝刀を抜いた。

「嘘つぐと、地獄さいぐじゃ！　お前《め》、それでもえが？」

この言葉を言えば、たいがい下の者は、謝るのが普通だ。ところが孫左衛門の顔には、まったく動じたようすがない。〝絶道の家〟の者は、拙僧にたてつくばかりだと、しだいに怒りが増してくる。

「お前《め》が、そう云うなら、しかたねぇ。上の者、呼ぶべ。……今日は帰れ！」

怒りを隠そうともせず、孫左衛門を残したまま本堂を出ていった。

十八日、実家の父・彦兵衛が方丈から呼び出しを受けたと聞いた孫左衛門、さっそく中沢長左衛門に相談に行った。

入口で声をかけると、耕太郎が飛び出してきて、孫左衛門にじゃれついた。およがさちを連れ、顔を見せた。さちは五歳になっていた。耕太郎、今度はさちになでられ、目を細め尾を振った。それを、嬉しげに見るおよの腹には、長左衛門の子が宿っている。およと長左衛門が結婚したのは、昌益の一周忌が過ぎた去年の冬のことである。

およが案内するかたちで居間にあがると、

「孫左衛門《まごじゃむ》さん、どしたんず？　まぁ、座ってけろ」

長左衛門が声をかけ、囲炉裏の前を指差した。およが、茶を入れ、二人の前に置くと、さちが入ってきて、およの背中に甘えて抱きついた。

「わがったべ、あねさま人形、つぐるべ。……へば、孫左衛門《まごじゃむ》さん、ゆっくりしての」

およがさちを連れ、立ち去ったあとも、長左衛門の顔には愛しさが溢れている。それを見た孫左衛門、これが〝愛情一和した家庭〟だと思った。それは以前、昌益が話してくれた言葉だった。

気を転じ、孫左衛門からひととおり話を聞いた長左衛門が結論を出した。

「今日は、間に合わねけゃ。彦兵衛さんと、方丈の話ば聞ぐだけ聞んでみだらどだ？　……我《わ》は、その間、皆さ集まってもらうべ。……方丈が無理難題、いいがかりつけても、耐えてけろの」

そう言うと、外出のため立ち上がった。

夕刻、彦兵衛と孫左衛門が本堂に行くと、方丈が遅れて入ってきた。

「どうだ？　認める気になったべか？　誰が、魚食べた？　貴方《な》が食ったことは、先刻承知だべや」

「我《わ》、知らねのし。そしたら覚え、ねえだす」

孫左衛門の横で、彦兵衛もうなずいた。実際、彦兵衛がのぞいたときは、魚はおろか料理の出る前で、焼香をあげると、すぐ帰ったので知るはずもない。それに孫左衛門は客のもてなしで、忙しくしていたから、席に座る余裕もなかったはずだと、彦兵衛は思う。むしろ、料理に文句をつける住職の方が異常だと感じた。

方丈が、

「お前《め》が魚ば食ったどご、見た者がいら。まだ白ばきる気だが！」

正直者の孫左衛門、

「我《わ》、食ってねえ。食ったとしたら、門弟の誰かが、勝手に食ったべが？」

つい、疑問を口に出してしまった。方丈、言質《げんち》をとったように、

「門弟たちさ確認することね。……貴方《な》の不始末だべ……それ、門弟のせいにするのは、不届きだべ。若勢上りは、これだから始末わり（悪い）べな」

黙って聴いていた彦兵衛、思わず、

「いまの、しゃべり方ねべ。これは、好きで養子さなったわけでねぇ。安藤家のたっての頼みだす。住職が、そしたらごとしゃべってえべが」

と、握った手を震わせて抗議した。

「おど、心配すな、今さ、わがら」

孫左衛門がなぐさめるさまを見て、さすが言い過ぎたと思ったか、方丈が話を変えた。

「せば、お前《め》の家の裏さ……墓らしいものあるべ。あれは、いってえなんだ？」

「墓らしいもの？　なんだべ……」

孫左衛門が首をひねっている。それから思い至った。

――あのことだべか……。いつだったか、門弟たちが、石碑を建てた。孫左衛門は知らない方が、あとあと良いと、費用も一切出させなかった。ただ、良中先生の志を忘れないためにつくったと言うが、孫左衛門には漢字ばかりのそれが読めない。良くわからないまま時節《とき》がすぎて、すっかり忘れていたことだった。

「我《わ》、知らね」

「また、知らねだと？」

方丈、孫左衛門の愚鈍とも思えるその言い方に腹が立つ。

「なんでもえべ！　その石碑に書いてあるごど、写してこっちさ出せ！」

苦々しい顔で命じた。石碑の文字が小さすぎて読めないと、使いにやった者が用を足さなかったのだ。

「んだすが、我《わ》……知らねぇ、でぎねぇべな……」

孫左衛門のそれに、らちが明かないと感じた方丈、

「ともがく、そい出せば、考えでやら。もう、帰れ！」

むっとした顔でアゴをしゃくった。

孫左衛門と彦兵衛、なにが方丈をそんなに怒らせているのか、よくわからない。そのまま長左衛門の家に向かった。

中沢本家には、若衆たち、安達清吉と吉太郎、平沢専之助、中沢分家の吉三郎、一関市五郎が来ていた。孫左衛門と彦兵衛の話を聞いて、それぞれが意見を述べる。

年長の平沢専之助が口火を切った。

「方丈の狙いは、なんだべな？　魚……問題でねえべ。単なる言いがかりだべ……」

安達吉太郎が、

「んだ。石碑だべ。したはんで、最後にもち出したんだべ。んだ！」

自分にうなずいた。十八になったばかりの市五郎が、

「石碑だべ。温泉寺の方丈、先生、良《ぃ》ぐ思ってながったべ。んだす問題さしたのさ。そっちゃだ！」

自分なりの答えを出したのか、納得の様子だ。ついで、中沢吉三郎が、

「方丈だけで、すむべが。……聖道院さしゃべらねが？」

皆の心配を代弁し、腕を組んで、難しい顔をした。

安達清吉が、

「んだな。〝守農太神確龍堂良中先生〟……目立つべの。聖道院知れば怒《ごしゃ》るべな。まさが……お上さ、訴えねべ」

そう言って、皆の反応をみた。

実は当時、門弟のなかで〝守農太神〟を刻むことに、賛成する者と、反対する者に分れた。賛成

派は、昌益は農業の守り神、それを後世に残そうと主張した。反対派は、村に波風を立てるかもしれぬ〝守農太神〟の尊称は、良中先生も喜ばないはずだと、言い出した。しかし、その思想と感謝を忘れたくないのは、皆同じ。門弟の気持ちをぴったり表わす言葉がほかにみつからない。折衷案が出た。万が一のため、追及がほかに及ばないように、責任を取れる者だけが石碑に名を刻むこと、孫左衛門に迷惑をかけないように石碑を建てること、そのように決まった。その名を刻んだのは、一関重兵衛・市五郎、中沢長左衛門、平沢専之助、中山重助、中沢太治兵衛・吉三郎、安達清左衛門・清吉と吉太郎の十名であった。六月、安藤家に隣接する空き地、古伊勢堂あと地に、石碑はひっそりと建てられた。そこは、犀川沿いの小さな祠《ほこら》・寄木堂があるだけの目立たない場所であった。

それまで黙っていた中沢長左衛門が口を開いた。

「あのし……方丈が〝守農太神〟盾にしての、我《わ》んどば攻撃、またはお上さ訴えるとするな。したばって、石碑があろうと、ながろうと、この丁内《まち》ば、救ってくれたの先生だべ。……今後も、先生の志ば、忘れねば、えでねが？　かたちさとらわれねで、先生のしゃべった邑政《ゆうせい》の村・郷中ば守るのが、肝心だべ」

そういうと長左衛門は、となりの孫左衛門の肩に手をやり、

「石碑、気にするごとね。孫左衛門《まごじゃむ》さん、本当にわがんねことだべ。そのとおりでえべ。わがんね、そうしゃべればえべ」

孫左衛門の肩を軽くたたいて励ました。

翌、十九、二十日と、方丈の使いが孫左衛門を訪ねてきた。孫左衛門、幸か不幸か、ちょうど扇田に用事があって、出かけていた。それを、また方丈、居留守を使われたと怒った。

方丈はその日、石碑の写しを使用人にやらせ、それを入れた書状を掠職《かすみしょく》に出した。書状は、別当・聖道院の出張先まで飛脚で届けられた。

書状には、

――墓だと思っていたが〝守農太神〟の神号を刻んだ石碑が建っていた。それは、そちらが祭事をおこない、建て置いたものと思うが、どのような事情であったか。

と、書かれていた。

二十一日夕方、雷が鳴り、またたく間に初雪が降った。翌朝、村は白い世界になっていた。それでも細かな雪は降り止まず、例年より早い積雪だと、村人が挨拶代りにするほどだった。この日は雪かきで、郷中の日が暮れた。

二十四日、急ぎ戻った聖道院はその晩、孫左衛門と彦兵衛を自宅に呼び出した。長身で手足が細長いうえに頭も大きく、人並み外れた身体をもつ聖道院が、二人の前に現われた。赤ら顔、天狗のように高い鼻の聖道院・法院さまの、その追及は激しかった。

聖道院としては、温泉寺の住職から、神号が刻まれているのに、その石碑を放置しているのは、どういうことかと指摘され、まるで自分が問責されているかのように受け取った。石碑については、夏ごろから気になっていた。ろくに調べもせずにいたのは落ち度だが、神号が刻まれていたとは、知らなかった。その原因をつくったのがまぎれもない、若勢あがりの孫左衛門だから、なおさら腹が立つ。

かしこまって正座した二人を前にし、聖道院、あぐらをかいて問いただした。

「温泉寺の住職から、連絡があったで、たずねら。……正直にしゃべることだ。……石碑、建てたの貴方《な》が？」

孫左衛門、首をふり、

「我《わ》でね、知らねえのし」

聖道院の顔を見て否定した。聖道院は、早くも不快感を顔に出した。

「知らねで、通らねべ。お前《め》の家……石碑は、屋敷裏にあるべや。なしても、知らねってが？　我《わ》ば、なめんな！」

かん高い声で一喝した。やや沈黙したあと、こんどは、ねこなで声で、

「……古伊勢堂の社地、そっちゃ〝守農太神〟の社壇さしたの、なしてだ？　……この拙院さ……なんの断わりもねべや。……勝手に、お前《め》の家さ取り込んで、柴垣、土手まで築いたべ。そいば、屋敷の当主が知らねとは……変だべ！」

突然、孫左衛門の頭に手をのせ、抑えつけた。

「我《わ》、知らねぇ……。親昌益の……門弟がだ……したべが……」

孫左衛門の答えに、皮肉な笑みを浮かべた聖道院、ようやく頭から手を離し、

「したっきゃ…… "守農太神" の神号、誰が名づげだべ。……お上に許し得だが？　お前《め》の屋敷内のごどだべ。お前《め》の養父、昌益の石碑だど」

「んだばって、知らね。門弟がだが……」

「う、うるせ！　そ、そったらごと通るが！」

聖道院は逆上し、怒鳴った。彦兵衛がそっと見上げると、その顔は、怒りで真っ赤になり、硬く握った拳は、ワナワナふるえていた。しばらくして、ようやく気をしずめた聖道院、

「んだが。……お前《め》が、そうでるなら、門弟がださ……申し開きするように、来いど伝えろ。帰れ！」

命令口調で、憎々しげに睨《にら》みつけた。

翌朝、孫左衛門は中沢長左衛門に会いに行き、聖道院に言われたことを伝えた。長左衛門は、それを聞き、肝煎や門弟たちと相談するので、孫左衛門は一時、家で待つように頼んだ。さっそくその夜、寄合宿の平四郎の家に集まったのは、今は肝煎になった小林与右衛門と仮肝煎の嘉成治兵衛、そして昌益の門弟と自他ともに認める者たちだった。

まず、長左衛門がこの間、孫左衛門からつぶさに聞いた話を報告した。長左衛門の発言を引き取

り、安達清左衛門が言う。

「よし、わがったす。……ともがく、孫左衛門ばがりさ、当り散らしとったのが、こごさ来て、門弟の出番さなった。……そいで、今後のことば相談してぇと、声ばかけたわけだな。……清吉さ話っこ、おおかた聞いたじゃ。……我《わ》としては、この事態を穏便にすませてぇじゃ。住職、聖道院としても……事を荒立ても得ねぇはずだす。……ま、仮肝煎の治兵衛さんさ来てもらったのは、仲介役どご……頼みてぇと、思ったはんでな」

一関重兵衛、

「我《わ》も、賛成だす。仮肝煎さ、あいださ入ってもらうべ。……なんとすべ。……どうだす？　万が一のため、孫左衛門は門弟から……外した方がええと違うべが。……安藤家の存続、それ先生の遺志だべさ」

皆がうなずくのを確かめた。言われた孫左衛門も、深くうなずき感謝の頭を下げた。

昨年、肝煎になった小林与右衛門、仮肝煎の嘉成治兵衛も、門弟ではないが昌益に大いに助けられた者だった。仲介役の第一に選ばれた治兵衛は、穏やかで怒りを顔に出すこともない人物だ。

仮肝煎の嘉成治兵衛、

「んだば、我《わ》が仲さ立つべ。……ただ、どだべ。社寺の布施、幣白《へいはく》（供えもの）減って、そうとう両方とも困ってらべ。交渉しだいで、そいもとさ戻すの、可能だべが？」

ここにいるのは、長百姓《おとな》の豪農たちだ。この場の決定が、事実上、村のきまりとなる。そう思い、治兵衛は提案したのだ。

肝煎の小林与右衛門、腕を組んで、難しい顔で言った。

「治兵衛さんの気持ち、解《わ》がるじゃ。んだすが、ようやく新田開発、軌道にのったばしだ。ここで、もとさ戻るの……どだべ。……さっと、向こうの出方ば観んで、決めでも遅ぐねべ？」

これに対し、座のとりもちを得意とする中沢太治兵衛が、

「んだすの。治兵衛さんの仲立ち、有難てべ。……んだばって、与右衛門さんのしゃべるとおりだべ。せば……交渉役、一人より、伴《とも》の者がいた方がええべ。……門弟が全面さ出るの、まずいべの」

皆の顔を見回した。一関重兵衛が、それに答えた。

「平四郎がええべ。一応、いまの話は聞いたべや。村の大事だべ。……信用できる人間がええじゃ」

そう言われた寄合宿の平四郎、一関家には、なにかと世話になることも多い。先年も、一関重兵衛は巡検使宿泊の本亭主を勤めた。その折、足軽などは平四郎の寄合宿に泊めて、稼がせてくれた恩義もあった。

平沢専之助が、

「んだば、門弟の名、明かさねごとに、すべが？」

そうたずねると、中沢太治兵衛、

「んだんず、そうした方がええべ。最初《はな》から、こっちゃの手の内、見せることねべ……」

安達清左衛門も、

「そのとおりだの。……確認しておくべ。この件、お上の手さ渡さねで、丁内《まち》で必ず解決すべ」

年長の二人がそう言うと、皆もそれに頷いた。

翌二十六日、嘉成治兵衛と平四郎が掠職・聖道院の自宅を訪ねた。

坐ると治兵衛が最初から下手《したて》に出た。

「法院さま、なんとも不調法の限りで……言葉もございません。……孫左衛門ならびに門弟たちから、お詫びの嘆願、申し上げます……」

深々と頭を下げ、平四郎もそれにならった。それを見て、法院さまと言われた聖道院、眉一つ動かさず、赤ら顔で言う。

「そうはいぐめぇ。……嘆願である以上、手ぶらでくるのは、どうみても変だべな。……ここは、門弟の名簿の書きつけと、石碑銘の写しをもってくるのが筋だべさ。……温泉寺からの申し出もあるべしの。……帰ってけれ……」

赤ら顔をさらに紅潮させ、次は必ず持参するようにと、一方的に追い返した。

二十七日、ふたたび嘉成治兵衛と平四郎が伺った。昨日の嘆願した件、孫左衛門と門弟の書きつけは、どうかお許し頂きたい、と訴えた。聖道院はそれを許さず、さらに〝守農太神〟入りの銘文を出すように迫った。

二十八日、一日中強い風で雪も舞いはじめ、仮肝煎の嘉成治兵衛は、動きがとれなかった。

二十九日、三度、嘉成治兵衛と平四郎が聖道院の自宅で面談した。治兵衛から、相変わらずのお願いで心苦しいが、門弟たちを許してもらいたい。石碑に関しては、こちらで受けるのも、そのままになさるのも、思し召しのままにすると、一歩さがった。だが聖道院は、門弟の名前の書きつけを出せと譲らない。

その夜からまた雪が降り止まず、翌々日、郷中では腰の高さの雪かきに、大わらわであった。

十一月一日、業を煮やした聖道院は朝、肝煎の小林与右衛門を直接訪ねた。孫左衛門の屋敷内のことであるから、村の肝煎であるそなたが社壇の絵図を出せと言いつけた。

昼下がり、平四郎の寄合宿では、肝煎の小林与右衛門、仮肝煎の嘉成治兵衛、さらに門弟の主立つ者が集まった。

小林与右衛門が、

「んだばって、まったぐ、しつこいの。絵図ば出せと迫った聖道院、意地になってら。……このまじゃ、どうしょうもねぇの」

実に、困った顔をした。それを見て、中沢長左衛門が迷いながらも案を出した。

「ここさおる以外の長《おとな》さ頼んだらどだす？　その方が、聖道院も冷静にならねべが？」

一関重兵衛が、少し考えてうなずき、

「せば、村役の与助や八五郎さんさ、頼むべが……」

中沢太治兵衛も思案気に、

「んだすな。こう、膠着《こうちゃく》したら、その手もええべの。……せば、四羽出《しのはい》村の肝煎にも頼むべ」

いずれも、郷中の有力者を挙げた。

考え込んでいた安達清左衛門が、

「惣右衛門さんだすな。……んだば、我《わ》が三人さ頼むべ。さてど、この先の決着、郷中巻き込むだけで終わるべが。……んでね、必ず終わらせるべ」

そう決断すると、腕を組み天井を仰いだ。

十一月二日、聖道院がまた、朝から自宅に嘉成治兵衛と平四郎を呼びつけ、名簿と石碑の写しを早々に出すよう、催促した。

これを受けてその日の午後、郷中からの使者として、長百姓《おとな》の与助と八五郎が聖道院の自宅に赴《おもむ》いた。

与助が平伏し、

「法院さま、このたびの一件、昌益の門弟は、丁内《まち》の者だすな。いわば身内だす。……このことは、どうが、この与助に免じて、処理させて頂くわけに……いがねべか。……お願ぇするっす」

八五郎もまた、

「法院さまの器量で、どうが、郷中さあずけて下せぇ……」

二人して、頭を下げた。そのうえから聖道院が、裏返った高い声で怒りをぶつけた。

「不届きだすな！」

さすがに、村役、長《おとな》に高い声を出したと、気づいたのか、今度は抑えた声で、

「わからねぇべが、不届きだとしゃべったんだす。貴方《な》んど郷中の者《もん》が、なして門弟の味方するべ。本来なら、拙者と郷中とで吟味すべきものだべ。そればよりによって、郷中さ駈け込んだ者、なんでかばうべ。……出直してけろ」

怒りのあまり、うしろを向いてしまった。

その背に、与助がお願いする。

「お怒りは、わかるべ。……んだすが、あの空き地、今は寄木堂だけだべ。……誰も使っていねぇものだべな。このことは、丁内《まち》で始末させますべ」

突然、向き直った聖道院、怒りを顔に表わし、

「いま、なんてしゃべったべ！　あの、あそこは拙者の社地だべ！」

真っ赤になって怒鳴った。

怒りに驚いた長《おとな》百姓の与助と八五郎、これ以上は無理だと、早々に引き下がった。

翌日、郷中の役人、長百姓《おとな》が寄合宿に集まった。その席で、昌益の門弟の多くは、長百姓《おとな》であることも明らかになった。それればかりか、郷中になくてはならない有力な家の者ばかりだ。しかも、昌益・良中先生は、丁内《まち》の救い主だった。全員がその恩を受けていた。飢饉、洪水、鉱毒の被害から立ち直りつつあるこの二井田の郷中、それを救ってくれた人だった。その門弟や、後継者の孫左衛門を守りたい。皆の中にある思いだ。当然、自分たちの仲介に耳を貸さない別当や温泉寺の方丈に腹がたった。ともかく、できるだけ郷中で始末しようと、あいなった。

しかし、その後、聖道院の二日にあけずの催促は、ついに八日、肝煎、長《おとな》の立ち会いで、石碑・石堂を検分することになった。そして石碑銘文が明らかにされた。郷中では、一村つぶれにもなりかねないので、書きつけ二品、門弟の名簿と石碑の写しを出して、門弟と孫左衛門を救うため、郷中扱いを聖道院に願い出た。

十一月三日、夜半から吹雪になり、またもや郷中の村役・与助や八五郎の足をうばい、動きがとれない。雪が止んだのは、それから二日後。屋根の雪おろしと道つくりに、さらに二日を要した。

十一月八日、この日、聖道院の自宅に集まったのは、肝煎の小林与右衛門、四羽出《しのはい》の惣右衛門、ほか長百姓《おとな》の七名。門弟は一関重兵衛・市五郎、中沢長左衛門、平沢専之助、中山重助、中沢太治兵衛・吉三郎、安達清左衛門・清吉と吉太郎、すなわち、石碑に名のある門弟十名、全員が揃ったことになる。

囲炉裏を前にして、尊座に聖道院、横座と焚き座には肝煎、郷中の長《おとな》が座り、末席の木尻座《きじりざ》には、入口を背にし、年長の安達清左衛門と中沢太治兵衛、そのうしろにほかの門弟が座った。

聖道院が、

「んだば、聞くべ。古伊勢堂の社地……昌益の社壇さしたのは、どういうわけだべ？」

高い声を押し殺し、あたかも冷静さを示すように訊《き》く。

太治兵衛が、

「んだすな……いや、別に他意はなかったの。……孫左衛門の屋敷の傍だべや。……門弟たちが集まったべ、そんとき、なんとなく囲ったべな。……いまは、反省しちゃ」

平静な声で答えた。それに対し聖道院は、やや高ぶった声で、

「んだべか？　ふん、そったら空ごと、信じろとな。そう云《ゆ》うが？　ふふ……成り上がり者の孫左衛門なら、勘弁しようもあるだすな。んだども、貴方《な》、長《おとな》だべ。なんとなぐという理由《わけ》ねぇべ。なんとなぐ……社地を囲むとは、考えられねぇ。……あんまりさ、拙者や郷中、ないがしろにしていねべが。……答えてみれ安達の！」

そう言われた清左衛門、両手をつき、

「んだすな。ご不審の件、言い逃れはしねぇべ」

冷静でいて簡単に答えた。

聖道院が皮肉をこめて言う。

「んだば、昌益老を〝守農太神〟としたのは、ご公儀様さ願い出たうえでの……ことだべが？」

「んだすな。……そいについては、願い出てはいねすな」

ふたたび清左衛門がさっと答えた。

聖道院が抑えた声で問う。

「日本で大神といえば、天照大神、八幡大神の両社のみについての神号だべ。石碑、そい六月に建てたとき、祭事もおこなったべや。そのときの祭主は、どこから来たべ？」

太治兵衛が、

「祭事というほどのものでねぇべ。ただ良中先生が生前……書き残したものがあったのす。そい建てで置いただけだすな。……今、深く反省しちゃ」

頭を低くして答えた。

聖道院、やや興奮して顔が赤くなった。

「し、しかし、お神酒ばふるまったと云うべ。……拙者、寺社奉行さ一切の神事、まかされてら。院内ば取り扱っている身だ。そご、ないがしろさして……拙院どもの神職を侵害したな。……我《わ》んど、首……くくんねば、なんねぇべ。……貴方《な》んど！　どれとっても、悪だぐみしちゃ！」

そういうと、ぷいと、顔を横に向けた。

太治兵衛、両手をつき、

「このたびのこと、丁内《まち》で解決させて頂きてぇ。……このうえは郷中でお答えするべ。どうぞ、内々に……なにとぞ……お助けくだされ」

清左衛門もお辞儀し、

「なにとぞ、一村安泰になるよう、お願い申しあげるべ」

と、頭をさげた。

落ち着きを取り戻したか聖道院、こんどは渋い顔で、

「そったらごと言われてもな。……温泉寺さ、なんと云うべ。〝守農太神〟の号についても、さしたる返事もらってねべ。……昌益を神にまつるほどの気持ちありながら……ただ書き残したもの、祭っただけとは、納得できね。……今晩は、これで帰ってけろ」

それでも、気が収まらないのか、

「ほかにも、ことを起した者がいるべ。そっちゃの名前、聞かせてもらうまで、何回も立ち会ってもらうべや。いずれまた、お出で願うべ！」

最後には、捨て台詞《ぜりふ》のように言い放った。

門弟たちが帰り、肝煎の小林与右衛門と数人の長《おとな》が残った。

聖道院の意図を見抜いた与右衛門が、耳打ちするような小さな声で彼に語りかけた。

「……このままでは、一村、潰してしまうべ。……温泉寺とお前さまには、迷惑かけたで。……このうえは、寺の生活、祈願所の法行も……うまぐいぐようにすらな。……郷中でなんとかすら。……頼むべ……法院さま……悪ぐせんで……」

それを聞くと聖道院、喜色を浮かべた眼で、ぐちを言い出した。

「だいたい、昌益が来てから五年のあいだに、家ごとの、日待・月待・神事に、祭礼、不信心でとりやめになったべや。……このほか庚申待《こうしんま》ちもそうだんず。極端に幣白《へいはく》（供物）減ったべや。……温泉寺、拙院も、これでは成り立たねぇ。肝煎のお前《め》が、郷中で取り計らうってことだな？　そうとなれば……拙者も一村がつぶれること、望まねぇ」

与右衛門の見立てどおり、急に聖道院の態度、口調が和らいだ。居合わせた長《おとな》たちの表情にもようやく安堵のいろが表われた。

翌日、安達清左衛門の家に肝煎や仮肝煎、そして村役の主だった長百姓《おとな》が数人、そして門弟が集まった。小林与右衛門から、門弟たちが帰ったあとの、聖道院とのやりとりが話された。

仮肝煎の嘉成治兵衛が、

「んだすな。……寺も八幡さまの法行も、もとどおりさ……郷中でするっきゃね」

あきらめたような口ぶりをみせると、安達清左衛門がややぶ然としてしゃべりだした。

「今日の昼……温泉寺の住職、我《わ》のどごさ来たべや。……我《わ》さなんとかしろど。方丈、孫左衛門だけは許せねぇ、ことと次第では、お上さ訴えるど。……あとはすっかど（全部）昌益の来る前さ、戻せだど。良中先生のしゃべったとおりだな。欲たがりだべ。……貪ることだけ考えてら。……我《わ》ば脅せば、なんとかなるど、思ったべが……」

これを聞いた中沢太治兵衛が自分の家にも、住職が来て、同じことを言われたと、怒りをあらわした。小林与右衛門が太治兵衛をなだめるつもりで、

「まぁまぁ……村がなんとかなるまで、寺社さ泣いてもらうごとさなってたべ。……そいが限界にきたってごどだす」

そう言うと、門弟以外の長百姓《おとな》がうなずいた。それを見て中沢長左衛門が異をとなえる。

「んだばって、自分の食い扶持ぐれ、なんぼでもつくれたべ。……先生、亡くなる三年以上前だす。先生、我《わ》さ、空いている田んぼあったら、そい方丈と聖道院さ貸してやれねがって、聞いたのす。したばって、二人とも先生さ断ったじゃ。そい思えば……孫左衛門さん追い出すの、こっちゃが許せねぇべ」

長左衛門にはめずらしく、怒りを顔に出した。

腕をくみ、考えていた一関重兵衛、

「良中先生の考え、この村ば窮地から救ってけだ。みんなに異存はねべの。……今、進退の考えで言えば、退くときのようだす。したはんで、先生の考え、譲れねのも、我《わ》んどの気持ちだす。……

郷中役の長《おとな》さ世話さなったの。せば次の手……打開策として、本宮寺《ほんぐうじ》の住職さ、あいださ入ってもらうべが？」

皆の返事を待つように口を閉じた。

中沢太治兵衛が、

「んだすなぁ……ただ本宮寺も同じ仲間だすな。……曹洞宗の方丈だべ。引き受けてけるべがの……」

と、疑問をはさんだ。それに対し安達清左衛門、あぐらの身体をゆらし、

「重兵衛さん、そっちゃするが？　んだば、我《わ》も養牛寺さ頼むべ。んだべが、ただで引き受けるが、わがんねがの」

また腕を組み、天井を仰いだ。

少し間があいて、一関重兵衛が明るい声で昂然と言った。

「我《わ》、入寺するべ。……同じ曹洞宗ださ。……問題ね。先祖の供養、本宮寺でするべ。んだば住職、労ばとってけるべ」

即座に中沢太治兵衛、膝を打って、

「んだ！　どこでやっても同じだびょん。良中先生、しゃべったすな。先祖が自分の子孫に現われてら。……今いる子ば大事さしろって、そいが供養だと。せば……我《わ》は、宝泉寺さ行ぐべ。なんと

がなら」

愉快そうな表情に変わった。この打開策に、ようやく皆の顔にも笑みが戻った。長左衛門の表情も晴れ、我《わ》の家も頼みに行くと言い、これでおよにも良い報告ができると、喜んだ。


十一月十一日、今にも雪になりそうな空模様だった。郷中からの使者として、村役人の二人が聖道院のところに出向き、伝えた内容は、

――調べましたところ、本宮寺に中沢吉三郎と一関市五郎、宝泉寺には中沢太治兵衛と安達清吉、養牛寺には安達清左衛門と中沢長左衛門が入寺をお願いし、そのうえで三寺の住職に温泉寺の住職に会って頂くよう、お願いしました。ついては、法院さまが温泉寺の住職と会うときには、是非とも内輪のこととして内密に処理して頂きたい。

このようなことだった。これに対し聖道院は、村役人からのこの申し出を承知した。

十一月十二日の昼すぎ、雪の止んだ合間をぬって、本宮寺・宝泉寺・養牛寺、この三寺の住職が聖道院に会いに行った。

三寺の住職が、

――このままでは、一村潰しになりかねないので、温泉寺の住職と貴院が会談する際には、くれぐれも内輪のこととし、内密に処理していただきたい。

そう頼んだ。

しばらく考えこんだ聖道院は、

――とにかく当方の子孫の法行が成り立つようにせよ。

と、住職たちに要求し、これを受けて住職たちは、門弟や郷中一同に確かに伝えることを約束した。

十三日朝、空には雲一つない久々の冬晴れの日だった。聖道院は、仮肝煎の嘉成治兵衛を呼び出し、肝煎と長衆《おとな》に自分のところに集まるように言いつけた。

聖道院は一度、郷中役人に承諾したことを蒸し返した。そのわけは、村役人が、三寺の住職に仲介を頼んだこと、これがどうにも許せなかったからだ。聖道院の自尊心が、いたく傷つけられたのである。

誘い合って、肝煎・小林与右衛門と仮肝煎の嘉成治兵衛、長《おとな》百姓の与助、八五郎、四羽出《しのはい》新田開発肝煎・惣右衛門が聖道院の自宅を訪れた。集まった郷中役の長《おとな》を前に、聖道院が不機嫌な声で問いただした。

「与右衛門さんさ聞くべ。三寺さ仲介頼んだの、いったいどういう訳だべ。三寺の住職さ頼めば、かたがつくと思ったべか?」

聖道院は、強い不信の念をこめた目つきで、郷中の長《おとな》たちをにらんだ。与右衛門がややひるむように答えた。

「まぁ、そう云《ゆ》わねえで……。あれは、門弟が三寺に頼み、代わって嘆願してもらうべと。……んだんず、あくまで嘆願だす。……まぁ門弟の意にまかせたべさ。……三寺が来た際、我《わ》んども入り……相談申しあげ、門弟と郷中で一緒に嘆願しようと……こう、あいなった。そしたらわけだすな」

続いて、四羽出《しのはい》の肝煎・惣右衛門が聖道院の機嫌をとるように話しかけた。

「んだすな。詳しくは、以前に申したとおりで。つまりだすな。……石碑は郷中で引き取り、微塵に砕き、古伊勢堂の社内はもとどおり復元する。法院さまのご子孫、法行ば成り立つようにする。温泉寺の言う件は、孫左衛門一家は郷払《ところばら》い、屋敷ば打ち壊す。したはんで、そい以上の処罰はねぇように、温泉寺の住職さまには交渉して頂く。そう法院さまさ、お願ぇすること。……このように、三寺の方さ頼んだ次第だすな」

惣右衛門のこの言葉は、聖道院の機嫌を瞬くうちに直してしまった。それもそのはず、彼は四羽《しのは》出《い》新田開発肝煎として、役人や商人との交渉にも手慣れている者だったのだ。

嘉成治兵衛がもったりした口調で、

「んだすの。門弟がだも……後悔してら。……このため、三寺の住職が法院さまさ……お願えに上がることさ……あいなったと……こういったわけだすの」

こう説明した。長《おとな》たちの懐柔に怒りをおさめた聖道院は、一たん肝煎たちを帰した。しかし、このあと、与助と八五郎をふたたび呼びだした。さきほど惣右衛門が言った——なんとしても、法院さまのご子孫、法行が成り立つようにする――その具体案を自ら下書きし、郷中に渡すようにと申しつけたのだ。それを手に、与助と八五郎は、聖道院と郷中のあいだを三度も行き来するはめになった。その結果、三寺が正式な仲介役となり、また、自分の要望が通った聖道院が、温泉寺と交渉することになった。

聖道院は温泉寺の方丈にすぐに会いに出かけた。

聖道院を迎えた温泉寺の住職は、

――一村潰しになるのは忍びがたいので内輪のこととするが、当人の孫左衛門一家を郷払いにし、屋敷を打ち壊し、今後このようなことはいたしませんと証文をとる。貴殿も石碑を打ち壊させ、社地も先年のとおりに復元させ、院務の仕方も証文に書かせて、これを受け取るようにしてはいかがか。

と、答えた。

戻って聖道院、待っていた三寺の住職に告げた。

――申し入れたとおり内輪にするが、子孫の代でまた、このような異行の者が現われないとも限らない。このことを三寺の記録に残し、その証人におのおの住職がなるように。

と、求めた。このほかにも、聖道院と温泉寺の生活が成り立つようにとの細かい話し合いがなされ、その結果、方丈・聖道院側の要求がほぼ通って合意した。

同日の暮五つ、三寺の住職が和談したことで、肝煎、長《おとな》、門弟たちが揃って、聖道院を訪れ、互いに挨拶を交わし、双方が引き下がった。これにて、ひと月にも及んだ交渉は、ようやく幕を閉じたのであった。

和談となった数日後、寒さが身にこたえる、そんな日であった。昼ごろから灰色の雲に厚く覆われた空の下、犀川のほとり、古伊勢堂の空き地に大勢の村人が集まっていた。子どもは、親や大人の鎮痛な眼差しの先にある石碑・石塔を見上げ、祭りと違う重苦しい雰囲気に泣き出す子までいる。石塔に綱が巻かれ、その綱は村役が連れて来た人足数名の手に握られていた。

「石碑銘」の本文は細かな漢字で、前半は昌益の自叙略伝が記され、後半はその思想がうたわれていた。石碑から少し離れたその前に、若い門弟たちがいた。ある者は、手を合わせ、またある者はこぶしを握りしめ立ち尽くしていた。このとき門弟のなかから一人、石碑の前につかつかと歩み出てきた者がいた。一関市五郎だ。石碑の前で一礼し、懐から紙をとりだした彼は、石碑文の後半を大きな声で読み始めた。まわりは、水を打ったようにシーンとなった。

「――さて天道とは、与えはするが奪い取ることをしないものであり、これこそが天真の天真たる所以《ゆえん》なのである。……では、いったいなんによってこのことがわかるであろうか。……眼前に広がる天地こそ、天真の姿そのものである。……つまり天地の東北には進木気が運回しており……これは人体でいえば左足……季節でいえば初春にあたり……自然界の営みでいえば暖かさがきざし……

草木を芽ぶかせるはたらきを担っている。……東には退木気が運回しており……人体では腹、季節では晩春にあたり……自然界の営みでいえば……草木を穏やかに生じさせるはたらきを担っている。……東南には進火気が運回しており、人体では左手、季節では初夏にあたり……、自然界の営みでいえば草木を育て始めるはたらきを担っている。……南には退火気が運回しており、人体では胸、季節では晩夏にあたり、……自然界の営みでいえば草木を盛んに育てるはたらきを担っている。……西には退金気が運回しており、人体では項《うなじ》……季節では晩秋にあたり、自然界の営みでいえば草木の実りを収めるはたらきを担っている。……西北には進水気が運回しており……人体では右足、季節では初冬にあたり……自然界の営みでいえば……草木を枯れ始めさせるはたらきを担っている」

市五郎の読むその声は、若い張りのある美声ともいえるものだった。よくとおり、犀川の川面をわたっていく。門弟や村人のなかには、目頭を拭く者もいる。

「……北には退水気が運回しており……人体では腰、季節では晩冬にあたり……自然界の営みでいえば草木を枯れ尽させるはたらきを担っている。……これこそ天真の天真たる所以であり……天真の直耕・農耕労働なのである。……つまり始めもなく……終わりもない気の運行によって……絶えることなく天道が営まれているさまは、人びとが……つねに目の当たりにしているものなのである。……にもかかわらず、三万年ものあいだ……この天道を明らかにした者はなく、天下広しといえども……これを認識し尽くした者は……ただの一人もいなかった。……したがって人びとが生まれつき備えもっている面部の八門に……木火金水の四行が進退運動をして……相互に関連し合う八気としてはたらいているさまは……天真の八季節の営みと同じものであるということもまた……誰一人として認識しえなかった。……だからこそ、天真の妙道である農業が廃れてしまったのである。……」

長左衛門は耳を傾けながら、講義を想い出していた。市五郎の読むそれは、良中先生が何度も解説してくれたところ〝自然真営道〟の神髄を表わしていると思う。こみ上げてくるものを拳を握りしめ、抑えた。

「……私はこのことを深く悲しみ……」

市五郎の朗々とした声が震え、途切れた。それから、気を取戻して、ふたたび読みだした。

「……天真の道にかなった生き方とは……自然界の法則と一体化した農耕労働にあることを……明らかにすることができた。……よって後世のためにこれを残すものである。……宝暦十二年……守農太神確龍堂良中先生……在霊……十月十四日」

市五郎の声は「……先生」のあと、かすれて聞き取れない。終わると深々と一礼し、歯をくいしばって、およの傍に戻ってきた。となりには長左衛門と孫左衛門、そしてマタギ犬の耕太郎が大人しくお座りしている。

およはあふれる涙でかすむ石碑をただただ見つめていた。社地の出入り口では、それらのすべて、とのなりゆきをじっと見ている温泉寺の方丈と、掠職・聖道院の姿があった。

市五郎が仲間のところに並ぶと、すぐに村役人が石碑を倒す合図を放った。

「かかれ!」

そのとき、遠巻きに取り囲んでいた村人のため息が、抗議の声に変わった。耕太郎も一声荒々しく、ウーッと吠えた。

「やめれや! やめれ!」

「村の恩人だべ!」

「そごまで、するが!」

切迫した声が村人から飛び出した。

だが人足たちの掛け声と同時に綱が引かれ、ズドンとにぶい音が周囲を圧倒した。確龍堂良中の石碑・石塔は倒された。あたりは、静まり返った。そのとき聖道院が叫んだ。

「砕け! 砕け! 粉々にしろ!」

絶叫にも似た聖道院の声が、村人の怒りに火をつけた。人びとは、村役人の制止をよそに、じりじりと、聖道院と方丈ににじりつめた。そのとき、ガツンガツンと音がした。村人が振り向くと、人足たちが、さらに倒れた石碑に鉄斧を振りかざそうとしている。その人足を足蹴りにしようとした男がいた。自作農の岩男だ。そのとき、およの大きな声が響いた。

「お父《ど》さん、喜ばねぇ！　がまんしてけろ！　みんな、がまんだ！」

およの張り裂けるような声で、村人と岩男の動きが止まった。あわや暴動になるところをおよが止めた。方丈と聖道院は、逃げるように足早で立ち去った。

石碑は微塵に砕かれた。村人はひとり二人と、その砕かれた石碑のかけらを手にし、そして門弟たちも立ち去った。雪が舞いながら落ちて来た。すべての者が立ち去ったあと、雪がやんだ。砕かれた石碑には、うっすらと雪化粧がされていた。


十二月初め、本宮寺・宝泉寺・養牛寺の住職は、孫左衛門を郷払いと決めた。そのことを聞き知った曹洞宗の取り締まり役、宗福寺の住職が不届きなやりかただと断じ、抗議した。

実は先に、中沢吉三郎が五斗米献上のおり、郡奉行に噂について訊《たず》ねられていた。また、宗福寺の住職にも、同じく孫左衛門の一件を話すようにいわれ、ことの一部始終を訴えていたのであった。

宗福寺の住職のもの言いに、三寺の住職は、今は駄目だが春中にはなんとかすると、含みをもたす約束をした。しばらくして、孫左衛門一家は大館の宗福寺に身を寄せたようだ。郷中では、肝煎・小林与右衛門の提案で、これ以上波風を立たせたくないと、しばらく静観の構えをとることにした。

三月末、春はそこまで来ていたが、中沢長左衛門の家に集まった若い門弟たちの気持ちは、複雑だった。村に大館桂城《けいじょう》城代から、代官大越久右衛門を通して、口上が届いていた。その内容は、昌益の弟子玄秀を在所に帰すこと。昌益の跡目孫左衛門を郷中で郷払いしたとあるが、村に戻してはならない。邪法を執り行なった昌益の教えを受けた門弟たちがあると聞くが、格段のお情けによって吟味しないことにする、そういう裁きだった。

安達清吉が腕を組んで、沈痛な面持ちで言う。

「今度のごど……親父がだのしゃべるままさ、なったきらいあら。……我《わ》、さっと反省したのし。ほかにやりようねがったべが？」

中山重助が同意するように、

「んだんず。我《わ》んど、小前《こまえ》百姓も、長《おとな》や村役に頼ってしまったべな……」

と、うなだれた。それに対し、中沢長左衛門が、

「したばって、良中先生の教《すか》へだす。郷中のことは、郷中で決める。……どしても、聖道院、方丈と対《たい》張れる者、必要だったのし。……確かに、孫左衛門と玄秀さん……とばっちりくったの」

これも、すっきりしない表情だ。

市五郎が、

「孫左衛門さん……どうしちゅうべ。……早ぐなんとかして、やりてな」

と、元気なく言う。

中沢吉三郎がうなずきながら、

「んだきゃ。これほど方丈と聖道院、じょっぱり（強情）だとはの。……代官の口上にの、勝手に郷払い決めたのは、けしからんって、あったべ。……肝煎の与右衛門さん、丁内《まち》では孫左衛門、郷払いしてねぇって、お上さ申し出たそうだんず。……結局、方丈と聖道院にごり押しされて……三寺の和尚が決めたことだべ」

村の情報通らしいことを言った。

岩男が、

「それにしても、聖道院のごしゃげ（怒り）方……尋常でねぇがったべ。頭おがしいんでねぇが」

吐き出すように言うと、平沢専之助が真面目な顔でやり返した。

「んでね！　違うべ。……あのし、聖道院な、良中先生さ惚れでだべ。女子みてに先生さ惚れでだのし。……んだばって、自分の社地さ、勝手に石碑建てられたべ。しかも神号つかわれたでの。そのうえ、方丈さ指摘されたじゃ。カッと、頭さ血のぼったべの。……先生は、神さま敬う学者・医者だ、聖道院そう思ってきたのし。したばって、我《わ》んどが先生ば、守農太神と祀ったべ。……裏切られたと思ったべな。……んだはんで、なおあんべ（気分）悪ぐなったのし。憎さ百倍だびょん」

専之助のしゃべりに、皆、納得しきれないようだ。中山重助が、

「したっきゃ、あんなに強情張《じょっぱ》ったの、惚れで……裏切られだ仕返しが？　ほんだべがぁ？」

信じられないという表情だ。

それに対し安達清吉が、

「んだの。……専之助さんのしゃべるごどさ、一理あらな。ほら、良中先生……釈迦は悪《わ》り。んだばって……神さま、悪ぐねってしゃべったべさ。聖道院、そい知ってたべ。気分いがったびょん。……ずっと前《め》……先生のどご、昌益老って尊称で呼んでだし。……んだども、方丈さ煽《あお》られだべ。我《わ》でも収拾つかねぐなったのし。……このあいだな、孫左衛門の追放、やりすぎだったべがど、本宮寺の和尚さ、そったら本音もらしたど」

その言葉に皆が、ようやく半分納得したようすでうなずいた。

市五郎が、

「あのし、温泉寺の方丈、なして……孫左衛門《まごじゃむ》ば、目の敵さするべ？」

と、首を傾げた。

中沢吉三郎が、

「知らねのが？　例の〝絶道の家《え》〟以来だべ。あんべ悪《わ》りがったのしゃ。おまけに、お供え、お布施、減ったで、なもかも、先生の教《すか》へ悪《わ》りど、怒《ごしゃげ》でだじゃ」

と、顔をしかめて、口を閉じた。腹がかなり目立ってきた妊婦のおよが、部屋に入ってきた。

安達吉太郎がおよを見て、

「せば、玄秀さん、どしちゃ?」

思い出したように言った。皆の前に漬物を置いたおよ、夫の長左衛門のとなりに座って、

「玄秀さん、昨日……おらの家さ顔だしたのし。そいで、こうしゃべったさ。……孫左衛門《まごじゃむ》さんが戻るまで、村から出ねぇ。戻ったら、喜んで出て行ぐ。そればり村役と交渉する。……犠牲者、自分一人で十分だ。したはんで、安心しれど……」

およの声も沈んでいた。そんなおよを見て、長左衛門が励ますように、きりだした。

「心配するごどねぇ! 良中先生、しゃべったべ。……粘り強く、真の道、正しい道いけば、間違ったことさ、なんねって。……孫左衛門さん、必ず帰ってくら。我《わ》、確信するじゃ。……こいから、もっと先生の教《すか》へ大事さするべ。……市さんが石碑の前で読み上げたべ。ほら、あれだ。…… 〝天真の道にかなった生き方〟それなのし。……なんたって我《わ》んど、良中先生の門弟だべ。直耕の真人、百姓なのし。……胸張るべ。んだべ、市五郎!」

思わぬ長左衛門の檄に、一同、瞬く間に活気をとり戻した。若い市五郎は、感激し涙ぐんでいる。およも、愛嬌《あいきょう》のある笑顔を取り戻し、門弟仲間を愛《いと》おしむように見つめるのだった。

翌日の朝、雪を踏みしめ、およは一人で聖道院の自宅の前に立った。およのなかではずいぶん前から、聖道院は実父だと思ってきた。しかし、昌益と話し合ったあの日以来、つとめて考えないよ

うにしてきた。今日来たのは、孫左衛門をなんとかして、家に戻したいと思ったからだ。この談判が、吉と出るか凶と出るかはわからない。それでも、なんとかしたい気持ちを抑えることができなかった。

家から出て来た聖道院、およを見て「あっ」と驚きの声をあげた。何気なさをよそおうには遅かったようだ。およの突き出た腹と厳しい顔つきにひるんで、なかへ入れた。座ったおよが、なにを言い出すのか不安げな表情さえ見せる。およは、昌益の進退の考えを思い出した。別当は今、弱い心でいるのだと、そう思うと余裕がでた。

およが先にきり出した。

「おら、およと云《ゆ》うのし。お母《が》はトヨ、お父《ど》は五平、二人とも死んだべ。……そいで昌益お父《ど》さんの家さ世話さなったべ。……おら、お母《が》さ聞いでら。ごまかさねぇでけろ」

聖道院、あわてて、

「ちょ、ちょっと待て、我《わ》、お前《め》ば知らん……」

そう言うと、視線をそらした。

「せば、知らんでもえべ。ただ聴いてけろ。……おら、誰も恨んでねぇ。皆さ、感謝しちゃ。その大事な人が、昌益お父《ど》さんだべ。……そのあとつぎの孫左衛門さん、家さ帰してけろ！　おらの腹さ子がいる。……誰が親であってもええ。……先祖がこごさいるのし。……そやって、引き継がれていくべ。んだす。昌益お父《ど》さんしゃべったじゃ。……神は自然に徳ば現わす、この上なく貴いと。……したはんで、私《わ》の欲、祈るものでねぇ、ただ敬うもんだって。んだす。……孫左衛門さん、家さ帰してけろ！　お父《ど》さんのあとつぎ、絶やさねぇでけろ！　……力になってけろ。……お頼みします」

最後にそういうと、およは頭を深く下げた。

聖道院は、黙って腕組みをしたまま、目を閉じている。返す言葉がみつからないのか、沈黙したままだ。およは、聖道院の返事を待たずに部屋を出た。この日のことは、誰にも話さなかった。また、話せることでもなかった。

数日後、玄秀は追放された身でありながら、門弟仲間や村人に見送られ、意気揚々と故郷に帰っていった。もっとも昨晩、彼は長左衛門とおよに会いに来て、ほとぼりが冷めたら戻ると、打ち明けていた。ともかくかたちだけは、お上の決定にしたがおうと言うのだ。そしてまた、孫左衛門が戻るのも、そう遠いことではなさそうだと、もらした。郷中の有力者から聞いた話だという。

田植えの始まる前、孫左衛門一家が帰って来た。そして、水田が若草色になった頃、およは男子を産んだ。ひと月後、わが子を抱き、田んぼの前に立つおよがいた。そばには、マタギ犬の耕太郎が守るようにつき添っている。

およは、達子森に向かって、祈るように言った。

――昌益お父《ど》さん、おら、お父《ど》さんのしゃべったとおり、生きてみるべ。……自然のまま、あるがまま……活真のはたらきから学ぶべの。……欲出さず、機織《はた》って米つくるし。……米食って、夫婦一和、郷中一和、天人一和のいい世にするべ。この子も、きっとそうするびょん。……達子森さ連れでって、二井田のすべてば、見せてやるべ。

夕焼けが穏やかな寝息の赤子を照らし、およの姿も耕太郎も、茜色《あかねいろ》に染めていた。

（了）

主要参考文献（執筆者五十音順）

東均「『真人』と『正人』」『しらべるかい』第九号、安藤昌益と千住宿の関係を調べる会、二〇一二年
安藤昌益研究会『安藤昌益全集』全二十一巻二十二冊・別巻一、農山漁村文化協会、一九八二〜一九八七年
石垣忠吉「安藤昌益の晩年資料と二井田村」『民族芸術研究所紀要』第二号、民族芸術研究所、一九七五年、「二井田村そのころ—安藤昌益の出自をめぐって」『民族芸術研究所紀要』第三号、民族芸術研究所、一九七七年
新谷正道「『昌益関係資料をめぐる昌益論の批評と研究史の個人的回顧（三）—安藤昌益の基礎概念をめぐって—』」『しらべるかい』第十七号（掲載予定）、安藤昌益と千住宿の関係を調べる会、二〇一四年
野田健次郎『安藤昌益と八戸藩の御日記』岩田書院、一九九八年
三浦忠司『八戸と安藤昌益』安藤昌益資料館、二〇〇九年
三宅正彦『安藤昌益の思想風土—大館二井田民俗誌』そしえて、一九八三年
安永寿延編、山田福男写真『写真集　人間安藤昌益』農山漁村文化協会、一九八六年
吉田徳寿『安藤昌益—直耕思想いまふたたび』東奥日報社、二〇一〇年

伊澤芳子『守農太神と呼ばれた男――小説・安藤昌益』をめぐって

新谷正道

はじめに

歴史上の人物を小説にするのは難しい。歴史資料や記録が残され、生涯の輪郭がはっきりしていたとしても容易ではないが、本書がテーマとする安藤昌益のように、その生涯のほとんどが謎に包まれた人物であれば尚更である。

安藤昌益（一七〇三～一七六二）は、今日から見ても先駆的・画期的な平等・平和思想を、江戸時代、元禄・宝暦の頃に懐いた卓抜な思想家である。あまりにも時代に先んじたこの人物は、明治三十二（一八九九）年、同郷の碩学・狩野亨吉《かのうこうきち》（一八六五～一九四二）に見出されたものの、治安維持法下の戦前においては、ごく限られた進歩的な学者や知識人以外、ほとんど知られることがなかった。

戦後民主化の機運の中で、日本生まれのカナダ人外交官ハーバード・ノーマン（一九〇九～一九五七）が、日本にも民主的な伝統のあることを人びとに知らしめ、日本の民主化に資する歴史遺産を紹介しようと著わした名著『忘れられた思想家―安藤昌益のこと』（一九五〇）によって一躍有名となり、ようやく日本思想史上に市民権を得た。

こうして一時は架空の人物ではないかとさえいわれていた昌益も、その実在を証明する史料が、昭和二十五（一九五〇）年春、青森県八戸市の郷土史家・野田健次郎によって見出され、さらに昭和四十九（一九七四）年春、本書の舞台でもある秋田県大館市二井田において、晩年の生きざまを記した史料や墓碑、過去帳、位牌などの、いわゆる「安藤昌益二井田資料」が、郷土史家・石垣忠吉によって発見された。

この魅力的な人物を小説によって紹介しようとする試みは、早くは狩野亨吉とともに昌益研究に挑み、『安藤昌益と自然真営道』の著書もある渡辺大濤によって行なわれていた。しかし、この作品は公刊されず、筐《きょう》底《てい》に残されていたものを「安藤昌益の会」が入手、整理・編集して、一九九五年、渡辺大濤 昌益論集2『農村の救世主 安藤昌益』として農文協から公刊した。

最も早く公刊された作品は、芥川賞作家の桜田常久が『アカハタ日曜版』(一九五九年九月二十七日号〜一九六〇年十一月六日号)に連載し、一九六九年に単行本として刊行された『安藤昌益』(東邦出版社、一九六九年)である。最近公刊されたものでは、平山令二の『伝安藤昌益「西洋真営道」』(鷗出版、二〇一二年)がある。このほか、文芸誌や私家版、単著の一部として編入された作品を合わせれば優に十指に余る。歴史上の人物、とくに思想家としては決して少ない数ではなかろう。

そうしたなかで、本書は『安藤昌益全集』(農文協刊)と出会ったことを機に、昌益の人と思想に魅了され、その人物像と思想とを、わかりやすい小説にして世に広めたいと筆を執った著者・伊澤芳子入魂の作品である。

浩瀚な『安藤昌益全集』を正確かつ十分に把握・理解し、自家薬籠中のものとして、昌益没後の門弟と寺社との抗争の模様を記録した史料「掠職手記」など、いわゆる「二井田資料」を骨子に、晩年の二井田村における昌益の生きざまとその思想を、リアルに描いている。

二井田の民俗や比内方言を巧みに織り込み、自然な立体感や厚みをもたせ、臨場感溢れる作品に仕上げた。この作品が上梓されるに当たり、東均とともに『安藤昌益全集』の編集に関わった者として、著者の努力を多とし、感謝を込めて、本書の意義と内容について少しく述べてみたい。

本書の発刊と拙文執筆の由来

伊澤の創作がなかなかの出来栄えであると熱心に紹介してくれたのは、農文協版『安藤昌益全集』の執筆・編集作業の専従として、その前半を牽引した東均だった。東は「道に志す者は、都市繁華の地に止まるべからず」という昌益の言葉通り、全集完了時にはすでに拠点を郷里の北海道羽幌に移し、借地の畑で自然農法によって、昌益思想の根幹である「直耕」を実践しながら、その研究を継続していた。

伊澤との出会いは、東の知り合いでもあった留萌在住の伊澤の恩師田中円章先生宅であったようで、昌益について熱く語る東の話につよい関心を示した彼女に、東は恩師の部屋から大序巻など三冊を持ち出して示した。師の奥方田中慶子氏の口添えもあり、伊澤はそれを贈与されて帰京した。他の部分も見たいと言ったら、東と田中慶子氏の手で恩師のご自宅から昌益全集がすべて送られてきたらしい。もちろん円章先生の積極的な許諾の結果である。その意味で、本作品は恩師ご夫妻の作者に対する期待と厚意の産物という面もあるが、何よりも昌益の生きざまと思想に感応して全集を読み込んだ作者の強い思いが込められており、その過程で東もいろいろレクチャーすることがあったようだ。晩年、昌益の思想を自ら生きようとした東のつよい思いの影響も感じないわけにはいかない。東は八戸を舞台とした『二度生まれ』も含めて伊澤作品を高く評価し、熱心に一読することを薦めてくれていた。筆者が実際に読んだのは、東の身を不治の病が襲った二年余り前だったと記憶する。

病魔に冒された東は、その出版を全集の専従をともに努め、その後も農文協にとどまった盟友の泉博幸に託した。泉は文芸書の出版は農文協にはなじまないと、大館の山田福男氏や八戸の吉田徳寿氏に相談するなど、地方出版の道がないかと苦慮していた。二〇一四年一月三日、東の急逝に臨み、その遺志をなんとしても実現しようと意を決した伊澤は、ついに自費出版に踏み切ることにした。

どうせ自費出版するなら東や昌益に縁の深い農文協からと話は進み、もとより一肌脱ぐつもりの泉は、全集関係者では年かさの筆者に「解説」の執筆を求めた。文芸書に「解説」はどうかと難色を示すと、この作品がいかに昌益の実像に迫っているかという読者への「保証」だと譲らない。

もとより筆者も、昌益の顕彰と普及のため、全集編集の中心となった東や泉らとの同志的友誼が実を結び、本書が広く世に出ることに否やはない。そしてその思いのなかに交わり、その一翼を担いたい、それがこの「あらずもがな」の一文を草した所以である。

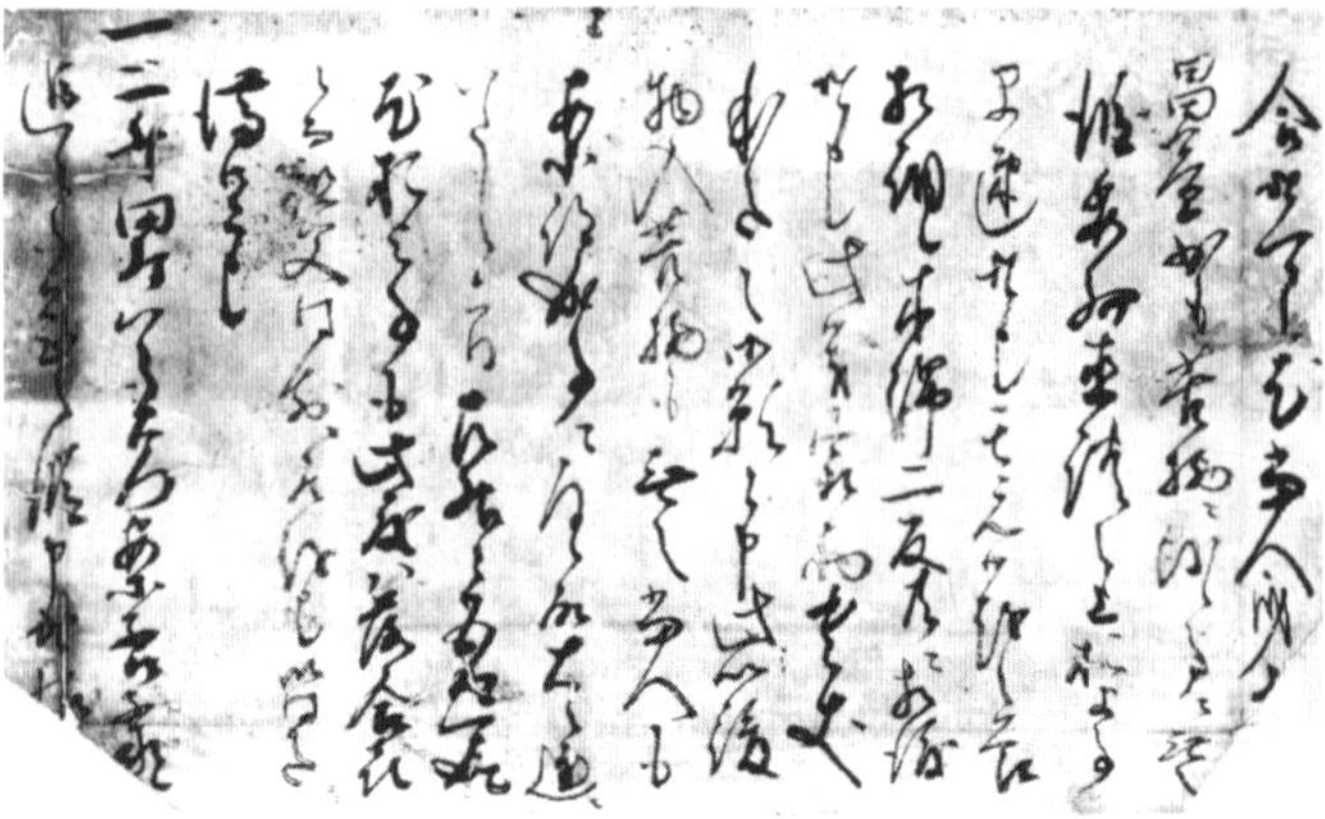

実筆書簡断片

本書の舞台―晩年の安藤昌益

本書は秋田県大館市の市史編纂事業において石垣忠吉によって発見された「二井田資料」（全集第十四巻所収）を手掛かりに、安藤昌益の思想を二井田帰住後の行動の中で描こうとしたものである。

昌益の二井田帰住にあたって、そのもっとも重要な援助者として仲谷八郎右衛門を位置づけている。歴史的実像としての八郎右衛門の事跡については、前記「二井田資料」に石垣忠吉の詳細な解説がある。

「およ」は、本作品では昌益が八郎右衛門から訳あってあずかっていた娘とされ、昌益家から一度嫁いだ後、夫と死別し、昌益が二井田に帰住した後はその身辺の世話と診療助手を兼ねる女性として描かれている。もちろん作者が昌益像から導いた文学的想像の産物である。

現存する史料としては、稿本『自然真営道』の表紙裏から出た断簡に、二井田と八戸の交信を窺わせる、「尤《もつと》も当人身上《しんしよう》（は）委細直談《じきだん》之《の》上《うえ》、およ事　早速遣《つかわし》　申《もうし》候《そうろう》。其元《そこもと》御越しの節、相調《あいととのえ》候《そうろう》木綿二反、共に相渡し遣はし申し候」とあって、「およ」なる女性の派遣に触れた後、「二井田村八郎右衛門案否承《うけたまわ》らず候」と八郎右衛門の近況を案じる昌益から発信したと思われる文言（下書き断片か、前頁写真参照）が残っている。

狩野亨吉も二井田村と八郎右衛門と昌益の関連を示唆するこの史料を目にしていたはずだが、それが仲谷家の八郎右衛門で、当時二井田村の肝煎を務めていた人物とは知る由もなかった。八郎右衛門の仲谷家は、昌益が帰住した二井田下村《したむら》の安藤家と屋敷続きの隣家であると判明するのは、昭和四十九（一九七四）年の石垣忠吉による「二井田資料」の発見を待たなければならなかった。

石垣の研究によれば、八郎右衛門は享保・元文・寛保・延享・寛延と、昌益の思想形成期と重なる時期に、連年の不作・凶作と重税によって陥っていた村の窮状を打開すべく、寛延三（一七五〇）年から同四年の訴訟活動で、代官所から特例の御竿入れ（収量調査）で当高と物成の引き下げ（田の位下げによる元免の引き下げ、年貢米の軽減）を勝ち取り、拝借米・作食米《さくじきまい》を棒引きさせ、未納米や雑税の増徴分を撤回させている。

大館在勤代官に「嗷訴《きょうそ》」と呼ばしめるほど粘り強くはたらきかけ（「嗷《きょう》」は叫ぶ。哭する声）、長文の訴状を差出し、藩当局に説得を続けた成果である。八郎右衛門の訴状には、村の総家数の二割以上が潰れ（倒産）かけ落ちをし、小作人がいなくなった田地の郷中掛り（村全体で引受け）で、各農家の持田まで粗田化しかねない状況にあることや、草刈山・薪山など肥料源・燃料源が不足して支障をきたしていること、買米上納を強いられていることなど、村が陥っている状況がつぶさに語られていた（全集第十四巻「二井田資料解説」）。

書簡断片に「およ」とだけ名が出てくる女性が、本作品では個性あふれる存在として舞台回しの役割が与えられ、およの魅力的な人物描写を通して村人たちの行動が生き生きと描かれている。およの家族は潰れ百姓で、かつて大葛《おおくぞ》金山にかけ落ちしていた。そこで鉱夫をしていた父や弟が鉱毒病に倒れた後、およだけ仲谷家に身を寄せた後、昌益の元に引き取られたという設定である。

およは母が在村の山伏・神職の聖道院に強引に孕ませられたという村の噂があり、表面は快活な女性であるが、飢餓で弟を死なせ、自分が生き延びたというトラウマ（心的外傷）から過食気味の性癖に悩み、大食いのため嫁家から戻された過去を隠しもつ女性として造型されている。

「飯、食うの止められね？　めぐせぇ（恥ずかしい）の。んだす……止められねぇんだ」と嘆くおよは、反面で、昌益の「食」をめぐる人間像の体現者、自分の生い立ちから「男と女で一人」の論に不信感を解こうとしない。昌益には「この法世のしがらみから自由な、あるがままの自然に近い」「気楽で愉快な娘」と映じており、昌益思想を物語と媒介する役割が与えられている。

二井田を貫流する犀川の上流にある大葛《おおくぞ》金山から流出した鉱毒水による被害、村人による粗田の改良事業、アイヌの混血で差別に悩む女性が姑と葛藤するさま、転びキリシタンの過去をもつ義理の父まで登場し、さまざまな事情で差別に苦しむ人たちの姿を描き出し、作者の社会問題に対する目配り、繊細な感受性が読む者の心に響いてくる。

「二井田資料」と発見の経緯

所謂「二井田資料」によれば、昌益帰住後、養子として安藤家（孫左衛門家《まごじゃむのえ》）の名籍《みょうせき》を継いだ孫左衛門は、若勢《わかぜえ》（年期奉公で住み込みの若者）上がりで、仲谷八郎右衛門の分家の出である。

昌益の農民門人たちが、昌益の没後二年目、明和元（一七六四）年に石塔・石碑を建立し、神祭を行なったことが伏線となって発生した騒動で、それを追及しようとした菩提寺温泉寺の方丈（住職）が、三回忌の法要が終わった夜、孫左衛門が「魚物料理にて祝儀」をしたことを言いがかりに、その追及の矛先は石碑と石塔建立の件に及んでいく。

その最中、使いをやっての調査で、墓所と思われていたのは石塔であり、石塔に「守農太神確龍堂良中先生」とする神号が刻まれていたことが判明する。そのことが掠職《かすみしき》の聖道院に伝えられ、追及の主体は聖道院による一件吟味に移っていく。

一件とは、（イ）孫左衛門屋敷の境垣を崩して社地に石堂と石碑を建てた件、（ロ）石塔に刻まれた神号と石碑の銘文の件、(八)これに関わった門人名簿の提出の件で、郷中(郷内の支配指導組織)を巻き込んで、追及する寺社側と、追及される門人たちとの遣り取りのなか、事態の推移の如何によっては一村潰れになりかねないと危機感を募らせていく。そうなれば寺社の側もただでは済まなくなるのは必定で、その落としどころに両者の駆け引きも懸っていたであろう。

その遣り取りが法要直後の十月十六日から十一月十三日まで、実質二十日間に及んでいる。孫左衛門の処分は村追放となり(結果的に実行に移されることはなかった)、石塔・石碑が破却されて騒動が落着するまで、その経過を聖道院が事細かに記録したものが「掠職《かすみしき》手記」である。これら「二井田資料」は、昭和四十八(一九七三)年、大館市近郊二井田の一関家が所蔵する文書群から発見されたものである。

発見者の石垣忠吉によれば、ともに村の公的な書類として、肝煎になった一関平左衛門が明和期の肝煎だった小林与右衛門の没後に引き継いだものだという。石碑・石堂が建立されたのは破却される五か月前のことであるから、現存する石碑銘の文書は石碑が破却される際に写し取ったものか、建立のために予め用意されていた元原稿の写しなのか、定かでない。その内容については、A、安藤家(孫左衛門)の系譜と昌益思想の哲理を刻んだ石碑銘、B、昌益を顕彰した守農太神の神号、C、十名の二井田村の農民門人名を記した文書の写し、とがあって、A・Bだけの写しを「石碑銘」、A・B・Cの三つを一枚文書にまとめたものを「石碑銘写」と呼んでいる。

昌益が没した年次について、「石碑銘」と「石碑銘写」は、ともに宝暦十一(一七六一)年十月十四日とするが、「掠職手記」の記事では、「昌益、午之《の》年十月十四日に病死 仕《つかまつり》 候。(中略)温泉寺菩提所」とあり、「石碑銘」が発見された翌春、石垣が同じ市史編さん専門委員の写真家山田福男や板橋範芳主事らと、菩提寺である温泉寺で墓碑と過去帳を調査した結果、昌益が二井田の地で温泉寺の墓地に埋葬されていたことを確認した。「手記」の記述通り、没年は過去帳と墓碑銘の両方に「宝暦十二午拾月」とあった。法名は「昌安久益信士　下村《したむら》昌益老」である。「老」は医者を示す敬称。過去帳では十四日の丁に貼り紙をして書かれていて、山田が透かし見に「堅勝道因士」と読んだという。

この元の法名を刻んでいたらしい卒塔婆型あるいは将棋駒型の別の墓碑が、文字がかなり剝落した状態で同じ墓地の傍から見つかっている。のちに三宅正彦の検証で、こちらには他に三人の法名が彫られていたらしいこと、その一番新しい仏は昌益没後四十年経った享和三（一八〇三）年のものだったので、その時までは昌益の法名が「堅勝道因士」だったことになる。三宅の考証では、昌益の継嗣孫左衛門が祀った親の昌益と、他の三人は妻と、跡取りと、姥《ばば》の地位にあった先々代の後妻の法名だという（校倉書房『安藤昌益全集』第十巻五一八～五一九頁、そしえて『安藤昌益の思想的風土 大館二井田民俗誌』など）。

石垣は、享和の頃、温泉寺には十三世麒峰祖麟という出色の大和尚がいたので、後の法号「昌安久益信士」を追諡《ついし》した住職はこの人物だっただろうと推測している（全集十四巻四七頁）。このような事情で温泉寺には昌益の墓が二基存在している。

昌益の没年について、石碑銘の写しは宝暦十一年、墓碑や過去帳は十二年で違っている。命日は「十月十四日」で一致しており、「午之年」とあるのは宝暦十二（一七六二）年と一致する。昌益没年の午《うま》年から未《ひつじ》・申《さる》と続く三年目の「申年《さるどし》、昌益三回忌十月十三日晩より十四日朝迄、当寺温泉寺菩提所故、請役にて法事執行《とりおこない》申候」と明記されている。三回忌の法事が三年目の申年に営まれたことになる。筆者は現時点で干支のない「石碑（石堂？）」や「石碑銘写し」の宝暦十一年は誤りである可能性が大きいと思っているが、宝暦十一年と十二年の二つの没年資料があるので、墓碑や過去帳での公的な処理は宝暦十二年であるとしても、門人たちが独自に神祭などをやっている事実に鑑み、昌益はすでに宝暦十一年に亡くなっていたのではないかとする地元研究者（山田福男）の説があることも付記しておきたい。一部の研究者が石碑銘の末文と見なしている「宝暦十一年／守農太神確龍堂良中先生／在霊／十月十四日」の銘文は、石垣が『昌益全集』「二井田資料」の解説で指摘したように、史料的には石堂のものであると思われる。前記「石碑銘写し」がA・B・Cの内容を一枚文書に写し取っているので混同しやすいが、『掠職手記』に「石堂〔虫食い〕御座《ござ》候《そうろう》故見《み》候《そうら》得《え》ば、守農太神確龍堂良中先生と御座《ござ》候由《そうろうよし》にて書留《かきとどめ》持参致候《いたしそうろう》」とあり、この良中への神号は石碑ではなく石堂の方の碑文であったことが分かる。

「守農太神確龍堂良中先生在霊」の神号を『石碑』の銘文のものだと解してしまうと、石碑銘に「先祖の忘却を歎き、廃れし先祖を興し、絶えし家名を挙ぐ。後世誠に守農太神と言ふべし」とある文の「守農太神」のニュアンスまで変わって来る。事実この神号をめぐって全集の解説でも解釈の食い違いが起きている。神号と良中に付けられた「先生在霊」の四文字は、門人たちが石堂の建立に際して加えた敬称であることは間違いないだろうが、それを昌益自身の遺文とされる石碑銘の解釈に持ち込んでよいかどうか。その位置づけによって石碑銘の意味が根底から違ってくると思われる。

この墓碑と過去帳で分かる昌益の戒名について「堅勝道因士」↓「昌安久益信士」の改変の外に、昌益門人で二井田村の重立ちの一人安達清左衛門の子孫宅から「賢正道因禅定門／寳暦十貳歳／安藤昌益／午十月十四日」なる第三の戒名が三宅正彦によって発見されている。この末尾の位号「禅定門」が三つの中で最も高く、「堅勝道」と「賢正道」の音通から、これが石碑石塔の破却前の最初の位牌だと推定されている。

「守農太神」の神号が付されている「確龍堂」の雅号と「良中」の字《あざな》が『統道真伝』（岩波文庫）の著者安藤昌益のものだと気づいたのは石垣の手柄である。以前から推測はされていたが、この二つが史料的に繋がったのはこの二井田資料が初めてである（若尾政希の指摘）。石垣夫婦は、かつて前後十数年間ともに二井田小学校で教鞭をとったといい、石垣の母親は「何代目かの中沢太治兵衛の娘」だそうである。中沢太治兵衛は昌益没後の石碑・石塔建立から破却に至る一連の騒動にかかわった農民門人の一人であるから、石垣もそれに連なる末裔だったことになる。

この発見のきっかけとなった史料の所蔵者一関家も、先祖の三代重兵衛と、その息子市五郎（一関家四代平左衛門の初称）親子が「安藤良中先生門人」に名を連ねていた。石垣が筆跡からみて石碑銘を写した当人だと確信をもって推定した人物は三代重兵衛である。

後に『大館市史』編さん委員会事務局が一関文書から新たに発見した「良中先生石碑銘写《うつし》　安藤昌益」では、史料の冒頭にこの標題通りの書き込みがあり、末尾に「安藤良中先生門人」として「〆《しめて》拾人」の名が加えられている。最初の「石碑銘」にはなかった情報であるが、それをもって三宅正彦が言うように「門人名が省略された『石碑銘』よりも、これを記載した『良中先生石碑銘写』の方が、史料としては本来の形態を具備している」（「安藤昌益と孫左衛門家の二井田村在地史料」校倉書房『安藤昌益全集』第十巻五一九頁）とは言えまい。なぜなら、『掠職手記』に「先日より石碑幷《ならびに》門弟中の書付《かきつけ》御催促《ごさいそく》に御座候《ござそうろう》（中略）先《まず》右書付両品《ふたしな》出不申候得《いだしもうさずそうらえ》ば理断決着不仕《つかまつらず》候故、今日差上申候」とあり、「書付両品《ふたしな》」とは元々別個に書かれた文書であったことを示す。石垣はこの「石碑銘写」の筆者は筆跡から見て一関家六代重兵衛のものであることは間違いないと言う。「石碑銘」の解釈についても対立があるが、石垣忠吉の筆跡鑑定は、一関家の史料に深くかかわってきた人物の証言であるだけに貴重である。

石堂・石碑騒動の顚末

石垣らによる「二井田資料」の発見は、一旦は忘却の闇に沈んでいた昌益没後の三回忌をきっかけに発生した騒動の顚末が、その二百余年後に、昌益の生没地で生きる門人の末裔の手によって再び日の目をみたことになる。昌益の主著稿本『自然真営道』百一巻本や、刊本『自然真営道』三巻本、『統道真伝』のすべてを独力で発掘し、近代に昌益をよみがえらせた狩野亨吉の出生地も大館であり、二井田も現在の行政区が大館市であるから、狩野にとって自分が幼年期を過ごした大館のすぐ近郊に、探しあぐねていた人物の生没地があったことになる。狩野自身はついに知る由もなかったが、歴史のめぐりあわせというほかない。

発見された資料「掠職《かすみしょく》手記」の名称は、石垣自身が名づけた仮称である。この新史料発見の現地に入って調査に時日を費やした愛知教育大学の三宅正彦が、これをあえて「聖道院覚書」と仮称したため紛らわしい。石垣はその仮称の理由について、後に次のように述懐している。

この文書の筆者が当時の社司聖道院《しょうどういん》（照道院とも）であることが歴然としており、当時一郷の神事を取り仕切っていた神職を「掠職《かすみしょく》」と呼んでいたことによる。文中に聖道院が昌益の門弟である村の肝煎クラスの長《おとな》百姓を呼びつけて、居丈高に「吟味」する場面が何度もあるが、その様子を御公儀のお墨付きの宗教権力者である「掠職」という呼び方に含めてみての命名である。

＊三宅正彦は「掠職《かすみしき》」と読んだ。「職」が権限をさすので職《しき》の読みが正しいと思われる。

昌益の没後の騒動で、発端として昌益の石碑・石堂が神職管理の社地を侵犯し、孫左衛門屋敷との境垣を崩して建てたことなどを理由に、昌益の養子として家督を継いだ孫左衛門が非難され追及されているが、現実には村の肝煎《きもいり》クラスの長《おとな》百姓を中心とした昌益の門人たちと旦那寺や掠職との対立である。石垣が指摘するように、村人に対する寺社の追及は、習俗や信仰の枠を越えた「御公儀のお墨付きの宗教権力者」としての反撃であった。

「不耕貪食」を排する昌益の思想が、長年の不作と過重な年貢負担に苦しんできた農民たちに影響を与えて、権力の末端でそれを日常的に担う寺社から種々の出費を強いられることに対し、農民門人たちの忌避感情が募っていたことを示す。聖道院の悲鳴に近い怒りの言葉がそのことを窺わせる。彼らに脅威を与えているのは、農民たちの習俗改革行動を宗教的に支える守農太神という新たな神格の創出であった。聖道院は次のように追求する。

「市々《いちいち》何《いず》れも此方《こなた》蔑《ないがしろ》に成され、何とも迷惑に仕《つかまつ》り候。拙者義は平日《ふだん》如何《いかが》思召《おぼしめ》され候や。（中略）社地は我儘《わがまま》に奪取《うばいとり》、其上《そのうえ》、私を以て神に祭り、祭事まで我儘《わがまま》に祭り申し候得《そうらえ》ば、拙者神職を省き、宗廟・社職の首縊《くく》りに何《いず》れも謀斗《はかりごとばかり》を成され候や。（中略）昌益を神に祭るほどの思召《おぼし》に而《て》、只今左様御申しわけ、此方《こなた》一円得心《とくしん》致さず」

「私を以て」「我儘に」とは門人が宗教権力＝聖道院の許可なく昌益に神号を付けたことをさす。「守農太神」という四文字の神号が、結果的に彼ら方丈や神職の経済的利権を犯すほどの脅威を与えていた状況が窺える。布施や供物料が絶たれて、「祈願所・菩提所名のみにて、是にて子孫の法行相立不申《ほうぎょうあいたちもうさず》」というのが彼らの本音であったろうが、死してなお彼らに脅威を与える昌益の思想的インパクトをこの神号が象徴している。石碑と石塔をめぐる遣り取りは、やはりこの騒動の本質的部分だというべきだろう。史料を「掠職手記」と仮称した石垣の命名は、その状況をよく見極めていたように思える。

二井田の地誌や方言を踏まえ、当時の状況や農民たちの暮らしを形象化した伊澤の本作品では、舞台と作中の人物の描写に農民たちの心情と昌益思想がよく描き出されている。石碑・石塔の破却の場面は本書の中で、ひときわ精彩に富んだ描写となっている。

昌益の生涯といっても、八戸居住時代についての情報は、わずかに延享元（一七四四）年、昌益が天聖寺で講演をした記事を収めた九世延誉上人の『詩文聞書記』の外は、同二年～三年の八戸藩関係者の幾人かの治療に当たったという『八戸藩日記』の断片が残存する以外、ほとんど空白だらけの謎の生涯であった（『詩文聞書記』の著者を以前は八世則誉としていたが、九世延誉だとする考証は、校倉書房版『安藤昌益全集』第十巻、三宅正彦「延誉編『詩文聞書記』の思想分析」一九九一年十月一日刊）。没後の騒動とはいえ、二井田で晩年の五～六年間を過ごした昌益の事跡は、その思想の現実への浸透力と昌益の生き方を知る上できわめて貴重である。「掠職手記」、「石碑銘」の記事の正確な理解が必要である。

本書の見どころ、読みどころ

「二井田資料」の発見は、昌益思想の実践的特性という点で、この没後の史料から晩年における昌益の行動の一端を明らかにしてくれている。伊澤の作品は、昌益の八戸時代も視野に入れ、帰住の前後から没後まで、昌益晩年の思想と行動が丁寧に形象化されており、桜田常久・渡辺大濤・平山令二らの諸作品のような決死行の活劇性はないが、史料的に明らかな事実を可能なかぎりは押さえたうえで、その背後に文学的な想像力の羽根を延ばしており、フィクションとノンフィクションの狭間に微妙な平衡が保たれて、昌益思想の現実的な意味について過不足のない物語となっている。

たとえば、昌益の先代の孫左衛門の戒名は「絶道信男」とあるが、過去帳に載っているこの奇妙な法名の由来について、本書では次のように書いている。

「昌益が実家にたどり着いたのは、兄の死後八日目、埋葬も済んだあとだった。安藤家の仏間で兄の自死を知ったのは、戒名《かいみょう》「絶道信男《ぜつどうしんなん》」に不審を感じ、昌益が訳をたずねたことから明らかになった」

その明らかになった事情とは勿論作者の想像力の所産である。飢饉時の寺の在りようや安藤家による窮民の救恤《きゅうじゅつ》行為、二井田に帰住後の昌益の活動ともつながっていき、そこに注がれる著者の眼差しは一貫していて破綻がない。

「昌益の周りにいた文化人、講演を聴きに集まった者は、とうの昔に昌益と距離を置いていた。（中略）中には、昌益の変わりようにあきれ返り、果ては口を極めてののしる者もいた。豪商や寺僧、神官、儒者や医者、学者を標ぼうする者たちは、少しずつ昌益から離れていった。残った門弟・嶋盛慈風はじめ十数名は、第一の高弟といわれる神山仙確の元に集まり勉強会を開いていた。昌益は、弟子を持たないと公言していたからだ」

昌益の思想的変貌は当然にもそのリアクションとして周囲の反応の違いを引き起こしていたに違いない。作者は問わず語りに確龍堂一門形成のいきさつに想像の羽根を延ばしている。仙確が昌益を師として心に決める過程に、孔子と曾参の関係、「曾参は聖人の誤りを見破った、有史いらい初めての人間だ」とする昌益の発言が重ねられている。昌益が根源的な問いとした知の在り方において分岐する問題が、昌益と仙確の子弟関係に引き寄せられ語られている。昌益を誰よりも高く公正に評価できた仙確の刊本『自然真営道』序文の読みも鋭い。昌益は「法世物語巻」と「私法盗乱ノ世ニ在リナガラ自然活真ノ世ニ契《カナ》フ論」（略称「契フ論」）の稿本を仙確に托して二井田に帰住したとする設定になっている。

二井田資料を正確に読むことは勿論だが、昌益没後の騒動記録を通して、二井田に帰住後の昌益がどのような活動を行なっていたのか。なぜ妻子を八戸に残したのか。ただの単身帰住だったのか、あるいは身辺の世話人がいたのか。昌益が帰住を決断した背景に、二井田の安藤家と八戸の昌益と、双方にそれを促す事情があったのか。農の重要性を説きつつ八戸で町医として医療に従事していた昌益が、どんな経緯で帰住したのか。なぜ村の重立ちが十名も門人に加わる仕儀となったのか。興味は尽きないが、その具体的な事情を示す史料が皆無に近い以上、昌益思想に肉迫しようとした作者の鋭敏な想像力にたよってみるしかない。

　本書はこのような疑問に応え得る丁寧な文学的形象化がなされており、昌益思想の理解度も、又その目配りも、最近の概説書と比べる必要はないが、数段高い思想レベルでわれわれの要求に応えてくれている。

「昌益は、安藤家の敷地内に、診療所としても使えるように百姓家を用意し、そこにおよと草鞋を脱いだ」と、帰住当時の村の反応、達子森の山頂から眺めた比内、扇田村の景観を記し、「これが天人一和の直耕。自然の姿だべ。とつぶやいた。（中略）我がこの二井田を出てから、生きて考えた全てが自然真営道だな」という昌益の感慨が帰住の意味を語っている。

　そのさらなる山奥に霞む大葛《おおくぞ》金山からの鉱毒水とそれをめぐる騒動が、史実を離れて帰住後の活動に彩《いろどり》を与えている。さらに、昌益の帰住援助者として登場する肝煎仲谷八郎右衛門との交歓が細やかに描写され、両者の思惑が語られる。

「あのし……あんさま。米つくる百姓、天の直子《ちょくし》なのし。我《わ》、そう思うのし。……百姓、医者ばしての、えぇ村、自然の世さ、わんつか（少し）でもするべ。そう思って、こっちゃさ来たじゃ」

　この作品では、石垣忠吉が研究で明らかにした八郎右衛門の人物像と、村を出て再び帰住する昌益の思いとがうまくリンクしている。

　安永寿延が打ち出した仮説、禅寺での修行体験をもつ昌益像（写真集『人間安藤昌益』農文協）が本作品でも踏襲されている。

「都の河原乞食。……江戸でも、逃げだした百姓。……非人《ひにん》扱いで、食う事もできねぇ衆だすな。……百姓したくてもできねぇ、そったら者ばり（ばっかり）だきゃ。ほとんど、百姓の次男、三男だったの」

　都会の難民問題が農村の過酷さ、農政の貧困によって引き起こされた結果であることを示しており、作者の鋭い目配りが感じられるところだろう。

「長崎さも行ったすな。……ここだべしゃべるども、天竺、清国まで行ぐべ。こう考えたわけだす。…聖釈の偏った考えば、糺《ただ》すべと……本気で思ったのし」

史実的には確証されていないが、昌益の長崎行きがあったとして、その意図について、他の桜田・渡辺・平山らの三作と違った読解がされている。正鵠を射ているのは本書の方だろう。

「我《わ》、八戸で儒者さ云《ゆ》われたすな。釈迦、孔丘悪ぐ言うが、我《わ》も似たような者だと。米もつくらず食ってらのは同じだど。正直……苦々しい気分だったすな」

「我《わ》も歳《とし》だす。五十五さなったきゃ。……やりてぇこと、これからだす。……こっちゃで念願の直耕で生きるべ。……天の直子、百姓さ教《お》へるごとね。ただ、聖釈の間違いさ気づいてもらいてのし」

作者は二井田を「邑政」の村にすることが昌益の帰住目的だったと語らせている。

「飢饉で苦しみ、死んでいぐ百姓、それ尻目さ、物成・米奪いとる権力、お上が悪《わ》りのは、誰でも知ってるべな。（中略）百姓・衆人だまくらがし、苦しめる考え、悪習、変えることだの。……神事も祭礼もそだすべ」

「葬儀、神事は百姓さ、負担なこと多いきゃ。したばって、寺は先祖ば供養するどごだ。そっちゃ止めるごと、できねべ」

仏事をめぐる八郎右衛門との会話が昌益没後の石碑騒動の伏線として語られている。

「穀物つくるのは人の道、天（転）道だす。……耕さずして、奪い盗るのが武士や商人《あきんど》、坊主、掠職《かすみしょく》（神官）だの。ほったら……不耕貪食《ふこうどんしょく》の輩《やから》、偏った教えさしたがう必要、さらさらねべ。寺は先祖ば供養するところ、それで十分だすな。ありもしね地獄・極楽の考えで、だまされる必要もねのし。……そしたら（そんな）輩が……聖釈の誤りさ気づいて、田畑耕す。……それができれば、正人さなれるべの。あー正人っての、〝ひじり〟の聖でね。正しい道どご歩く、正人のことだす」

このように冒頭部分の数頁を紹介しただけで、本作品の会話すべてが巧まずして昌益思想の解説となっており、その内容は正確で、ふつうの文才がある人が昌益の著作を少し読んだ程度ではこれだけの思想把握ができるというようなものではないだろう。作者が、「全集」の刊行にその人生をかけていた畏友東均と、よほど深い対話を積み重ねてきた経緯があるのだろうと推察する。

何気なく叙述されている家屋の配置や家具の様子、炉辺の食事までディテールの目配りに、作者の生活体験の奥行きが窺える気もしている。また、大葛金山の経営支配の変遷を通して、鉱山における労働者の生活歴、経営組織、作業分担の細部や〝よろけ〟と呼ばれる金掘り病（塵肺）の悲惨な実態、残された女のしたたかさと悲惨さなど、作者の行き届いた取材が効果的に作品に生かされているのも興味深い。

「小作や自作農でも生きられず、鉱山にきた一家はほかにもいる。アイヌもいたし、素性の知れない〝渡り〟には、キリシタンもまぎれていると噂されていた」

鉱山労働者の世界が下層社会の縮図として描かれている。

「二人は、川原に下りてみた。上流から流れてきた土砂がたまっている場所には、赤茶けた小石や大小の石が転がっていた。川の流れをじっと見つめても、魚はおろか、虫もいない。川原の土石も赤茶け、まわりの草木も枯れている」

この鉱害描写もリアルである。その除染作業と新田開発が二井田の地域復興運動の柱として描かれている。

「金銀は、土中さ埋もれているのが自然なのし。聖人の欲が掘り出したべ。それで自然の調和が崩れたきゃ。その結果がこれなのし」

この会話に昌益の自然思想がよく表現されている。作中昌益と仲谷八郎右衛門、昌益とおよとの会話を通して、直耕と食衣、生死で一道、自然活真の世、百姓こそ真人とする思想など、昌益思想の基礎をなす概念が生活感覚に届くように平易に語られている。

「んだども、その直耕って、なんだべ？」「んだすな。〝直耕〟、ざっくりしゃべれば、はたらいて産みだすことだすな。（中略）……天も地も自然にはたらいているべ。我《わ》、それば〝天人一和〟の直耕。そう云うのし。（中略）天も人も直耕して、米つくっているのしゃ」

この一文で、作者の「直耕」理解が、直接的生産労働の理解に止まる凡庸なレベルを軽々と超えていることが分かる。筆者などはいまだに「転定の直耕」を理解できない研究者への対応で苦労しているというのに。論者自身の近代主義的なバイアスを相対化することができなければ、「〝天人一和〟の直耕」論を理解することは難しい。

「なんだが、難しいと思ったきゃ。よぐ考えたら、当たり前《め》のことしゃべってねが。……んだすが、うまいことしゃべったすの。天人一和の直耕が……」（中略）「お天道様ど、かだって、はだらいてらってが」と、当時の農民には当たり前の観念だったと理解されている。

昌益が八郎右衛門にせかされて語る場面がある。

「せば、しゃべってけろ」「んだすな。あんさま、我《わ》の考える国、郷中……そのありようは、誰もが自分で食う米は、自分でつくる直耕の村なのし。（中略）人のものば奪う者、不耕貪食、つまり遊ぶ者はいね。（中略）まず二井田の郷中から始めるべし。……一つ、誰もが自分の食う分は、自分でつくるべ。まずは、つくった者が先に食えるようにするのし。……二つめは、郷中で起きた問題は、郷中で、百姓の問題は、百姓で解決するべし。……つまり、どんなことも、役人が出てきて裁くことば止めさせるべの。……お上、権力さ頼らず、なにごとも百姓同士の話し合い、村で決めるじゃ。三つめ、耕さず食っている者、武士、学者……ここでは僧侶、神官、医者だべが。その輩《やから》さ田畑与えて、耕作させるのし。……ざっくりしゃべれば、こういったことだきゃ。……これば〝邑政《ゆうせい》〟と名づけたのしゃ」（中略）「んだ。こごの郷中、先年の冷害、洪水で……寺社さ出すどごろが、種籾さえ心配してら。寺の方丈、別当……自力で食ってもらえば、こった有難てごとねの」（中略）「ここなん十年、すぐ銭になる鉱山……藩の奨励する馬産……秋田杉の伐《き》りだし……漆の山稼ぎ……多ぐなったじゃ。そのほとんど……商人《あきんど》のうしろ盾だべ。米つくる百姓……減るばりだ。なんぼ新田開発だ、云ってもの、自作農さえ潰すのが商人なのし。……藩も商人さ莫大な借金だ。頭上がらねぇべの。……小作が逃げ出し、自作農もつぶれる世の中なのし。この郷中でも四十軒、つぶれたまんまだ……お上は、昔の竿入れ帳面で、物成（年貢）取るべ。……今のままだば、一村丸つぶれだびょん……あのし、こご一帯の郷中にしゃ、寺社がなんぼもあら。百姓つぶれでも、寺社はつぶれねぇ」

この伊澤作品の文学性は、「私欲と金銭通用の法世」「搾取と金銭通用の法世」をただスローガンとして繰り返すしかなかった渡辺作品のレベルと比べると、数段深く歴史の現実に触れているように見える。右の会話を読めば、石碑銘をめぐる二井田の騒動を、本作品はたんなる村方内の騒動というレベルを超えた、昌益思想の全重量がかかった象徴的な事件として捉えていることがよく分かる。

昌益の思想そのものをこれだけドラマ化して表現できた作品は例がないのではないか。その文学性もさることながら、平易で実感性のある目配りの利いた昌益思想の入門書という面を併せ備えているのは大変ありがたいことである。「全集」編集に関わった者の一人として、この面でも大きな期待と感謝とを、本書の執筆と上梓に寄せている。

未曾有の大惨事となった福島第一原発の処理や被災地の復興をないがしろにし、性懲りもなく原発推進を叫び、TPP加盟や集団的自衛権容認などを唱え、うそぶく破廉恥極まる政財界の悪党どもがうごめく昨今、本書がそれに加える鉄槌、鯨波の一つとして、東北の地が生んだ「転人一和」の思想とその意義を普及するものとなることを願ってやまない。

あとがきにかえて――東均氏追悼

私が小説を書きはじめた切っ掛けは、五年前の平成二十一（二〇〇九）年、北海道留萌市在住の恩師、田中円章・慶子ご夫妻の家で、今は亡き東均氏に出会ったことにありました。東氏から、昌益の〝直耕思想〟の何たるかをうかがい、興味をもった私に、お三方が農文協版『安藤昌益全集』を贈ってくれました。この全集は東氏らが精魂を込めた、まさに忘れられた思想家の「紙碑」と呼ぶにふさわしい重厚な作品でした。初めの小説『二度生まれ』は、昌益を知るためと、この御好意に対する御礼にと書いたものですが、それを東氏は全集編集時に苦楽を共にした新谷正道、泉博幸の両氏に一読を勧めてくれました。氏が繋げたこの縁《えにし》は、氏亡きあとも私を助け、その力添えが報われるかたちで、この作品を上梓することができました。ここに感謝をこめて、出版に至る経緯と、東均氏の最晩年の一端を紹介させていただきたいと思います。

私がこの小説を執筆したのは、一作目の八戸を舞台にした小説（『二度生まれ』）の完成後、一読した東氏が、「何で、二井田のこと、誰も書かないのかな？　今度は、昌益を直接書いたら？」と、気軽に勧めてくれたその一言があったからです。平成二十四（二〇一二）年三月、私は二井田を舞台として昌益を書こうと決めました。その頃、東氏は喘息のような咳をしていて、のちに受診した結果、肺がんと判明します。

五月二十九日、札幌の病院に入院した東氏に、質問しても体調にさわりはないかと尋ねたところ、次のような返事が届きました。

「メールありがとうございます。なんの気兼ねもいりません。バンバンメールを下さい。もし副作用などで辛いときにはこちらから連絡しますので。帰郷後の昌益、いいですね。伝記的にいえば、帰郷後の昌益が一番ドラマチックなわけですから、小説のテーマとしてはピッタリだと思います。むしろ今までそれを扱った作品がないことが不思議なくらいです。頑張ってください。楽しみです」

私が二井田への取材を始めたと報告すると、次のような返事がありました。

「大館に行ってきたとのこと。――こんど大館に行くときにはぜひ山田さんを訪ねてください」（平成二十四年六月十五日）と、大館市比内町の山田福男氏を紹介してくれました。

八月に山田氏にお会いし、その取材後の感想を東氏に送ると、次のようなメールが届きました。

「みんないい人だったでしょう。私は東北人が大好きです。なにか持っているエネルギーとユーモアと優しさが、縄文のおおらかさに通じている気がします。山田さんの昌益論は独特ですが、気取りすました学者・研究者のものより昌益その人に肉薄していることは確かでしょう。昌益もまたおおらかな東北人だったにちがいありません。体調は良好です。今週末、また羽幌に帰る予定です」

私と東氏との交流の多くは、東氏の闘病半ばにあり、私は小説を仕上げている途中にありました。例えば、「全集の中で、昌益の働くという文字は、なぜ漢字ではなく、ひらがなになっているのか?」と、問いを出しています。それに答えて、

――現代語訳での「はたらく」ですね。それは昌益の「はたらく」が多くの場合、「感」あるいは「進

退」と表記されるように、たんなる「働く」という意味ではなく、活真の感応作用という内容を表現する概念だからです。つまり人間労働のアナロジーとしての「働く」という訳では、内容を伝えることができないというわけです。

これにより、小説での昌益の発言の「働く」の表記は「はたらく」にしたわけです。

このようにメールのやりとりは、昌益のこと、小説に名前を借りたアイヌ犬・耕太郎のこと、闘病生活・治療の現状、体調についてが主でしたが、私が小説にいきづまると、「伊澤さんなら大丈夫。自分を信じて」と、逆に励ましてくれています。またある時は電話で、小説に東氏の「正人」の考えを借りたいと頼むと、自分の書いたものは、どんどん使ってくれ、と答えています。

在りし日の東均氏
（2012年10月14日、安藤昌益250回忌に二井田温泉寺にて。山田福男氏撮影）

入退院を繰り返しつつも、東氏は私の眼にはとても闘病中とは思えないほど元気でした。平成二十四年十月には、大館で開かれた安藤昌益の二百五十回忌の法要に参加したあと上京し、北千住の「安藤昌益と千住宿の関係を調べる会」で講演もしています。この時、東氏は私を新谷正道氏、泉博幸氏に会わせてくれました。新谷氏と三人で千住の町を少し歩き廻ったとき、東氏は右足を少し引きずっていましたが、「大丈夫だ」と、気丈に答えています。
平成二十五（二〇一三）年、この小説の第一稿が仕上がった二月には、「さっき退院して札幌のお袋の家に着きました。送ってもらった小説、病院で半分ほど読み、少し気になったところをチェックしています。終わったら後で送ります」
東氏は、札幌医大病院の医師から、命の期限が平成二十五年五月と宣告されていました。それをすぎてから「これからは、もらった命だ」と、友人の田中慶子さんに語っていたそうです。その宣告された五月には「今病院のベッドに落ち着いたところです。小説の出版の件、山田さん、泉さん、新谷さんにお願いしてあります。メールは大丈夫です。こちらからも連絡しますがそちらからも遠慮せずメールしてください」と、小説出版に向けて働きかけていました。
その三日後
「メールありがとう。十三日に入院して十四日から点滴が始まりました。点滴は十七日まで続きますが、これは吐き気止めのステロイドです。来週二十一日にもう一度抗がん剤を点滴して、様子をみて血液障害などがなければいったん退院して、四週間後の六月四日に外来でCTで評価して、必要ならば再入院して投薬を繰り返すというスケジュールなようです。医大病院に比べると病院も新しく病室も清潔で食事も美味しく思いきって転院して良かったと思っています。仙確についてはまたあとで私の見方をメールします」
八月十七日
「十五日に退院してお盆は羽幌で過ごせています。二十八日に再入院して、十六回目の抗がん剤治療を受けます。次回の退院は九月十日頃になる予定です。最期までこの入退院を繰り返すのでしょうが、今のところもう少し体力は続きそうです。昌益さんとの間に最後の決着をつけるべく思案していますが、なかなか思うようにははかどりません。東均」

それからも、入退院を繰り返し、右手の痛みで指も利かなくなった平成二十五年十一月、東氏は過去に書いた全作品を私に送り、その後は耕太郎の近況を最後にして、メールでのやりとりは終わっています。

今年、平成二十六（二〇一四）年一月三日、肺がんのため、六十四歳で逝去されました。東氏自身が生前希望した戒名は、「直耕院釋楽貧」でしたが、正式にはご家族が相談し、「直耕院釋楽聴」となりました。

東氏の最期の著作は、新谷正道氏に託され、「しらべる会」第十五号（平成二十六年一月）に『評伝安藤昌益』として掲載されています。

葬儀への出席がかなわなかった私は、田中慶子さんと、季節の良い六月に東氏宅へ三度目の訪問をしました。今回は亡き東均氏の遺影に手を合わせるためです。慶子さんは、東氏が羽幌に移住したあとすぐ、私に会わせたいと思っていましたが、実現したのは五年前のことでした。留萌から約一時間半で羽幌に到着、バス停まで東氏の奥様・由子さんが車で出迎えてくださいました。

東氏宅に着いてすぐ、玄関横の広い囲いの中で「ウワン　ワン」と盛んに吠えるアイヌ犬・耕太郎にご挨拶。耕太郎は東均氏が病気を知る少し前に、手に入れた血統書つきの愛犬です。東氏が云っていた

「他人に媚びずに番犬に専念している」精悍な耕太郎に、氏との想い出が重なります。

　昨年八月、東さんから「昨日池に鯉を五〇匹泳がせました。今日は畑に栗の木一本、桃の木二本、梅の木二本、梨の木二本を植えます。鯉も木も、私がいなくても自由に泳ぎ勝手に実をつけるのでしょう」と、メールが届いていました。それを思い返して、雑草に囲まれた池をのぞくと、五〇センチほどもある錦鯉が何匹も悠々と泳いでいます。それから池と反対側にある畑に向かいました。東氏が植えた栗や梨の木は支柱に支えられ、腰ほどの高さで若葉がついて、生きいきと根づいていました。その横の畑には、インゲン、トマト、ナスなどが植えられています。

　東氏が十年前郷里に戻り、「直耕」の生活をすべく畑の土おこしを鍬ひとつで始めると、その作業を遠巻きに見ていた地元の農民（お年寄り）がいぶかって、だんだんに東氏に近づいてきたそうです。東氏と話をし理解し始めると、耕耘機をもって手伝いにきて、「どうも教えるのが楽しいらしい」と東氏が話していたのを想い出しました。農民たちとの付き合いはずっと続いていて、東氏亡きあと、野菜の苗をもってきて植えたのも、その方たちです。

　東氏は、さまざまなことに造詣が深く、キノコのことでも何でも良く知っている人でした。羽幌で農業を始めてから、私はお会いしたわけですが、その成果であるジャガイモ、カボチャなどを東京の拙宅へも送って下さいました。

　羽幌の家は、東氏自らが廃屋を改造、修理して住めるようにしたもので、野原《のっぱら》にぽつんと一軒建っています。周りは雑草に覆われて、廃墟によく生えるという沢山のルピナス（のぼり藤）の花が赤紫の濃淡を真っ直ぐ天に向け、咲き誇っていました。闘病中、「帰ってきてから体と相談しながら畑仕事をしています。草はどんな天候でもたくましく生い茂るもので、作物にたいする害よりもそのたくましさに感心し、変に励まされたりしています」とあったように、東氏もきっと、この風景を見ていたでしょう。

家に入り、東氏の遺影に手を合わせました。東氏の本棚の前、パソコンが置かれていた机の上に、遺影とお線香が置かれています。東氏の遺影は、闘病中、自ら望んで撮ったもので、きりっとして、意志的に何かを見つめているようでした。

奥様の由子さんから「好きな本を持って行って」と勧められ、私は有難く十冊の本を形見分けとして頂きました。その中には、たくさんの黄ばんだ附箋がついた『安藤昌益の闘い』(寺尾五郎著)や、没後二百三十年・国際シンポジュウム記録『安藤昌益』(現代農業・臨時増刊)もあり、鉛筆での注意書きや棒線などが見られ、東氏の勉強ぶりを思わせました。そう言えば、東氏は帰郷後の自分の仕事は、全集の編集をした一人として、昌益思想をより正しく伝えていくことだ、そのような主旨のことを語っていました。

談笑中、外で耕太郎が人に吠えるのと違う、どこかやさしげな「クゥオン　クゥオン」という声を出しました。すると由子さんが「キツネが来たべか」と外をのぞきます。雑草に隠れているのかキツネは見えません。私たちを見た耕太郎は、人に吠える声を出しました。「耕太郎がいなかったら、ここに(独りで)住めないんだ」と由子さん。「東さんは、予感したように、耕太郎を飼ったのかね」と、慶子さんが感慨深げに言います。私は、「東さんが、もっと耕太郎を登場させてほしいと言ったのよ、だから頼んで、小説の昌益の死んだ後、耕太郎が哭いた一行は、東さんが書いたの」、そんな話をしました。

由子さんの作った心尽くしの、のり巻きなどをいただきながら、東均氏の想い出話に、時を忘れるほどでした。慶子さんの、「夫婦の間でも、穏やかなひとだった?」の問いに、由子さんは「大きな声や、手をあげたことがないね」と、言われました。東氏は生前、自宅での死を望んでいました。その日、奥様の横に寝ていて、由子さんが背中をさすっていたときに「静かなので、見たら息をしていなかった」そうです。東さんの希望どおりの最期でした。

私の知る東由子さんは、無口で実直な人ですが、この日は絶えず笑顔を見せて、話したりうなずいたりの印象でした。あとで田中慶子さんは「かすかに涙を浮かべたときが二回くらいあった」と言いました。由子さんは、何年後かには、息子さんと同居の予定で、それまで雪深い冬は姉の家に居るそうですが、ともかくもたくましく、仕事もして元気に生きている、そんな実感を私に与えてくれました。

耕太郎と別れを告げ、帰りの車中では、「東さんは、昌益みたいな人だね」「亡くなったとは思えない」などと話しながら、東氏を悼む三時間の訪問を終えました。

最後に、私が東均氏に「昌益をさんづけで呼ぶようになりましたね」とメールを送ったその返事を掲載し、昌益や東氏に共鳴した私の拙い小説を手にしてくださった読者の皆様への、感謝の気持ちにかえさせていただきます。

——昌益さんとの付き合いも四十七年になります。そして昌益さんより、四歳年上になったわけです。もうさん付けで呼ばせてもらっても、昌益さんも許してくれるだろうと思っています。金儲けがうまい者たちを勝ち組と呼び、控えめで善良なゆえに貧しい者たちを負け組と呼ぶような社会は、もはや絶望的で救いようのない社会で、昌益さんが生きていたら、法世もここまで腐りはてたかと嘆くに違いないと思います。私がこれまでもこれからも金儲けとはなるべく無縁でいたいと思い続けているのは、昌益思想では宝は「他から」、つまり金銭財宝は他人を騙して巻き上げたものに他ならないのであって、それに最もたけた者が帝王であり聖人であって、その下に小者の守銭奴がはびこるという意見に共感してきたからです（二〇一三・八・三一　東　均）。

この小説を上梓できたのは、ひとえに東均氏の励まし、新谷正道氏の助言とご教示があったからです。そしてまた、山田福男氏には序文をいただいたほか、方言や歴史、民俗についてもご教示いただき、泉博幸氏にも本にするべく、あらゆるご尽力をいただきました。ことに、カバー装画をお描きいただいた渡辺皓司画伯をご紹介くださったのは、なによりのことでした。渡辺画伯は、まぢかに迫る九月の個展にむけての創作や、責任者である世田谷平和美術展の会期中で、ご多忙であったにも拘わらず、快くお引き受けくださり、有数の穀倉地帯である二井田村の美しい田園風景をお描きくださいました。ここに、深くお礼を申し上げたいと思います。

小説で語られた昌益の文言の多くは、農文協の『安藤昌益全集』により、東、新谷両氏には直接または出版物から、承諾を得たうえで引用させていただきました。もし、間違い、問題などありましたら、すべて筆者の責任です。ただ、小説の性質上、多くのフィクションの上になりたったものと、ご理解いただければ、幸いです。この作品が一人でも多くの方に読まれ、安藤昌益というとてもすばらしい農民思想家がいたことを知っていただく契機になれば望外の喜びです。

今は天上で、昌益さんと語らっているであろう東均氏のご冥福を祈りつつ、合掌。

二〇一四年の盂蘭盆に

著　者

著者略歴

伊澤　芳子（いざわ　よしこ）

1948（昭和23）年、北海道生まれ。高卒後上京。日本ジャーナリスト専門学校にて、評論家・青地晨に創作活動を勧められる。1989（平成元）年、東洋大学社会学部社会学科卒業。1997（平成9）年、准看護士免許取得。都内精神科、介護病棟に勤務。定年退職後パート勤務。
2008（平成20）年、精神保健福祉士免許取得。自助グループが使うミーティング場を提供するなど、地域活動にも関わる。

〈ルーラルブックス〉

守農太神と呼ばれた男

――小説 安藤昌益

2014 年 10 月 14 日　第 1 刷発行

著　者　伊澤 芳子

発行所　一般社団法人　農山漁村文化協会

住　所／〒 107-8668　東京都港区赤坂 7 丁目 6-1
電　話／03(3585)1141（営業）　03(3585)1145（編集）
ＦＡＸ／03(3585)3668　　振替／00120-3-144478
ＵＲＬ／http://www.ruralnet.or.jp/

ISBN978-4-540-14212-3
〈検印廃止〉

Printed in Japan

制作／(株)農文協プロダクション
印刷・製本／(株)杏花印刷
定価はカバーに表示

安藤昌益全集
安藤昌益全集 増補篇一
安藤昌益全集 増補篇二
安藤昌益全集 増補篇三
電子版
『安藤昌益事典』

第2巻『資料篇五上』

（医学関係資料4―1、『真斎謾筆天・地・人』上）

現代語訳・注、中村篤彦

付「CD-ROM版『安藤昌益全集』（全文テキスト篇）」

『真斎謾筆』は関東大震災で焼失した稿本『自然真営道』の昌益医学を記録再現したもの。増補篇刊行に当たり、昌益の著作に準ずるものとして現代語訳した上巻。CD-ROM「電子版安藤昌益全集〈全文書き下し篇〉」

第3巻『資料篇五下』

（医学関係資料4―2、『真斎謾筆天・地・人』下）

現代語訳・注・解説、中村篤彦

付「CD-ROM版『安藤昌益全集』（章句検索篇）」

関東大震災で失われた昌益医学の全貌を記録・再現した『真斎謾筆』現代語訳の下巻。主要語句に詳細な解説を施した補注と別冊『昌益医学ハンドブック』を付す。CD-ROM「電子版安藤昌益全集〈章句検索篇〉」付

●各巻14286円＋税

昌益研究深化に不可欠な新資料（書評・部分）

一九八七年に全21巻別巻1の配本が完了した『安藤昌益全集』（農文協）によって、わたしたちは間接的ながら初めて安藤昌益の自筆の文字に接することができた。影印版なので、墨のつやこそないが、一筆一筆力のこもった輪郭の明確な字形は、宇宙から社会構造、身体に至るまで生命エネルギーの調和と平安が貫かれることを求めてやまなかった全体論的な思想家、昌益の人となりを示すように感じられた。それから一八年、途切れない昌益研究の原動力となってきた『安藤昌益全集』が、昌益のすべての論稿の書き下し文を収録したCD-ROMと、新発見の医療関係資料を含む増補篇全3巻によって補われた。この意義は、とても大きい。昌益研究がいっそう深化するために不可欠な道具と素材を、わたしたちは手にしたことになる。

自らの身体と社会、地球をもろともに癒そうとするとき、わたしたちにとって、昌益の思想ほど優れたモデルはない。彼ほど壮大なプロジェクトを徹底して思索し、生きようとした人物は、日本だけでなく、中国、朝鮮にもいないだろう。わずかに、似た志向性を宮沢賢治の詩人の魂に感じることができる。それらが『安藤昌益全集』増補篇全3巻によって、いっそう明らかになるだろう。

松田博公（鍼灸ジャーナリスト）

第9巻『統道真伝二』(糺仏失) ●本体4000円＋税

「仏法有リテ後、転下ニ微益有ルコト無ク、逆倒・迷乱ノミナリ」と仏教を根底から否定。経典・宗派ごとに徹底的に批判し、食の生産が基本であることを説く。自然な男女の性愛を謳歌する「華情」論を展開。

第10巻『統道真伝三』(人倫巻) ●本体4000円＋税

自然と人間の調和をめざした昌益の人体論と医学論。転定に対して人体を小転定と位置づけた昌益は、両者を媒介する食を重視する。農耕とならぶ人間の直耕である出産を重視し、注目すべき卓抜な産婦人科学を展開した。

第11巻『統道真伝四』(禽獣巻) ●本体4286円＋税

宇宙論、本草学、動物学など昌益の自然学と博物学を展開。幽霊など「自然ニ毛頭之レ無キコトナリ」と喝破する合理主義、この世界のほかに別の世界があるかという「転定ノ外、亦有リ無シノ論」など興味津々の世界。

第12巻『統道真伝五』(万国巻) ●本体4286円＋税

世界各国・各民族の自然・習俗・民族的記述を集成。鎖国下において可能な限りの国際性を追究した万国論。土と米の唯物論を基盤とする自然論・人体論を展開。万物の有機的連関を強調し、人間もその一部であると主張。

第13巻『刊本自然真営道』(『自然真営道』巻一・巻二・巻三) ●本体4762円＋税

昌益の自然哲学を体系的に展開した唯一の公刊本。自然とは何か、人間とは何か、自然と人間を貫く原理は何か、自然と人間の関係はいかにあるべきか、こうしたラジカルな思索が現代に厳しく迫る社会思想を生み出した。

■資料篇

第14巻『資料篇一』(二井田資料・医学関係資料一) ●本体4762円＋税

昌益は晩年、生誕の地・二井田に帰り、その思想を実践。昌益の死後、その門人と権力との闘いを記録した「二井田資料」。卓抜な医学的手腕を物語る後人による昌益医学の抜き書きは医学史の書換えを迫る画期的なもの。

第15巻『資料篇二』(医学関係資料二) ●本体5048円＋税

安藤昌益の主著・稿本『自然真営道』は、その大部分が関東大震災で灰塵に帰した。本書は焼失した昌益の医学論を忠実に再現した後人による写本である。予防医学と自然治癒力を前提とする「真営道医学」の全貌を再現。

第16巻上『資料篇三上』(八戸関係資料一) ●本体4476円＋税

神社縁起と記紀の虚偽、仏教諸派の起源と批判を展開した「私法神書巻」下、漢字の和訓を論じた「和訓神語論」、本草・薬物学書である「甘味ノ諸薬・自然ノ気行」の三種は焼失した稿本の内容を推測させる貴重な資料。

第16巻下『資料篇三下』(八戸関係資料二・自然真営道残簡・他) ●本体4762円＋税

八戸藩日記や初期の習作・読書ノートなど、昌益思想の初期的段階や思想形成、日常生活をうかがわせる貴重な八戸資料。稿本『自然真営道』の表紙から発見された断簡や書簡断片などを細大漏らさず影印版とともに収録。

■復刻篇

第17巻『復刻一』（『稿本自然真営道』大序巻、私制字書巻一・二・三、私法儒書巻一）　●本体5905円＋税

昌益思想の真髄・総括である「大序巻」、『字彙』批判を通じて独自の文学論・文明論を展開した「私制字書巻一〜三」、中国思想の欺瞞と作為、階級性を完膚なきまでに暴くした「私法儒書巻一」の各巻を写真版で再現。

第18巻『復刻二』（『稿本自然真営道』私法儒書巻二・三、私法仏書巻、私制韻鏡巻、私法神書巻）　●本体5905円＋税

儒教・道教などの中国思想や仏教の支配イデオロギーとしての性格を批判した「私法儒書巻二、三」「私法仏書巻」、独自の言語論・音韻論・仮名論「私制韻鏡巻」、神道の欺瞞性を暴いた「私法神書巻」を写真版で復刻。

第19巻『復刻三』（『稿本自然真営道』私法世物語巻、真道哲論巻、人相視表知裏巻一・二・三）　●本体5905円＋税

動物が人間社会を風刺する「私法世物語巻」、昌益と門人の討論集会の記録と過渡期社会論をまとめた「真道哲論巻」、精神分析や夢判断、対面療法など破格の医学論を展開した昌益の望診論「人相視表知裏巻」の写真版。

第20巻『復刻四』（『統道真伝』糺聖失、糺仏失、人倫巻の各巻を、異本部分も含めて再現）　●本体5905円＋税

聖人やその教えを信奉する儒者と儒教を弾劾した「糺聖失」、仏教を根底から否定・糾弾した「糺仏失」、自然と人間の調和をめざした昌益の人体論と医学論である「人倫巻」を、異本部分もふくめて写真版で忠実に再現。

第21巻『復刻五』（『統道真伝』禽獣巻、万国巻、高弟神山仙確所蔵の刊本『自然真営道』を再現）　●本体5905円＋税

宇宙論、本草学、動物学など昌益の自然学と博物学を展開した「禽獣巻」、世界各国・各民族の自然・習俗・民族的記述を集成した「万国巻」、昌益の自然哲学を体系的に展開した刊本『自然真営道』を写真版で再現。

■別巻

『安藤昌益事典』（著作目録、年譜、門人伝記、用語解説、研究史、参考文献、索引、図表による昌益思想の集大成）　●本体4000円＋税

昌益はいかに生き、いかに考え、いかに行動したか。昌益の思索と営為のすべてがたちどころにわかり、全集における昌益の文言の所在を素早く検索できる。全集を有機的に活用し、昌益の全体像を知るための必携の資料。

《安藤昌益の世界を読み解く本》